夜 迷 离

程莫深 著

群众出版社

图书在版编目（CIP）数据

夜迷离/程莫深著. —北京：群众出版社，2015.11
ISBN 978-7-5014-5438-9

Ⅰ.①夜… Ⅱ.①程… Ⅲ.①长篇小说—中国—当代
Ⅳ.①I247.5

中国版本图书馆 CIP 数据核字（2015）第 246424 号

夜迷离　程莫深　著

出版发行：	群众出版社
地　　址：	北京市西城区木樨地南里
邮政编码：	100038
经　　销：	新华书店
印　　刷：	北京普瑞德印刷厂
版　　次：	2016 年 1 月第 1 版
印　　次：	2016 年 1 月第 1 次
印　　张：	9.25
开　　本：	880 毫米×1230 毫米　1/32
字　　数：	250 千字
书　　号：	ISBN 978-7-5014-5438-9
定　　价：	30.00 元
网　　址：	www.qzcbs.com
电子邮箱：	843195700@qq.com

营销中心电话：010-83903254
读者服务部电话（门市）：010-83903257
警官读者俱乐部电话（网购、邮购）：010-83903253
文艺分社电话：010-83901730

本社图书出现印装质量问题，由本社负责退换
版权所有　侵权必究

不断运动的生活纽带把我们拖向某个地方，至于拖向哪里，我们自己是不得而知的。我们就像物品、物件，而不像活人。

——［奥］弗兰兹·卡夫卡

自 序

《夜迷离》是我的第二部长篇小说。由于工作的原因，一路写写停停，数易其稿，甚是艰辛。但与第一部《夜西都》相比，这次带有明显的非语境探索气质。其叙述节制和语境营造，似乎更富成色。几年前，《夜迷离》在红袖小说网、新浪网连载而走红网络，高居总榜、月榜、周榜多个排行榜，并以其"时代性的故事和内心写照"夺得"白领最喜爱的十佳小说"第三名。

两部长篇，都是围绕新闻界的背景展开的。我熟悉新闻，从陇东的庆阳小城到古都西安，我一直在从事这个行业。我与形形色色的新闻同行打过交道，并熟悉他们。我把视角伸进眼下居住的这座城市，就是想瞄准新闻界，切入这个"话语王国"，以反映处于社会转型期的人们纷繁复杂的生活，从而激起人们对社会新的认识。

这就是我写《夜迷离》的初衷。

这部书的故事情节、人物与《夜西都》相比，各有千秋，但都带有惊悚的元素。作品以西北某省会城市西都为背景，从初夏动笔，初秋收尾，故事情节始终围绕"圆梦行动"的新闻策划，以明、暗两条主线不断推进，"谁是下一个死亡者"成为作品始终追问的谜团。"话语王国"内外，正义与邪恶、爱情与欺骗、权力与美色、金钱与地位等多重要素高度融合，相互较量，上演着一场不可告人的阴谋。

本书涉及人物众多，风格沉郁，但进城打工的乡下女孩儿毛小兔却以单纯、善良、可爱的个性以及对爱情的坚贞和执著，为全书平添一抹亮色。

　　本书所揭示的主题，暗示着一个哲学命题。书页中卡夫卡的语录，蕴涵着这一命题的核心。这是一个挤压和疼痛的时代。作家在捉笔之外，还应该捉"刀"。刀子的敏感以及锋利，更能让人体验这个时代带给人们的切肤之痛，尽管这种痛有时候很虚无、很无奈。

　　冰，是睡着的水。解冻的感觉，很痛。真正优秀的小说应该是这么一种状态：它是细腻描绘人生运行轨迹的一支画笔。无论长篇、中篇还是短篇，都应该具备一种品质，那就是当读者看完最后一个字的时候，会蓦然感悟：原来人生是这么回事。

　　文学只是我的爱好，我不想给文学爱好加以过于神圣和光荣的负载。

2015年3月26日
于西安

目录

肥罗是我一哥们儿　　/1
亚曼拉公主的木乃伊　　/2
一闪而过的黑影　　/5
她的长发湿漉漉　　/6
令人心悸的声音　　/8
染指女人　　/10

深夜，驶在乡间的马车　　/12
有什么事要发生了　　/13
阿拉伯数字：9　　/14
没一个人活着走过来　　/15
鲜血梅花　　/18
血案都与"9"有关　　/20

冰山一角　/23
我被列入黑名单　　/26
食人鱼好吃吗　　/27

师姐的婚房　　/28
丰盛的鱼宴　　/31
零距离接触　　/32

尸体储藏室　　/36
制造绯闻　　/38
女人叫林朵　　/40
我没法不答应她　　/41
别听他们放屁　　/42
我是私生子　　/44

他给了我一个背影　　/47
愤怒的小鸟　　/49
浅黄色的连衣裙　　/50
木门后的九道刀痕　　/53
DNA 鉴定　　/54
你少在这儿幸灾乐祸　　/56

请肥罗吃饭　　/58
一朵含苞欲放的花　　/59
树枝上的战利品　　/63
他让我叫他罗哥　　/65
一个交易的时代　　/66
昨晚见我没　　/68

死人的手机号　　/70
腐烂的树叶　　/71
重大隐情　　/73

吸引异性的招牌动作　　/76
他激活了我的酷劲　　/80
《两只蝴蝶》　　/81

我的身体我做主　　/83
香水是女人的第二皮肤　　/85
她像只饥饿的老鼠　　/87
准备远行　　/89
老周离奇死亡　　/90
我灭了你　　/92

蛋疼的时代　　/96
《打工妹的老板梦》　　/98
神秘网帖　　/100
没有免费的晚餐　　/102
"酒"惊满座　　/104
两个男人的较量　　/106

他的小命长不了　　/109
你小子肯定没安好心　　/114
那只手要掏空我的心　　/116
"一石三鸟"的杰作　　/118
争当伴郎　　/122
我的小阴谋　　/123

"躲猫猫"　　/126
欧式倒装句　　/130
英雄救美　　/131

为一个女孩儿失眠   /135
花季女孩儿毛小兔   /139
我是他的种子   /140

人生就是茶几   /143
晚上约她看"泰片"   /145
封口费   /147
最具杀伤力的游戏   /151
她在揣摩我的心思   /153
爱情就像醒酒剂   /155

现实版的爱情片   /158
预测神秘死亡   /160
山穷水尽   /161
这是一步险棋   /162
网络"炸弹"   /165
师姐,你还好吗   /169

时间是爱情最大的敌人   /171
"我是西门庆"   /172
"蘑菇云"冒出来了   /173
这事让我心惊肉跳   /176
没招的时候就摆谱   /177
神秘藏刀   /178

你懂个屁   /182
嫁祸于人   /184
神秘数据   /187

谁是下一个目标 /189
"西都美丽妹" /191
我向她跷了个大拇指 /193

我怕污染了她 /195
你小子别走歪门邪道 /197
刘干事"光荣献身" /200
相煎何太急 /202
霸王硬上弓 /206
希望像春天的嫩芽 /208

能拥抱时请别手牵手 /211
帮我造人 /213
思路决定出路 /215
你什么时候才能长大 /217
你的眼睛出卖了你 /219
人生岔路口 /222

我们来生见 /225
"天堂"游戏 /229
毛小兔是个好姑娘 /231
小女人的魅力 /233
我做你女朋友 /237
"姐妹花"移情别恋 /242

上岛咖啡屋 /246
我不能骗她 /249
我给她的酒杯弹了烟灰 /252

老唐出手不凡　　/254
做起了宅女　　/256
充气娃娃"林志玲"　　/258

你若安好，我便是晴天　　/262
她想要抠开我这扇门　　/264
"天堂"第九十九道关卡　　/266
她的身后潜伏着危险　　/267
下辈子，我一定嫁你　　/270
我的生命不会成为休止符　　/277

世事未可料　　/280

肥罗是我一哥们儿

如果没有云朵,我是说站在一幢有点儿破旧的出租楼上,没有发现初夏的云朵,我会不会被困而死,包括街角的树木和花草,包括树上的知了,以及树木以外栖息的小鸟?

这是一年中最灰暗的时刻,有很多事情或者事件,等待着我去遭遇。

师姐辛欣打来电话的时候,我正倒在出租屋里睡大觉。

师姐说,我要旅行结婚了。

我从床上蹦起来,唉声叹气地走出气味浑浊的屋子,站在了阳光普照的楼顶。

师姐问,受刺激了?

我用脚使劲踩蹭着楼顶上青色的小石子说,有点儿。

我租住的屋子,独立在西都北郊城中村一座楼的天台一角,像本厚重的书上面放了个小火柴盒。它使我的眼界比这座楼上的任何人宽出很多,我可以俯瞰全城。

无聊透顶的时候,我会站在出租屋前的天台上,傻傻地作出仰望状。灰蒙蒙的天空,偶尔有几粒鸟粪落下,砸在我脑门上。

我向往蔚蓝,可在西都这座内陆城市,蔚蓝对我来说是一种奢侈。天空只有被雨水冲洗后,偶尔才会呈现蓝色。这时候,我可以看到远处的秦岭,还有终南山。

如果前晚没有加班,我基本可以做到正常早起。匆匆洗漱完毕,跑下楼,到我出租房的巷口,买两根油条,要碗热腾腾的豆腐脑或豆浆,就着几根酸菜,坐在摊主擦拭得油腻发亮的小木凳上,在缭绕的煤烟中,狼吞虎咽地应付完饥饿的胃,便开始了一天紧张的工作。

无处可去的夜晚,如果不赶稿子,我就钻进办公室的"格子"里上网,玩游戏,写微博,发微信,看"艳照",听音乐,与网友视频,聊八卦,看恐怖大片,比如《恐怖蜡像馆》《2012》《日本沉没》等。

有时我也在"格子"里看些青春剧,可看着看着,就纠结上了。上大学时,我们怀着憧憬看了《奋斗》,蹉跎的时候,看了《我的青春谁做主》,就当我们即将豁然开朗的时候,一部《蜗居》把我们全拍死了,现在又来一部《裸婚时代》,好好的一对,又婚又离的。

迷离的夜,像是这座城市的润滑剂,对我这个无聊得有点儿发霉的单身小男人来说,意味着身体和心灵的双重煎熬。

肥罗对我说,男人在百无聊赖的时候,只有荷尔蒙的骚动,就是想女人。

我就是肥罗所说的这种男人。我就是我,一个叫邓川的小男人,他们都叫我川子。

肥罗呢,是我一哥们儿。

亚曼拉公主的木乃伊

5月8日,是个周末。晚上闲着无聊,我从出租屋跑到办公室的"格子"里玩游戏。游戏是我生活的一部分,并非旁门左道。它会让我的生命更加饱满,充满质感,富有色彩。我可以在虚拟世界里自由翱翔,任意穿梭,找到自我。

这款游戏叫"天堂"。天堂是我游戏中的终极目标。在"天堂"里,我扮演着一个侠肝义胆、嫉恶如仇、敢爱敢恨的草根英雄,有惊心动魄的生死鏖战,有轰轰烈烈的刻骨爱情,也有机关算尽的罪恶和阴谋。我需要积蓄全部的力量,以百倍的勇气和智慧,在真爱的感召下一路过关斩将,突破重围,与蛇蝎美女厮杀、血拼,获得爱情的神力,破解魔咒,闯过地狱的九十九道关口,去拯救我的爱人,让她进入美丽的天堂,继而找到我的存在。

这天很晚的时候,我走出办公室的"格子",在四楼封闭的楼道里放风,点了支烟,掀开一扇窗户,把笨重的脑袋伸向窗外,看到楼下的场院一片漆黑,阴森森的。

远处的建筑工地上,亮着几盏稀奇古怪的灯,洒落一地斑驳陆离的影子,偶尔传来铁器凶残而猛烈的撞击声,让人时不时想起鬼片中刀光剑影的血腥场面。

我问过师姐辛欣,这座楼为什么会这么静,静得让人发怵?

师姐辛欣的两只眼睛在深夜里一闪一闪的,反问我:静了不好吗?

那年刚来报社不久,我就听说《西都日报》办公大楼闹鬼。深更半夜、电闪雷鸣的时候,楼道里会有高跟鞋敲击水泥地面的声音,偶尔伴有女人的哭泣声,抑或男女的窃窃私语声。这事搞得大家神经兮兮,晚上加班写稿、审稿都没人敢来。无奈,社里就请来一位民间高人。高人拿着罗盘绕着大楼转了几圈儿说,你们另请高明吧。社领导不明其意,高人就问,这栋大楼何年何月建造?挖地基的时候可曾挖出过什么东西?大家交头接耳了半天,一报社元老说,听说当时挖出过几具木乃伊,施工方怕影响进度,就指挥推土机回填了。高人一拍大腿说,这就对了。然后眯着眼掐算了半天说,此地邪气太重,如不尽快设法镇邪,定会搭上人命。社领导顿时脸都吓白了,赶紧请高人支招儿。高人指点说,这几具木乃伊阴魂不散,要镇住它们,办法只有一个,就是紧挨这座大楼,赶紧建个图书馆。后来,报社就速速打报告申请费用,盖了个小型图书馆,供采编人员搞学术研究。还别说,折腾半天,真把邪气给镇住了,反正再没听过闹鬼。可没过几年，市政道路要拓宽，图书馆被市政部门给"规划"掉了，地下的木乃伊似乎又复活了。

对于这个传说，我总是半信半疑。但看了"泰坦尼克号"与冰山发生死亡之吻的相关资料后，我有点儿信了。

"泰坦尼克号"是怎么沉入北大西洋海底的？公认的是错转舵加瞎指挥。其实，这都是扯淡，真正的原因是一具叫亚曼拉公主的木乃伊。这具三千多年前的埃及木乃伊生猛无比，硬是将"泰坦尼克号"上近两千人葬于海底。

这个充满神秘的传奇故事，是从1890年年末开始的。当时四位年轻的英国人来到埃及，高价从当地走私犯手里将亚曼拉公主的木乃伊买走。从此，只要是接触过这具木乃伊的商人、摄影记者，不是离奇失踪，就是豪宅失火，要不就是开枪自杀。最后，一位不信邪的美国考古学家花了一笔不小的费用把她买下，将她运上了"泰坦尼克号"。可没想到，其处女航就在北大西洋与冰山发生了死亡之吻。

而深埋在我们办公大楼下的那几具木乃伊，究竟有着怎样不为人所知的身份和背景，会不会掀翻这座楼，弄出个神秘的惨剧，这一切，也许只能留给时间来证明了。

不管怎样，每天高坐在木乃伊之上办公，就像坐在火山口上，总会让人提心吊胆，心生战栗。

严格来说，我这人对于时间不是很敏感，属正经八百的马大哈。采访、写稿、开会、活动、逢年过节什么的，都随大流，好在手机在身，查看个时间还算方便，但我没这习惯。

这种马大哈毛病直接导致我在工作和个人问题上老出差错。比方说，我总是三天两头地在"本报讯"里把新闻发生的时间不是提前一月，就是推后三十天；不是把与会领导的职务提升一级，就是把与会领导的排序推后一位；拍照不是主席台领导少了一个，就是处理照片时自作主张地裁掉一个。反正，我显得老是跟领导过不去，把自己整得像个组织部部长似的，在编前会上没少作检查。为此，唐糖没少扣我的奖金，师姐辛欣也没少批评我。

唐糖是我们的头儿，报社副总编兼摄影部主任。他因有副公鸭嗓，背地里被我们称作"唐老鸭"。他整天盯着美女们的翘臀丰乳不松眼，很变态。

在个人问题上，这种马大哈毛病直接导致我在同学圈子里很没地位，也很没面子。大学毕业后，那帮学弟、学妹们各奔东西，天各一方，也懒得联络，不知他们是否找到心仪之人。师兄、师弟们偶尔聚在一起，总要聊女人。一次，曾经同宿舍的老大——苏胖子问我泡过几个妞，上过几次床。我说，这两年处男比钻石还紧缺，我早被破处了。其实，我连女人的身子都没碰过。

综上所述，我这人在唐老鸭眼里就是渣男。每遇编务会，他就给我们上课：你今天不规划人生，明天社会就将你"规划"掉。我每每检讨自己，感觉我越来越像领导说的那个"斜坡理论"中被石头逼到山底的人，混得人不像人，鬼不像鬼。我这人就这样，凡事懒得规划，包括泡妞、结婚。有合适的女人就正正经经地上床、结婚，没有就拉倒。

一闪而过的黑影

我吸完一支香烟，结束放风，得回"格子"里赶稿子了。在这个窄小得只能让两人并行通过，且修建得有点儿曲里拐弯的楼道里，我每晚都会来放风，但从没吸过第二支烟。

我在西都城里过着节俭而拮据的生活。省吃省用娶老婆，是许多男人最终要走的人生历程。我想要一个爱我的老婆，可我不知道她在哪儿。想找一个我爱的老婆，知道她在哪儿，可我又不敢爱。我曾在无数睡梦中与师姐辛欣亲热，可她就要做别人的老婆了，她的老公是个片警，我没有刀枪可与他抗衡。

年轻性感的师姐，完美得几乎找不到一点杂质，她是西都这座城市的骄傲。作为摄影名家，她曾为这座城市捧回过无数世界级摄影大奖，已成为这座城市的一张名片。师姐的获奖大片，大都是潜入水底世界拍摄的。与水上这个灯红酒绿的世界相比，她似乎更加喜欢纯净得有点光怪陆离的水底。

我做了个深呼吸，以平复过乱的心绪。就在我回头要返回办公室时，有个黑影从我身后一闪而过，有点飘忽不定。我叫了声师姐，没人回应，楼道里静静的，只有我怯怯的回音。我有点儿发怵，鼻腔里有股血腥味。写字间是用毛玻璃做隔板的，一方一方，很整齐，像牙齿。每当我面对这口"牙齿"的时候，胃肠就会剧烈蠕动，有种强烈的食欲。

写字间的顶灯有点刺眼，嗞嗞作响。我喜欢在比较黯淡的环境里写东西，这样我的思绪可以任意放飞，不受"牙齿"的限制。我关掉了最后一排顶灯，开始对着电脑挖空心思地梳理"本报讯"。这时候，一个影子从我头顶闪了过来，是师姐辛欣。

师姐走路的样子总有些飘忽。大约是去年春天吧，社里组织大家到郊外一个叫风峪口的地方搞拓展训练。在进行当天最后一个训练项目时，几个女生走上悬空十米的断桥，吓得蹲在一边不敢跨越。有个胆大的女生想战胜自己，没承想从桥上掉了下来，幸好有保险绳系着。而师姐就显得格外不同，她如履平地，只一个不经意的飞跃就跨了过去，并在空中展现了一个漂亮的身影，让站在地面的指导老师惊讶了半天。

她的长发湿漉漉

对于西都这座城市，从南到北、纵横交错的大街小巷，以及应有尽有的各种小吃，我没有不熟悉的。几年前，我在这座城市上大学的时候，一到周末，就与同宿舍的苏胖子等一帮人骑着破车，像幽灵一样满大街游荡，从早能游荡到晚。可以说，熟悉它，就像熟悉我身上的每一根汗毛。

我们报社位于西都北郊，距离象征着市中心繁华地段的钟楼也就七八公里。钟楼上悬挂的那口大钟有多大，没人知道，据说七八人坐在下面打扑克都绰绰有余。传说铸造师当年将一个童男铸进滚烫的铁水里，铸成后钟声异常洪亮，响彻四方，细听有小孩啼哭之声，不由让人毛骨悚然。

仰望钟楼，就像仰望一尊神，神秘而高远。大三那年国庆，我没有回家，与苏胖子、山羊、猴子、员外几个不着调的同学从开元商城溜达出来，正好赶上钟楼开放。我们买了一箱啤酒，登上钟楼，坐在那口能罩住几个人的大钟下喝酒，聊天，谈女人，看云展云舒，看南来北往的车水马龙，看靓妹们被秋风掀起的裙角——看得一个个直流口水。看到夜色降临，华灯初上，整个城市渐渐进入梦乡，我们忽然感到了一种醉意后的伤感，拿起啤酒瓶对着那口大钟一阵乱敲，搞得游人四惊，仰起脑袋向我们驻足张望。结果可以料想，我们被钟楼管理员扭送进了派出所。

现在，这座城市已进入了夜晚。奇怪的是，我却感觉不到它的喧闹，而是静得有点可怕。

师姐辛欣将柔软性感的身子靠过来，用手梳理着柔顺的长发，冲我笑了一下，笑得很酥甜，像女孩子常吃的奶油夹心饼干，还带点甜甜的奶味，让人浮想联翩。

师姐"唰"地扔过来一包东西，是喜糖和香烟：川子，祝福我吧！想要什么礼物尽管跟老姐说。

她已经请好婚假，选择了一个西部探险旅行团，就要与那个小片警旅行结婚去了。

师姐说这话的时候，暧昧的月光与地面成三十度夹角，缓缓地从后窗洒进来，正好映在她青春靓丽的脸上。这时候我才注意到，师姐今天穿了一条很透的碎花裙，翘翘的臀部和颀长的双腿在暗夜里显得性感迷人。她的长发湿漉漉的，散发着洗发水的香味。

我什么都不想要，就想要你。可我没敢说出来。我的语言不是贫乏，而是吝啬。

师姐嘱咐我说，近期要做好食人鱼的科普专栏，对几篇有价值的报道必须一追到底，不留尾巴。

我说，你就放心去吧，我一定会做好的。

师姐笑了，笑得很酥甜。

我的胃肠开始剧烈蠕动。我说师姐，我想请你吃夜宵。其实我是想给她饯行，顺便多看她几眼。

师姐说，等我回来吧，明天一早就要和向东旅行结婚了。

向东就是她老公，是我们北郊的一小片警。他的主要工作是协助破案，比如说走街串巷地抓个小偷，破个小区自行车盗窃案，给失主作个笔录，护送小学生过个马路，没事查查洗头房看有没有卖淫嫖娼，等等。每次听到师姐提他，我就会莫名地烦躁。我想不通师姐辛欣为什么会对一个小警察动了芳心。

师姐关了电脑，拎起摄影包，将一只玉手从"牙齿"上空伸过来，跟我握了手，就急匆匆地出了写字间。

令人心悸的声音

师姐辛欣到了楼下又来电话，说她办公桌的抽屉里有几包香烟，让我给她从四楼扔下去。我将头伸到黑乎乎的窗外，看到了楼下一个小黑点就喊：师姐，接住！

几包香烟被裹在报纸里，在昏暗中划出一道好看的弧线。可就在我转身离开窗口的那一瞬间，我听到了一个令人心悸的声音，是落地声，特别沉重的那种。我感觉是一个人，重重地落在了地上，脑浆迸裂，特惨。

我喊，师姐，没事吧？刚才什么声音？

师姐说，屁事没有，瞧你脸都吓白了。

我心里不由哆嗦。我不知道师姐在黯淡无光的夜色中，站在离我至少三十米的地面，是如何看清我的脸失去了血色。

香烟是师姐常用的东西。师姐有时会在写字间里敲明叫响地吸，心情不错的时候还从"牙齿"上面扔过一根：川子，尝口。

听说她刚开始在写字间吸烟时，还曾遭过白眼，几个老"本报讯"认为有伤风化，竟然告到唐老鸭那里，说她作为城市形象代言人，小资情调严重，有失身份，还有的说她不正经。

唐老鸭听到反映后找师姐谈话。师姐进门的时候，他正眯着小眼睛吧嗒吧嗒点香烟。等他抬头的时候，就见师姐纤巧的手指夹了支"心"牌香烟，正仰起白嫩的脖子，将小嘴鼓成个"风箱"，从玉唇里吐出了一串烟圈儿。烟圈儿像透明的冰糖葫芦，被师姐一根细长的手指穿起，灵动而缥缈。唐老鸭一双小眼立马放光，堆起了笑容，像是看到了性感惊艳的女星。师姐说，唐总，我又犯哪条家规了？

唐老鸭还笑着：也没什么大事。以后啊，还是少吸点烟好。女同胞嘛，毕竟又是名人，有损形象的事尽量少做。小辛啊，我这也是为了你好啊。以后注意就是了。

师姐说，大家不也都在吸嘛。我吸不吸烟关他们屁事？

唐老鸭脸上的笑容立马僵住了，将刚吸几口的香烟捻灭，一股垂死的余烟缭绕开来。他将身子后倾在转椅上说，毕竟男女还是有别嘛。

师姐说，唐总，希望你懂得尊重女人，也尊重你自己，让彼此活得都有点尊严。

唐老鸭看师姐好看的身子扭了一下就出去了，干瞪了半天眼，又把刚吸了几口的香烟从烟灰缸里拿了起来。

染指女人

师姐辛欣是个凡事敢做敢当的主儿。按理，唐老鸭要是识相的话，就不该找师姐问罪。可他偏偏搞不清自己是哪块地里的葱，脑袋瓜子整天挺得高高的，到处寻花问柳。与他初次交往的人，都说他好，可一旦深交，都骂他不是东西。唐老鸭这些年出过不少洋相：曾因偷看女生洗澡，让人家捉进了派出所；曾因门缝里偷窥别人做爱，让人家打得鼻青脸肿；曾因给女记者发黄色短信，让人家老公找上门来告他性骚扰。有事没事，他总爱点上支烟，站在曲里拐弯的楼道里偷看过往女记者们性感的臀部。

唐老鸭是个过来人，以前算是个比较干净的男人，有点墨水，也能唱几嗓子。按他的说法，他本该是当歌星的料，可惜一副金嗓子硬让他折腾成了破锣。上大二时，参加全市大学生通俗歌曲大赛，曾以一首《冬天里的一把火》捧回过二等奖。那年暑假，他回了趟乡下的老家，车到了镇子，又走了十几里山路，走得嗓子眼冒烟儿，一到家，几碗冰凉的井水下肚，就将嗓子喝成了破锣。后来做摄影记者，出了两本摄影集，获了几次奖，做了中层干部、副总编，感觉功成名就了，就开始染指女人。

他染指女人是从北郊一家美容美发店开始的。有一晚，他喝下二两"猫尿"，一个人满大街瞎转，转到街边一家小店门口时，被两个衣着暴露、浓妆艳抹的年轻女子热情地勾了进去。一进门，他就被小姐引上了床。

唐老鸭干这事从不亏待自己。在家里，他对老婆想怎么着就怎么着。可在这儿想不戴安全套就裸搞，门儿都没有。可过了没多久，他帮区委某领导写稿摆平了一档子事后，人家请他饭后去洗浴中心玩。他找了个小姐，提出加一百块，必须裸搞，小姐宁死不从，他就加二百，总算是让小姐答应了。

他从此总结出规律，有钱才是硬道理。以后见小姐就加费，每次都能顺当地搞一阵拉锯战。有一次，唐老鸭正搞得激情四射，中途却突然停了下来。小姐让他继续，愿倒掏一百块给他。唐老鸭精神大振，没想干这事不但能享受还能挣钱，吃奶的劲都鼓上了，可动作做了几回，东西不争气，无奈败阵而归。

后来，唐老鸭用心总结，得出一条结论：没钱不行，没好身体万万不行。之后，他吃了伟哥去找那小姐，最终一分钱没花，还倒落了两百块。

总之，那些日子，唐老鸭如鱼得水，很是神气，头扬得很高，连走路都哼着小曲儿。据说，有一晚他喝得大醉，回家后错将老婆当小姐，搂在床上做了半个晚上。天色麻麻亮，小鸟啁啾，他一骨碌爬起，在床头留下两张百元钞票就匆匆离去。中午下班回家，老婆问他为什么留钱，他才发现头晚喝高犯了大忌，只得编谎说，听老婆大人说过好像要给谁还账。他老婆是个大大咧咧的人，一时想不起是不是说过。但不管怎样，平时老唐很少碰她一下，那晚却豁出小命折腾她，让她很兴奋，也就没细究，让他蒙混过关了。

深夜，驶在乡间的马车

夜里，我奔走在旷野间，世界飘摇，我的影子忽长忽短。黑云压顶，狂风大作，我睁不开眼，差点被一个硬邦邦的东西绊倒。低头一看，是一具骷髅，正在我脚下打转儿，好像还在咧嘴向我笑。我飞起一脚，它就像个足球一样滚出了我的视线。

这时候，三头毛驴拉着一辆马车，从远处的山道上疾驶而来，翻卷起一股强劲的尘土，像一条引燃的导火索。车体很庞大，似一艘轮船，四周很规则地用一米左右的"篱笆"围起。

就在马车从我身边呼啸而过的那一瞬间，我吓了一跳，发现赶车的是一个没有头颅的男人，眼睛却长在胸前，凶神恶煞地瞪了我一眼。那是一种典型的三角眼，我的骨架像是被他锋利的眼神解剖了，咯吱咯吱作响，散了开来。

透过尘土和雾障，我看见师姐辛欣站在马车里向我拼命招手，头从车窗缝里钻出来，两只眼睛在滴血。我感到一阵恐惧。

天上下起了雨，我无助地看着马车，它沿山路蜿蜒而下。

我随手从包里取出一本工具书，是弗洛伊德的《梦的解析》。我在该书的第九页查到了"驴"：整天在乡野里疯跑的毛驴对弗氏说，毛驴象征着鬼魂，它将主宰你，并将你牵引到一种危险的境地。

后来我被一泡尿憋醒，发现自己仍躺在出租屋里。

这是北郊的一个城中村，距离报社也就三站路。城中村几乎每家都出租楼房，小到两层，大到三层不等。而租住在这里的人，大部分都是打工者，天南海北，男的女的，干什么工作的都有。有两三人合租一间的，也有四五个人打上下铺的。而我独租了一间楼顶的居室。也就是说，只有我的居室高高在上。它是这座楼唯一的"烽火台"，独领风骚，却有点孤苦伶仃。至于房东当初为什么要在顶楼独建这么间房子，也许只有鬼才知道。

我喜欢远眺。打开窗户，是平坦的楼顶和并不通透的天空。站在楼顶，我可以一览无余地看到城中村的概貌和远处迎宾大道上来回穿梭的车流，也可以在不经意间看到群鸽伴着鸽哨声在天空中展翅翱翔的景象。阳光充足的时候，楼里的人都喜欢跑到楼顶晒晒被子；暑天的时候，一到晚上，人们就会铺上凉席，平躺在楼顶上数星星，看月亮。

有什么事要发生了

我把头探出窗外，满眼都是刺眼的阳光，楼下水泥路面上还残留着一汪一汪的雨水。显然，昨夜下过大雨。

现在应该是上班时间了，但我赖在床上不想动。每天醒来的时候，我都仰躺在床上想心事，想今天会不会交上桃花运，与一个具有魔鬼身材、步态袭人的靓女发生一场艳遇，让她开心、满足，然后心甘情愿做我老婆。我知道这是白日梦，但我还是爱做。

我想，师姐辛欣和那个小片警这会儿一定亲昵地依偎在飞机上，看着舱外的万里蓝天，然后偷偷亲嘴……想到这些我就有点酸楚，索性不想。

我又想到了昨夜那场梦，还有那个无头男人；想着林子大了，什么鸟儿都有。如今的人们看起来一个个盛气凌人，威风八面，其实大都是些色厉内荏、欺世盗名的人渣，似乎都长着一颗完整的脑袋，却没有思想，如同行尸走肉。人们习惯上把这种人称为傻瓜。

仔细想来，凡是与瓜有着某种关联的事物，大都与生命有关，且多是球形体,也就是说,可以滚动,比如说傻瓜、傻瓜蛋,明显是指脑袋。如果我们能像摘冬瓜、西瓜、南瓜、木瓜等这些有生命的植物一样,按成熟期一茬一茬地去摘那些傻瓜的脑瓜,也许这世界就会变得安宁。

阳光从窗帘的缝隙里很温柔地钻进来,笔直地在出租屋里打出几道金线。我开始起床洗漱。

出门时,我抬头看了看天空,云层阴沉厚重。我隐约感到,好像有什么事就要发生了。

阿拉伯数字:9

空气新鲜,人行道旁笔直而灰青的树,像一把把翠绿的巨伞,为人行道撑出一片绿荫。知了在绿叶里撕心裂肺地叫着,此起彼伏。这时有人打我手机。最近我和师姐做有关食人鱼的专题,每天都有很多热线打进来。我问他有什么事需要解答或帮助,他有点气急败坏:解答个屁!我是向东。刚到机场就被叫回来了。你赶紧来你们报社一趟。

我急了:出什么事了?

向东说,你来就知道了,我这是执行公务。

我问,那师姐呢?

他有点无奈地说,给人家旅游团钱都交了,合同也签了,还能怎么样,只能她一个人去了,拦都拦不住,天生就是个冒险的主儿。

我一进报社,明显感到气氛紧张。白色大楼下停着几辆警车,里三层外三层围了很多人,警察已用一根绳子拉出了警戒线。我钻进人群,看到一个女人躺在硬邦邦的水泥地上,大片血迹已经风干,有点发黑,她的一只手里还攥着一张纸条。纸条很白,像她那张严重变形的脸。我目睹了两个警察将她的手指几乎快扳裂了,才将纸条取出的全过程。据说那上面什么字都没写,只有一个阿拉伯数字:9。

我仔细辨认着,想知道她是谁,可她已面目全非,脑浆迸裂,特惨。不知怎的,我突然想起昨夜站在四楼给师姐往楼下扔东西时听到的那个令我心悸的声音,是落地声,特别沉重的那种。我当时感觉明明脑浆都迸裂了,很血腥,可师姐偏说屁事没有。还有昨夜那个奇怪的梦境,这之间又有着什么关联?正想着,我看到唐老鸭表情异常古怪,从人堆里走了过来。我冲他打招呼,他显得很不耐烦,只"嗯"了一声。

我说,唐总,这女人是谁啊?

他叹了声气:是亚苹,杜亚苹。

他更正得很不自然,有点"此地无银三百两"。

我一惊:不会吧,她昨天不是还在采访吗?

他没有吭声,也不看我。

印象中,杜亚苹性感迷人,手脚勤快,跟别的女记者多少有点区别的,比方说,她不喜欢跟人闲聊,也不捣闲话,再愉悦的事到了她那里就会被过滤成淡淡的一笑,很醉人,说话也是柔声细气,感觉很舒服,很特别。

我对唐老鸭说,她干吗跳楼啊?

唐老鸭没有说话,看了我两眼,目光中深藏着一种凶狠和锋利。我突然感觉这双眼与昨夜那个无头男人的目光如出一辙,也是典型的三角眼。

没一个人活着走过来

杜亚苹不到三十岁,报社上下对她的评论褒贬不一,但有一点是认同的,都说她命硬,与她有染的男人没一个能活着走过来。但这些年来,还是不停地有男人甘愿冒生命危险上她的床。换句话说,她的身边从来没缺过男人。对于这个问题,我想了很久,感觉最合理的解释应该是:

1. 杜亚苹喜欢被男人包养；2. 杜亚苹是个女色魔；3. 杜亚苹魅力很不一般；4. 男人是色魔；5. 男人甘愿倒在她的石榴裙下。

杜亚苹是二十三岁那年夏天结婚的，老公是与她关系最亲近的第一任男友。当初两人选择了旅游结婚。他们前往丹江，准备完成一次真正意义上的漂流，给新婚平添一抹浪漫。可这次旅游竟成了她婚姻中永远无法抹去的伤痛。正值盛夏，强降雨频发，他们乘坐的豪华客车从汉中赶往丹江漂流途中遇山体滑坡，被巨大的冲击波推进了丹江，一车四十多人，只活下几个。这一天，是他们婚后第九天。

杜亚苹的第二个男人，是我们的老社长。算起来，这老东西与杜亚苹在一起的时间比人家老公还长。听说杜亚苹那时还是个待业青年。她老公死前是我们报社的记者，老公死了之后杜亚苹的生活就陷入困境。她的小脸那么白净细嫩，怎么说也是个美女吧，可生活就这么残酷，逼她涂抹劣质化妆品。她抱着试试看的态度去找老东西，想找份工作。一社之长，权倾一方，在社内给她安排个临时工作，还不是一句话的事？可老东西没表态，只说考虑考虑。杜亚苹是个聪明女人，她应该能看出来，这老东西早已对她垂涎三尺，是在有意吊她胃口。老家伙这是在趁火打劫，乘人之危。过了些日子，杜亚苹又去找他，老东西不安分的眼睛在她身上瞄了半天说，那就在通联部做个内勤吧。杜亚苹出于感激，请老东西共进晚餐。没想老东西硬让她喝酒，她不敢不喝，后来就喝飘了。老东西见机提出送杜亚苹回屋。

杜亚苹的家在报社的单身楼上，只有一间屋子，但布置得很有情调，整洁而温馨。就在这间很有情调的屋子里，老东西硬将她拖上了床。

这事过了不到一个月，老东西就出事了。

那天老东西要上兰州出差，已买好机票，准备飞过去，杜亚苹说她想回趟老家。老东西知道她老家在甘肃天水，是上兰州的必经之地，觉得机会千载难逢，想和她做"一路夫妻"，就改坐他的专车上兰州。也许一切都是老天安排好的，本来老东西想和杜亚苹一起坐轿车后排，也好忙里偷闲地温存一把，可杜亚苹说影响不好，司机是个小年轻，还没结婚呢。于是老东西就坐在了副驾驶座上。一路上，老东西挖空心思地讲着黄段子，惹得司机亢奋，车速也明显提了上去。车过宝鸡，大家有点疲惫，司机就放起了轻音乐，催人昏昏欲睡。老东西打了个哈欠，回头看了一眼杜亚苹，也眯起眼开始打盹儿。据司机后来说，估计老东西打盹儿还不到两分钟，车就出事了。车是在行驶到一个急转弯时一头撞在了迎面而来的大货车上，老东西还没明白过来怎么回事，就做了冤死鬼。

杜亚苹深交的第三个男人，就是现任的社长老周。老周五十岁出头，却早早地成了秃顶，额前几绺银丝被他染成黑色，很夸张地向后一甩，背在脑顶，又用啫喱水加以固定，就这样很顽强地占据了这块荒地。

老周以前是副社长，本来就霸气，扶正后就更加张狂，凡事都由他张嘴拍板，副手基本上靠边站，没说话的份儿。这人除了霸气之外，与前任还有一个共同点，就是好色。老周继承和发扬了前任社长的光荣传统，前赴后继、义无反顾地霸占了美女杜亚苹。

老周是怎么上了杜亚苹的？有说强占的，也有说他捏有杜亚苹的把柄，以此威胁的。但比较一致的说法是，当时报社经营不太景气，上级主管部门要求精简人员，搞扁平化管理。第一刀就落到了通联部，有人已经放出风来，说杜亚苹不会写稿子，不懂新闻，要精简人员，杜亚苹首当其冲。杜亚苹想想自己都"奔三"的人了，仍独身一人，没个正式工作，也没个依靠，像片树叶随风飘荡，不禁心灰意冷。

有一晚，老周喝完酒回到办公室，给杜亚苹上了一小时的形势课，说精简大势所趋，不可避免，岗位定员有限，问她有什么想法。她什么也没说，只怪自己命不好。老周一看火候到了，就单刀直入，其实精简不精简全在你自己定夺。说完，就从身后一把抱住了她。

不久，老周又把她调整到记者部去锻炼。没承想，她采写稿子挺有灵气,还得过一次月度好稿奖。

后来,又有人说杜亚苹命硬,老周都被她折腾得面黄肌瘦,快挺不住了。可事实是老周还好好活着,倒是杜亚苹莫名其妙地死了,而且死得很惨。

鲜血梅花

唐老鸭目光凶狠,瞪了我两眼,我直哆嗦,正想逃离,小片警向东不知从哪儿冒了出来说,你跟我来。

他走我前面,我跟他后面,一直从人堆里走出来。他站住了,开始向我介绍两个人,我一回头这才发现屁股后面还跟着两个警察。我有点莫名恼怒,众目睽睽之下,让公安审来审去,毕竟不是什么光彩的事。

我说,什么事啊?

向东说,向你了解点事。

这时另一个小警察打开本子,还有一个就开始给我定规则、提要求,要我把昨天夜里知道的情况如实说出来,不得有任何欺骗和虚报,否则后果自负。看来我对他们很重要,他们要从我嘴里打开缺口。

我说,我没有杀人。

小片警向东一脸严肃,我们这是执行公务,请你配合。听说你昨夜12点多还待在办公室,而这个杜亚苹刚好就是从你们写字间门前那扇窗口掉下去的,她的血迹从四楼拐角那个冲拖把的水池一滴一滴地流到了那扇窗户跟前,难道你对这件事不想做什么解释吗?

我吓了一跳。没错,昨天夜里我是在办公室,很晚的时候,我站在四楼的楼道里放风,然后打开一扇封闭的窗户,还把笨重的脑袋伸向了窗外。可这与我有什么关系啊?这个杂碎,我又没招惹他,干吗把杀人不眨眼这种恶名安在我头上,我真他妈比窦娥还冤。难怪每年有那么多人千里迢迢地要跑京城上访，莫非这冤假错案就是这么折腾出来的？

我说，你们有没有搞错？

他们没搭理我。后来，小片警向东把我领上四楼，我的确看到了血迹。我感觉那一滴滴鲜血像一朵朵梅花，每一朵梅花都像一个小小的箭头，指引着死者不断走向死亡的方向。血滴基本上呈椭圆型，椭圆的前端，有迸发状，也就是说在死者行走的过程中受惯性影响，血滴在水泥地上迸出了细密的小点。

向东说，你不想说点什么吗？

我说，我说什么，我什么也不知道。

向东说，那我问你，昨天夜里那么晚你一个人待在办公室到底在干吗？杜亚苹又为什么偏偏就选择你们办公室门前那扇窗口掉下去，而不是任何其他一扇窗户？这难道仅仅是巧合？你是不是对人家动过手，比方说不轨行为？

我不知道这杂碎对我哪来的深仇大恨，这不明摆着要置我于死地吗？他要是知道我在暗中与他争夺师姐，他完全可以明说呀，干吗这么整我。

我说，我没杀人，我什么也不知道，我只知道我在办公室里写稿子。

那个拿本子记录的小警察说，死者生前与两个男人有过性行为。最后一次发生性行为是在午夜时分。这与你昨夜在办公室单独待的时间刚好吻合。这个时间段非常关键，对侦破这起案子有着突破性作用，所以你要仔细想想，把你知道的任何细节全讲给我们，比方说，你听到什么没有，关键是看到什么、做过什么没有。

他这样一启发，我突然想起通过窗户给师姐辛欣往楼下扔东西时听到的那令人心悸的声音。我正想说出来，又感觉有点荒唐，就打住了。

那个给我定规则的警察说，你好像想起什么来了，知情不报，那可是对人民的犯罪，明白吗？

我说，明白，可我什么也没想起来。

他说，别骗我了，把你知道的全说出来，我们绝对不冤枉一个好人，但也绝对不放过一个恶人。

在他们的强烈要求和威逼下，我说了我听到的那个像是脑浆迸裂的声音，还说了昨夜那个奇特的梦境，但我没说那个三角眼很像唐老鸭。我觉得这都是一种意象，没有任何证据，一旦说出来，只能把事情搞复杂。那个给我定规则的警察听完说，到底是记者，你挺能编故事的啊。

血案都与"9"有关

跳楼案像颗炸弹震动了西都新闻界，西都警方和新闻界人士纷纷给予高度关注。经化验，楼道的滴滴血迹的确是杜亚苹的。但又有人证实，杜亚苹有酒后流鼻血的习惯。可她酒后为什么会出现在四楼，她什么时候上的四楼，上四楼都干了些什么，都接触过什么人，与她发生性关系的那两个男人究竟是谁。关键的一点是，她为什么要跳楼，是自杀还是他杀。这一切仍然是个谜。

后来，警方又得到一个重要线索，据社会新闻部两个从抗洪前线采访回来的女记者反映，午夜12点左右，她们听到四楼拐角那个冲拖把的水池水流声很大，持续了一段时间，感觉好像有人在冲洗拖把，她们当时还有点生气，都说勤快得过了头，谁这么早就打扫卫生，就跑出去想制止。可当她们出门去看时，根本听不到流水声，夜色很静，当然也没看到人影儿。她们当时都怀疑自己的耳朵出了毛病，返回写字间刚坐定，那冲洗拖把的流水声又来了，又跑出去，还是没有人影。如此反复了几次，她们就有点害怕了，没敢出门再看。后来，她们突然听见了一个特沉重的声音，像是什么东西掉到了楼下，但没有惨叫声。当时她们留意了一下写字间的挂钟，时间是凌晨12：09。

这个线索非常重要，起码可以肯定的是，我不是5月9日凌晨唯一待在这座楼里的人。但小片警他们似乎并没有轻易放过我的意思，据目前了解的情况看，我是这天午夜待在这幢白色大楼里的唯一男人。也就是说，我最有作案的可能。我说，我要劫色吧，她比我还老；要抢钱吧，她跟我一样，穷得叮当响；仇杀吧，我对她恨都恨不起来；情杀吧，我压根儿没亲过她的嘴，更没上过她的床。

小片警向东对我大做文章说，如果这楼上昨夜没有男人，杜亚苹身体里面的精子是从哪儿来的？

我说，我哪里知道。

他说，你与辛欣分手的时候大约是夜里几点，你又是什么时间离开的？

我说，我记不清了，我对时间不敏感。

他说，邓川，希望你好好配合，别"打酱油"了，我这是在执行公务。

我说，我没骗你。就算是我搞了她，那也应该还有第二个男人啊，她的身体里不是有两个男人的精子吗？

他搔了搔头说，对呀，我怎么把这个细节给忘了。

我说，反正没我，你少往我身上栽。再说了，你们凭什么就认定她一定是与这座楼里的男人发生了性关系，她就不能是与这座大楼以外的男人发生关系，然后再回到这座楼里来的吗？

他说，那你凭什么说她就一定不是在这座楼里与男人发生的性行为呢？反正你小子别想耍赖，是你的精子，你赖也赖不掉。

我说，你们这是嫁祸于我，没门。

他又补一句，像你这种既没女友也没老婆的单身小男人，正是荷尔蒙最活跃、最不安分的时候，遇见一个美女，在深夜的掩护下搞点越轨行为，趁机放松一把，有什么不可能。

这话很恶毒，是侮辱我无能。看架势，他们非要从我身上找到证据，把我与这桩血案牵扯上。我真是跳进黄河也洗不清了。

两天后，警方通过对大量线索进行综合分析研究后发现：每一起血案的发生，基本上都与"九"这个数字有关。杜亚苹手里攥着的纸条，就写着阿拉伯数字"9"，难道她是在有意暗示着什么？

警方的这个结论，让报社上下的人骚动起来，很多人动起脑袋瓜子寻找自己曾经与九有关的事情。结果是，第二天就有好几个人不上班了，据说是得了恐慌症。

九是中国传统意义上最大的数，象征着至高无上。游历故宫等皇家之地，台阶数、宫殿尺度、庭柱数量等大都与九相关。

九这个数字在这里究竟意味着什么？背后是不是暗藏着更大的阴谋或无法说清的寓意？

警方从杜亚苹身上提取残液，通过 DNA 鉴定，正在缩小嫌疑人范围。谁是这两个嫌疑人，一时成了报社上下议论和关注的焦点。

冰山一角

5月9日凌晨发生的跳楼案，暂时成了一个谜。社长老周在当天夜里都做过些什么，比如说他是不是上过杜亚苹，以及警察缩小的嫌疑人范围他是不是重点，等等，都成为他近期尴尬、无奈、烦躁的根源。谁都能看出，老周表现得特反常。他没想到杜亚苹在他之外还有男人，现在他一定觉着这个女人是个地地道道的婊子，没准她与N个男人有着混乱的情史和性史，只是这次凑巧出事暴露了，但这仅仅是冰山一角。为此，老周整天把眼睛对准社里上上下下的男人滴溜溜乱转，寻找着他的情敌，但一无所获。

杜亚苹死后，人们在收拾她的家宅和办公桌时才突然发现，她竟然没有给这个世界留下一张像样的照片。遗体告别仪式上没有遗像显然不行，远在天水的父母在伤痛中带来了一张已经发黄的照片。社长老周拿在手里掂了半天，发现照片上的杜亚苹天真得一塌糊涂，脸上带着微笑，像花一样绽放着。这是杜亚苹高中毕业时留存的唯一照片。

这时候，社工会白脸刘干事主动出主意说，不行的话把她的结婚照裁下来，找摄影部翻拍成黑白片。

社长老周没有表态，扭头走时扔下一句，你们看着办。

杜亚苹的遗照最后是找唐老鸭翻拍出来的。因为是翻拍，尽管唐老鸭在将彩色转换为黑白时做了许多技术处理，但照片中一身盛装的杜亚苹仍然英姿勃发，喜气洋洋，与告别仪式的气氛显得格格不入。

第二天早上,就在人们准备前往火葬场参加杜亚苹告别仪式时,白脸刘干事一路大呼小叫,从办公室蹦出来,惊扰了许多人。他宣布了一个惊人消息:放在他办公桌上那张翻拍的照片,一夜间走样了。大家都奋勇上前,一看究竟。照片中杜亚苹原本美丽的大眼睛变得扭曲,两颗眼珠子血红血红的,几乎要掉出来,眼眶里竟然还涌出了两行血水,一直流到相框外,血迹还没有完全风干,在清晨阴暗的光线下泛着幽幽的光。这让我突然想起师姐站在马车上两眼滴血的梦境。

刘干事白净的脸上渗出了细密的汗珠子,嘴里直念叨:这女人真是的,走都走了,还要吓一回人,非得再弄出条人命陪她下葬啊!

据说白脸刘干事是前任社长老东西的一个远房亲戚,早年在一家婚纱摄影店干过,暗室处理照片的功夫比较过硬,后来被招聘到了社工会。可他的梦想是做摄影记者,他常说,记者威风,无冕之王。

社长老周说,嚷嚷个球,还不赶快去翻拍一张来。

白脸刘干事就从人群中消失了。

就在人们的脑袋瓜子像土豆一样堆在一起,还在为杜亚苹这张照片议论纷纷的时候,又一件事发生了。这件事很新鲜,让每个人兴奋得脸上充血。我看见白脸刘干事穿过曲里拐弯的楼道一路跑过来,骄傲地仰着脑袋瓜子,像哥伦布发现新大陆一样,兴冲冲地进了社长老周的办公室,神秘兮兮地耳语了半天,惹得社长老周脸上也直充血。

原来白脸刘干事刚才到唐老鸭办公室找他翻拍的照片时,看见唐老鸭手里拿着一张美人照在发愣。这张照片上的人不是别人,正是杜亚苹。她穿着非常暴露,两个翘奶子在低胸内衣里蠢蠢欲动,她站在西都大唐芙蓉园湖边,两眼放电,一副温柔相,幸福得一塌糊涂。

老周说,狗日的唐老鸭,把他给我叫来,立即,马上!

大家站在老周办公室的门口等着看热闹。我看唐老鸭灰头土脸地进去了,手里拿着那幅美人照。社长老周一把夺过来细看,恼怒地将照片扔在桌上。

这照片哪来的?你他奶奶的吃了熊心豹子胆,连本社的女人都敢动?也许老周是想说"本人",可他没说。

是上月春游时她让我照的,唐老鸭说。

老周吧嗒点了根烟:她跟谁春游?

唐老鸭脸也红了:跟我。

老周将烟狠劲地捻灭:就跟你?

唐老鸭说,就跟我。

老周气红了脖子:你再说一遍!

唐老鸭说,是跟我,就我们两个人。

老周说,你真他妈不要脸,谁先约的谁?

唐老鸭说,起先是我约她,后来是她约我。

老周一屁股坐到转椅里说,奶奶的,胆子不小,看来你们约会还不止一次啊。老实说,你们都干过些什么勾当?

唐老鸭说,就是给她照相。

老周说,仅仅是照相?

站一边的白脸刘干事有点不甘寂寞,觉得有必要提醒两句:社长是说,你是不是与她有一腿?是不是吃了人家豆腐?换句话就是说,你们两个上过床没有?

老周斜了白脸刘干事一眼,你给我闭嘴,这儿有你说话的份儿吗?

唐老鸭说,就是照相,没吃过豆腐。

老周说,没上过床?

唐老鸭说,没有。

老周说,上过没上过,公安的 DNA 检测结果一出来,自然会说清的。我问你,5月9日那天晚上,你酒后又上哪儿了,都干过些什么,谁可以作证……

这场对话持续了半个多小时,我站在门口腿都站乏了。在那期间,唐老鸭的回答始终是他与杜亚苹没有亲密关系,但到底有没有,只有鬼知道,因为最关键的一张嘴已经永远地闭上了。

我被列入黑名单

我最终还是被列入嫌疑人名单里去了。郁闷的情绪总是缠绕着我，真想吐血。

他们取走了我身上的一根毛发而不是精液，这根毛发还粘带着毛囊。理由是，我有作案的时间和动机。

当然，警方也没有放过社长老周和唐老鸭，三天两头上门了解情况。谁都知道，这两人都曾经给杜亚苹谋过职位，只是老周的艳福比老唐大，手段也更低劣一些。

我期望案件真相能尽快水落石出，洗清我的冤屈。

有天我碰到小片警向东，想问一下案子的进展情况，他阴着脸说，无可奉告。我说我压力太大，便秘上火，想请假出去几天。他说，案子正在调查当中，你必须随叫随到。

这个杂碎，让我无话可说。

自从跳楼案发生以来，师姐辛欣安排给我的有关食人鱼的科普文章和系列报道几乎没有进展。我给师姐打过几次电话，都没打通，发出的短信也都石沉大海。

食人鱼生性凶猛残暴，在水中一闻到血腥味，便会架起锋利的牙齿成群结队地攻击猎物，啃到只剩下一堆白骨。由于它个性十足，又具观赏性，所以很受养鱼爱好者的青睐。在西都市五路口、炭市街一带就有食人鱼热卖，价格不菲，一条可以卖到五十元左右。在西都海底世界附近，也有人在秘密出售，那一带游客较多，一条甚至可卖到八十元。有网友骂商贩们不择手段，丢了良心，还给我提供新闻线索，说鸡市拐、康复路一带还有人在非法兜售食人鱼，让我们尽快去曝光。

可我神志恍惚，无心再把食人鱼的报道做下去，否则，我恐怕会被食人鱼活活吃掉。

太阳落山了，深夜一步步靠近，这是我一天中最难打发的时段。深夜就像个魔鬼，当我劳顿了一整天，一个人躺倒在出租屋的床上抚摸着自己发育得很健壮的身体时，我的心就会被黑夜这个魔鬼掏空直至一无所有。这个时候，我就特想念师姐。

食人鱼好吃吗

星期六上午，我睡得稀里糊涂，小片警向东打来电话，让我马上去派出所一趟。

我说，DNA检测结果到底出来了没有？我等着洗冤呢。

他说，你想出来就出来啊？我再问你，那晚你到底干过她没有？

我说，你什么意思？我说过N遍了，没有！我倒是想干她，可我没那本事，只有手淫的份儿。

他说，那就是说，你有动机对不对？这就更有嫌疑了。

我说，别把鸡毛当令箭。

他说，我这是执行公务，别以为是在跟你闹着玩儿。

他又问，你是不是有个弟弟叫邓冲？

我一惊，怎么了？难道他也与这起血案有牵连？请你们手下留情，积点德好不好？

他说，邓川，别这么冲动，人在我这，你赶紧过来吧。

我吓了一跳，以为自己听错了，不会吧，他人在四川，怎么会出现在西都？

他说，别问了，你过来吧。

正是邓冲的出现，搅乱了我后来的生活。

他原先在老家四川广元，高考无望后，千里迢迢地跑到西都，想通过我找份工作。这小子倔犟，话不多，但讲义气，够哥们儿。来西都前，他还没好意思跟我提工作的事，我想他是怕我一口回绝失他面子。

邓冲坐在小片警向东办公室的值班床上，两只脚悠闲地荡着，看了我一眼没说话。后来我才知道，大约是几小时前吧，邓冲下了火车后在街上溜达，遇上了两个小偷行窃路人，在帮小片警向东捉拿小偷时相遇。小片警向东对邓冲表现出来的英雄气概大加赞赏，随后就领他到自己的办公室，想帮他找到我这个哥哥。

经小片警向东一说，我再回头看邓冲时，感觉有几分顺眼了。邓冲十九岁，长得健壮，是学校的长跑健将和全市文教系统的散打冠军，捉几个小偷不在话下。

临走时，我旁敲侧击地问小片警向东，师姐在外一切可好，什么时候回来？我这几天老梦见师姐头发蓬乱，两只冷眼泛着忧郁的神色盯住我重复问：川子，食人鱼好吃吗？我不敢回答，她就跟着我不停地问，吓得我顺着报社曲里拐弯的楼梯往下跑，可楼梯像一个盘旋到地狱的神梯，总没个尽头。

小片警说师姐给他打过一个电话，说她已经抵达新疆，即将穿越天山神秘大峡谷。

当然，这条信息大约是一周以前的了。

天山神秘大峡谷地处天山山脉南麓，海拔一千六百米，那儿最高的山峰有二千零四十八米，谷内山体陡峭险峻，奇峰异石，千态万状，小道时而开阔，时而狭窄，最窄的地方仅容一人侧身而过。国内外无数探险者被她的险峻和奇异折服，不远万里来此探险，每年都有人在探险中神秘失踪，但仍有人视死如归，义无反顾地前去。

我不由替师姐担心。

师姐的婚房

我把邓冲带走了，又从农贸市场买了张单人床，让他跟我挤在出租屋里。

可眼下正爆发金融危机，企业纷纷倒闭，大量员工下岗，找工作比登天还难，要我给这小杂碎找工作，纯粹拿我开涮。可不找怎么办呢，他要是闲出个事来，那我这份工作就只好让别人干了。

烦恼时，我就想师姐。师姐外出已经很多天了，夜里的时候我背着邓冲给师姐发短信。大约是天蒙蒙亮的时候，仿佛看到师姐一双神色阴郁的眼睛凑到我跟前又问，川子，食人鱼好吃吗？吓得我不敢回头，幸亏邓冲一个响亮的喷嚏将我惊醒。

我整天都在留意手机，可师姐仍然没回信，手机也一直关机。

以师姐的美貌、才气和影响力，怎么会看上小片警这样的人呢？闲暇时我就爱想这些问题，可没想通。

听说小片警小时候患过气管炎，身体虚弱，他爸就让他进市武术班学习，整天舞刀动棒，后来就考上警校，练就了一副好身板，成了女孩子喜欢的那种带有忧郁气质的型男。毕业后干上了片警，整天骑个破自行车走街串巷，维护治安，在北郊这一块，没有人不熟悉他的。

小片警向东的家境一般，父母都是普通工人，厂子效益不好，前两年就双双下岗了。偏偏他老妈腿脚又不灵便，一年四季抱着药罐子整天在家待着，就靠他爸在门口摆小摊，挣点零花钱。小片警向东眼看二十七八了，谈了几个女孩儿都跟他拜拜了，她们都嫌他穷，买不起房子。父母整天唠叨，快急疯了。可后来，没想这小子艳福不浅，竟不声不吭地领了个美女回来，他爸妈兴奋得嘴都咧天上去了。当着师姐辛欣的面老两口就强调，人家姑娘能看上你，那可是我们祖上修来的福分，人家父母过世早，就外婆一个亲人，你可要好好待人家，你胆敢欺负人家，就别想再进这个家门。

两人的婚姻很快提上议事日程，在北郊买了套三居室的房子，近百万的购房款大部分是师姐掏的，小片警向东只掏了个零头。他们想成家后把老爸老妈接过来一块儿住，可老人没答应，说他们在这破旧的小窝里住惯了，去了不习惯。后来，按小片警的建议，他们干脆把外婆接过来跟他们住。

装修房子时，两人做了分工，由师姐动手设计装修方案，小片警向东负责购料，兼做工程监理。师姐那些天情绪亢奋，搞到十几本参考资料，翻来覆去地在电脑上画，蓝图终于成型。可为了实施这蓝图，小片警干了两个月掉了好几斤肉。

装修竣工后，师姐叫我去她的婚房感受她天才的设计。师姐的品位果然不凡，把婚房设计得像一座艺术宫殿，风格独到、典雅，线条流畅，处处流淌着温馨和浪漫。她还把自己与向东的合影放大成一面墙的大小，非常抢眼地安装在客厅正墙。照片中的师姐非常温柔地依在小片警向东的肩上，身后是一望无际的绿地，身边有几朵小花在春天里绽放。师姐还在兴头上把我领到了他们的大卧室，一张绵软舒适、豪华的大床占据着这间房子。

师姐说，向东让我生个男孩儿，跟我姓，让我把辛家的香火传下去。

我"哦"了一声，没有说话。

师姐又说，我们想好了，等孩子长大以后也上警校，当警察，为民除害。

我又"哦"了一声。

我开始不明白为什么师姐会对警察如此深情，后来才得知，师姐的父亲是西北有名的水墨画画家，尤以山水鸟石画闻名遐迩，大有李可染之画风。特别是他有关三秦大地的社会生活和山容水色的系列作品，画风和技巧可谓独树一帜。他的画在市场上每幅可卖到八万元，来他家索取墨宝的人总是络绎不绝，为此，他的墨迹也成为不少人发财的捷径。可后来，这位画坛高手却在一个风高月黑之夜遭到了贼人的毒手。连同遭到毒手的还有师姐的母亲，一位在本地颇有名气的歌唱家。而十六岁的师姐在自家的床下躲过了这场血腥的劫难。我不禁想象那一幕，在黑暗中，她睁大恐惧的双眼，强忍着泪水，像只待宰的羔羊，蜷缩在世界上最黑暗的地方，双耳充斥着房间里发出的惨叫声和铁器的割砍声。

贼人落网了,警察替师姐讨回了公道,师姐就把这份情记在了警察身上。

师姐还在兴致勃勃地跟我分享她的劳动成果,根本没有注意到我的情绪变化。师姐还想说什么,我说我还有事先走了。师姐这才发现我有点不对劲,问我是不是哪里不舒服。我说我想喝酒。师姐说,那我陪你上夜市。我说,你与向东就要旅行结婚了,我一个人随便喝点就行了。

丰盛的鱼宴

有天下午,我坐在"牙齿"里想心事,突然接到师姐电话。她的声音低沉阴冷,听着像是从地狱那头传过来的,吓我一跳。

我说,师姐你回来了?你还好吧?怎么声音变成这样,一点儿都听不出来了?

师姐说,我没变,是你变了。

她从人间蒸发多日,又一下子蹦出来,搞得我很紧张。

师姐说,晚上请你吃鱼。

联想起师姐问我"食人鱼好吃吗"这个梦境,我后背不由发冷。我说,师姐,咱能不能改吃别的?

师姐说,怎么,几天不见,连老姐的话都不听了?

我想喊上邓冲跟我一起去,顺便把他介绍给师姐,以后也好有个照应。可这小子在家闲不住,帮小片警向东捉贼去了。他最近跟小片警混得很熟,三天两头往那儿跑。有一次他一整夜没回来,打手机关机,害得我满世界找,差点报警。第二天我问他,他还有点不耐烦,说他住在小片警办公室了。奶奶的,好像小片警才是他亲哥哥。

邓冲去不了,我只好单独赴约。

从出租车上下来到路边,发现酒店位置就在车水马龙的北二环黄金地带。我径直往"傻儿鱼头"酒店的大门走去,刚到门口,一位门迎小姐跟我打招呼,问我是不是邓川先生,我说是。她说,辛小姐已经在包间等你了。我不知道她是怎么认出我的,稀里糊涂地跟着她就上楼了。

穿过餐饮大厅到了包间门口,门迎小姐打开包间的木门,做了一个谦逊有礼的"请进"的动作。我说了声"谢谢"就进去了。可随后发现,包间里并没有她所说的辛小姐,只有满桌子的鱼,有大鱼、小鱼,有草鱼、左口鱼、黄花鱼,有鱼头,也有鱼片。有的鱼好像刚刚才被宰割完,连肚肠鳔鳞这些东西都还附着在上面,旁边的小碟里放着小刀和叉子,刀刃上还残留着血。

好一桌丰盛的鱼宴!

目睹眼前的景象,我惊呆了,胃里恶心泛滥,不禁弯腰干呕了几下,等我回头找那个门迎小姐时,她已经没了影子。

我急忙从包间里逃了出来,在楼道里徘徊。这时候,我的手机响了,是师姐辛欣打来的。

师姐说,你站在楼道里是不是等什么人。

我说,师姐你到底在哪个包间,你怎么知道我在楼道里?

师姐说,门迎领你进来的包间啊。

我说,包间里没人呀。

师姐说,邓川,你小子也学会骗人了,你进来看看。

我怯怯地推开包间的门,发现桌子正席的位子上果然坐着一个长发女孩儿,她背对着我,正在看窗外车水马龙的西都大街。

零距离接触

从女孩儿优美的人体轮廓看,我断定她就是师姐辛欣。她缓缓地回过头来,然后定睛看着我。目光相遇的那一瞬间,我不禁打了个哆嗦。她的眼光冰冷,像寒冬里的一把利剑,要从我身上剜出一块血淋淋的东西。

我说，师姐你回来了？

我期待她能够热情地从椅子上站起来，跟我握手。

师姐坐着没动，冷冷地说，你是不是不想与我共进晚餐？

这是师姐见我的第一句话。我说，师姐，怎么会呢？我还要向你汇报工作呢。

师姐冷漠地说，坐下吃鱼吧。

我看了看满桌的鱼，真觉着有点害怕，站着没动。

师姐说，怎么，还要我请你坐吗？

我不敢多嘴，在师姐的对面坐下。

师姐说，你能不能坐近点，怕我吃了你不成啊？

我乖乖地坐到了师姐的身边。

我说，就我们两个吗？

师姐说，怎么，嫌我档次不够高啊？

我说，不敢，就我们两个最好。

师姐瞪了我一眼，吃吧！

我拿起刀叉无所适从，看着满桌的被开膛破肚的生鱼，实在无法下咽。

这时候，师姐叉起一条小鲫鱼放进我的小碟里说，怎么，还要我喂你吗？

显然这是一条没有经过任何烹饪加工的死鱼，基本就跟刚从水里打捞上来的一样，所不同的只是它已经没有了呼吸，指甲盖大点的小鱼脸铁青着，两只圆圆的眼睛盯住我不放，像要找我复仇似的。最恶劣的是，它还散发着一股让人难以下咽的鱼腥味。我愁眉不展地看着师姐苦笑了一下，喝了口茶。

师姐说，怎么，几天不见，鱼都不会吃了？跟老姐学两招。

她给我示范，将一条没有经过开肠破肚的小鲫鱼放进嘴里咀嚼，很快，小鲫鱼尸体中的血液顺着她的嘴角流淌出来。我发现她的吃相特别贪婪，眼里闪烁着阴森可怕的光芒，没用一分钟，一条小鲫鱼就变成了一副白骨。

她看我愣在一旁不动,就说,吃啊,客气什么。

我说,师姐,能不能上瓶酒啊,白的。

我想用酒杀杀腥味,也好给自己壮壮胆儿。

师姐说,想喝就喝,我陪你。

我和师姐喝的是西都本地产的西凤酒,这酒在本地很有名,大大小小的酒店都有的卖。几杯下肚,师姐的脸在酒的浸润下异常红润,像个成熟的红苹果,眼睛也活泛起来,我感觉她又回到了从前的状态,一切还那么迷人。

我借着酒劲说,师姐,知道吗,你外出的这段日子,我很想你。

师姐吐了一口"心"牌香烟,烟雾在我眼前缭绕,随后师姐将柔软性感的身体斜过来微靠在我身上说,你就不怕向东砸了你的细腿?

对于师姐的这个温柔之举,说实话我曾经在梦里无数次大胆妄想过。我不知道这是她在鼓励我,还是在暗示或是试探我,总之我的心一时软得一塌糊涂。这是师姐在现实中第一次与我零距离接触,她的身上散发着沁人心脾的芳香,我感觉我的下身火辣辣地难受。

我说,师姐,你干吗一个人去旅游结婚呢?

师姐说,也许是天意吧,关键时刻他总是有事。

我说,你这次出去没事吧?

师姐说,废话,有事我还能活着回来?

我说,最近社里出了不少事,杜亚苹跳楼死了,我被公安局调查了,你交给我的任务也没有完成。

师姐用手梳理着柔顺的长发,冲我笑了一下,没关系,这我都知道。

我感到意外:你都知道?

师姐说,我还知道杜亚苹跳楼之后,警察勘验现场,发现她手心里捏着一张纸条。

我说,师姐你真是神人啊。

师姐又冲我笑了一下,端起酒杯说,喝酒。

这顿饭,师姐一连吃了好几条小鲫鱼,而我始终没吃下一条。临走时,师姐打开她的手提包,拿出一只很精致的小木盒递给我说,川子,喜欢吗?

我一激动,赶紧说,师姐送的,我都喜欢。

我打开小盒子,看到里面躺着一副小小的白骨。我意识到自己的脸色忽然就变了。

师姐爽朗地笑了两声说,这是食人鱼的骨架,在旅游胜地卖得很火,留个纪念吧。

尸体储藏室

师姐自从外出探险旅游回来后，明显变了个人，只有经过酒精下肚后的浸润，才可能看到以前那个自信、热情、乐观的师姐。这其中必有原因。

鱼宴后的第二天上午，阳光很好。我在街摊上吃了碗牛肉拉面，就上了办公楼。走进写字间我吃了一惊，每个"牙齿"里都放着一个精致的小木盒子。我想，盒子里面的内容，一定与我的一样。

刚坐定，小片警向东打电话来，问师姐昨晚是不是与我在一起。我说，我们一起吃的饭，怎么了？

向东说，我昨晚回家，发现她竟然把新房搞成了尸体储藏室，像个恐怖的坟墓，满墙都是什么食人鱼的尸骨、标本、图片，这还不够，还给我爸妈、我们单位的同事每人都送了一个食人鱼的工艺品，你说她是不是有病？她搞这么多尸骨干吗？

我说，这怎么可能？

他说，有什么不可能？她现在还待在她外婆那里死睡，班也不上，你们报社老唐电话都打我这儿来了。

我到走廊里对他说，你是不是考虑送师姐去医院检查一下，她这次回来，总感觉怪怪的。

他说，我也感觉不对劲，让她上医院，她死活不去。

我说，也许是外出太累了吧，过些天会好的。

他说，那就这样吧，我要去忙了。

压了电话，我想了很久，也没想出个所以然来。我有时甚至怀疑，师姐就是美人鱼变的。

关于师姐成长故事的传闻，多少有些传奇色彩。听说师姐三岁前一直在盆子里洗澡，一洗就是半天，谁要是强行把她从盆子里捞出来，她就会哭闹不止，以示抗议，害得父母和外婆整天围着她转。三岁后，母亲或外婆只得带她到澡堂去洗澡。后来上了小学、中学，她的游泳技术在同龄人中已经无人能比，潜泳竟然一口气能游上百米。有一次，她参加全市中学生体育比赛，学校领导都盼着她能摘个桂冠，给学校扬眉吐气一回，可让所有人都没想到的是，她潜入水底后好久都没有露面，就这样悄悄失踪了。一伙人下水打捞，在水下扑腾了半天，最终无功而返。上来的人都说水底连个鬼影子都没有。就在大家惊异和担心的时候，师姐拉着池边的扶手，笑眯眯地出现了，让在场的人目瞪口呆。他们想不通，这个瘦小得插根鸡毛都能飘上天的黄毛丫头，到底在捣什么鬼。

师姐高中时一直比较瘦弱，后来，就如芙蓉姐姐说的，来了次月经，发育了一下，就变成了美人胚子。

师姐天生就是个性格叛逆、喜欢冒险的人。大二那年，还在读新闻系摄影专业时，她就只身进入过楼兰王国，为许多报纸和网站发回多篇独家报道，一时间成了各路媒体追逐的红人。各大媒体约她去做嘉宾，做专题访谈，甚至还有一些企业耗巨资请她做广告代言。师姐把挣来的钱全部捐给了贫困山区的希望小学，帮他们建校，为孩子们买衣物、书籍。直到后来她角逐"西都市爱心形象大使"胜出后，媒体才爆出她的出身和背景，公众才知道她是名门之后。

师姐很小的时候，有事没事就约上同学满世界疯跑，到了花季年龄，又喜欢上了水底摄影。有一年暑假，她约了几个同学去青岛看大海，对海底的生命世界，师姐有着特殊的迷恋和渴望。就在这个夏天，师姐第一次潜入水底拍回了引起业界轰动的摄影大片，并在西都摄影展中脱颖而出，由此被誉为西都的美女摄影大师。她作为"城市爱心形象大使"拍摄的大型公益广告牌，在西都的钟楼闹市区和南北大门旁高耸着，为这座城市增添了不少色彩和生机。随着师姐的知名度扶摇直上，社里曾几次提拔她做摄影部主任和社长助理，但都被她拒绝了，她只想专心做她的摄影。

低调做人，按说没错，但总有人想给师姐找茬，比如唐老鸭。

制造绯闻

这天下雨，大学同舍老大苏胖子邀请我、员外、猴子等人出去喝酒。电话里他说，妈的都五月了，哪有一连下几天雨的，人都快发霉了，出来晾晾吧。老大一声令下，一班人马全来了，男男女女坐了一桌子。

酒席散后，我回到出租屋时已是午夜。邓冲睡得像头死猪。我喝了两杯白开水，正要上床睡觉时，小片警向东突然打来电话，说有人在网络上大做文章，故意制造师姐的绯闻，搞人身攻击，问我知道不知道。我脑子被酒精泡得晕乎，感觉舌头根都在打转，问他网上都说了些什么。他说，你他妈整天就知道喝酒，自个儿网上看去。

我赶紧打开手提电脑，竟然搜到一千八百多条信息，大多是有关师姐获国家摄影大奖的信息，也有三分之一的帖子是针对师姐隐私的，说师姐道德败坏，以美色在外傍大款，泡男人，勾引领导。帖子还配了几幅师姐和不同男人在一起亲昵的照片。这些照片的清晰度很高，是否移花接木，我喝多了，也不得而知。网民对此反应强烈，有网民骂师姐水性杨花，与"城市爱心形象大使"格格不入，有网民怀疑这是师姐在炒作自己，也有网民对帖子的可信度表示怀疑，认为有人恶搞师姐，用心不良。

帖子的作者用了一个英文名字，他（她）究竟是谁，要达到什么目的，一概不知。

第二天，我安慰小片警向东：不要激动，没影儿的事，传闻再有鼻子有眼,明眼人一眼也能看穿,图片是PS的,是有人故意陷害。向东说,妈的,现在网民都跟风一样一边倒,这回是跳进黄河都洗不清了。我建议报案。他有点不耐烦地说,报什么报,越描越黑。

可后来,他还是采纳了我的建议——立案侦查。他说师姐的精神极不稳定,他想给师姐讨个说法。这案子办起来很快,公安机关顺藤摸瓜,不出三天就锁定了嫌疑人老唐。

老唐一门心思想往上爬,他的目标是"总编"的宝座,一心就想去掉前面的"副"字。现任总编就要"到站"退休,老唐认为这次机会千载难逢,整天四处打探,拉关系,走后门。可社长老周偏偏看不上他,能让老唐在副总编的位子上安稳地待着,已经是格外给他面子了。

老唐这人心胸狭窄,既然走正道得不了手,那就搞点旁门左道,搞臭师姐辛欣,一举扫清障碍。

就在法院即将以诬陷罪给老唐定罪时,师姐却撤诉了。师姐说,一身污水洗清了,得饶人处且饶人。老唐得到消息,感激涕零,当场就给师姐跪下了。师姐看都没看他,转身走了。

这事按说就这么过去了,但社长老周坚决不同意师姐的做法。他的理由是,师姐是社会名流,又是本社员工,受到栽赃诬陷,社长有责任为她讨回公道,洗清不白之冤,以维护社会的正义之风和本社良好的人文环境。

这件事虽然最终还是以当事人师姐的撤诉,不了了之,但它至少说明老周与老唐之间是有过节的,老周想借此来打压老唐。是什么过节呢?比较一致的看法是,为了女人。

那么究竟会是谁呢?是杜亚苹。

这消息是一个叫林朵的女人酒后无意向我透露的。

女人叫林朵

听到师姐高烧住院的消息，是在夜里 11 点多，当时林朵硬要与我亲热。林朵是个少妇，大我五六岁，离异，一个人孤守着空房。

这个女人算是我交的一个朋友吧，她长得并不端庄，但还秀气，属于比较耐看的那种。典型的 S 型身材，双腿修长性感，男人一看就会往上涌血。

她是我们报社专题部的，也在这幢白色大楼里上班，抬头不见低头见，但我从没和她在社里说过话。说实话，我没怎么留意过这个女人。印象最深的就是，每次见到她的时候，无论在哪儿，她总是急匆匆的，像一阵风似的从你身边吹过，小嘴从来没有闲过，总是咀嚼着苹果。说句良心话，我并不喜欢她。可她似乎很喜欢我。这一点，在她扑到我身上之前，已经告诉我了。

如果我跟这个女人的第一次性接触算是好运，那么后来的发展绝对是一场噩梦。

仔细想，与林朵的零距离接触并不怎么浪漫。我只是在晚上加班时自饮了二两"猫尿"，从楼道深处的洗手间出来时撞见了她。当时，她迎面向我走过来，我没看清她是不是嚼着苹果，也没打算跟她说话。可就在我们要擦肩而过的时候，她尖叫了一声，一把抓住了我的胳膊，向我猛靠过来。在她尖叫的同时，楼道里滚出一个圆圆的东西，是苹果，好像才啃了两口。她扑进了我的怀里，还有点惊魂未定，显然是受到了什么惊吓。可她这一叫，反倒吓了我一跳，我有点不高兴，想推开她。可当我顺着她手指的方向回过头去看的时候，打消了这种想法。我看见一只怀春的猫，正拖着长尾巴从我的身后向楼梯口逃窜，远处还有一只猫在等着它。它们一定是受了我们的惊吓才逃窜的。有时候我想，世界这么大，人也好，猫也罢，什么地方不能待，偏要跑到这幢白色大楼里来幽会。想想猫这种动物除了命大之外，其实与人没有两样。它们四肢着地，拖着条长尾巴，而人不过比它们进化得完全一点，能直立行走了，尾巴也进化掉了。或许要论情感的专一程度，人未必会比猫强多少。

我无意间做了她的靠山和庇护神，像老鸡护小鸡那样把她揽进了怀里。

按说，这一切发生得很突然，也就刹那间的事，那只怀春的猫跑掉了，也该没事了，该干什么干什么去，可我想错了。

我没法不答应她

松开林朵那只手的时候，我和她都有点尴尬，互相对望了一下，她终于笑了：不好意思，让你跟着受惊了。

我故作大度，男人嘛，这算什么。

她说，还真没看出来，你挺勇敢的。

我说，这楼上有点阴森，挺邪门的，早点回去吧。

可她站着不动，像有话要说。果然，她接着说，我有点事想麻烦你，不知你肯不肯帮我。

我不知道这个女人是出于无心，还是有意黏我，如果她仅仅是想与我上床，那倒无所谓，虽然我还是个处男。

她说，我想请你教我摄影。

我说，这不行，我自己还没出师呢。

她说，我买了台相机，不会用，你一定要教我。我们是同事，对吧？

我想，她既然不擅长文字，放在专题部确实有点为难她，学点摄影，也许可以帮她走出方块字。她说得那么真诚，我没法不答应她，脑子一热：那就试试吧。

妈的，就因为这句话，后来却给我引来了无数的烦恼和困惑。

她随我到我办公室的"格子"里，聊了没多久，感觉没多大意思，我起身要走的时候，她一只手从我肩膀上压了下来，让我坐下，接着就在我的额头上亲了一下。这不明摆着要让我卸她的货吗？然后她骑在我身上，在不到二十分钟的时间里，非常老练地将一个处男变成了男人。

我在内疚中多了几分自责。这种自责来自我与未来女友或妻子朝夕相处时的一种难堪。我这样做，对她们很不公平。尽管她们也许不会在乎我是不是处男，只在意我是不是精神出轨，而我却在乎她们会不会是处女。我想，没有一个男人在常规心理选择女友或妻子时，会放弃处女。处女对于男人来说有着非凡的意义。男人爱处女的含蓄、处女的温柔、处女的娇羞，而这些让无数男人值得爱的第一次，只有处女才能给予。

也许，我这是强盗逻辑，但我就是这么认为的。

接到师姐高烧住院的消息，我一把把她从身上拨开。她不高兴，在我屁股蛋子上狠毒地给了一巴掌，表示愤慨和不满。

我甩门而去，没有理她。

本以为和她的事就这么过去了，显然，我还是太年轻……

年轻是什么，两个字：浮躁！从另一个角度说，叫不成熟。

别听他们放屁

其实，林朵根本不了解我这个嫩男，也无法知道师姐辛欣在我心目中的位置是多么重要。师姐对于我来说，是冰天雪地中的温暖，是绝望中的一线曙光。也许我和师姐是两条平行的线，不会交叉，不会有任何结果，但这并不影响师姐对我心房的占有。

我是前年刚来报社的，那年年会上，作为菜鸟，我向同事们提了三个问题：一是如何处理采访被拒绝？回答是死磕，每次多喊几声"加油，加油！"二是如何空降到一个地方，迅速渗透并和当地建立联系采访？回答是多积累经验和人脉，下笨功夫。甚至有编辑说自己当初做记者时，曾在大雪天跑到被采访者家楼下去翻垃圾桶，结果从里面找到了很多有用的信息。三是如果采访的过程中发现一切所见所闻都如白开水般平淡，该如何下笔，这时候是否该有意地去渲染？回答是如果在西都这片神奇的土地上你都找不到高潮，那只能说明你阳痿。

师姐却说，邓川，别听他们放屁，其实采访最主要的是要用脑子去思考，去观察，去交朋友，挖出与别人不一样的好细节。

那个晚上，师姐辛欣带着我灌下三碗无比难喝的西北米酒，接着是频繁举杯，直到把酒喝干，把杯子碰碎。从那天起，我发誓一定好好跟着师姐，对师姐好。

我赶到西都医院的时候，已经过去了两小时。正常情况下从单位赶到医院的车程也就半个小时多点，可这晚邪门了，一路红灯不说，还赶上路政维修，塞了半天车。

我想给师姐买束鲜花，平时没机会送她。可我运气不好，所有的花店都上锁了。我不死心，顺着店铺的卷帘门一路挨个砸过去，我想砸出点效果来。里面有骂娘的，嫌我扰了他们的睡眠。我说买花，里面就骂，妈的，都什么时候了，明天来吧。想想也是，半夜三更，睡觉最重要，谁愿意爬起来挣我这点小钱啊。

还好，就在我转身走开的时候，旁边一个店铺里伸出个脑袋瓜子，我买到了这个晚上最后一束鲜花。

师姐享受的是高干病房，客厅、沙发、陪床、卫生间都有，还配了专门的特护，毫不逊色于五星级酒店的套房。

病房里已经摆放了很多水果和花篮，听特护说，省委宣传部领导带着省记协和省摄影家协会的领导下午专程来看望过师姐，并要求医院尽快与全国各大医院联系，邀请专家给师姐会诊，全力救治，不得有任何闪失。领导的消息如此灵通神速，是我没有想到的。

师姐得的是一种怪病，持续高烧，神志不清，正躺在病床上输液。只有外婆一个人孤零零地守护着师姐。外婆说，她已经给向东打过电话了，一直没打通。

后来，我打通了，让他速来医院。他说他正在执行公务。

这是警察不讲理的时候最爱蹦出的一句话，一旦出口，你就得识相，如胆敢纠缠，打得你满地找牙。

我说，你老婆命都快保不住了，你还执行个屁呀。

向东来了，比兔子还快，身后还跟着个"尾巴"，是邓冲。他们把审讯小偷的事交给了别人。向东坐在师姐身旁，抚摸着她的秀发不停地落泪。他一抹泪，外婆也哭上了，说辛欣这孩子命苦，从小死了爹娘，现在又得上这种不明不白的病，要有个三长两短，她也不活了。

后来，特护将我们赶走了，只留下小片警向东。

我是私生子

确切地说，我是个私生子，跟邓冲是同父异母。二十四年前的一个夏夜，助产婆把我从母亲的下身里拉了出来。我本该是母亲的骄傲，可仅仅因为我是父亲的种，由此给母亲带来了额外的联想和痛苦。

我的父亲是个横行霸道的地痞，利用晚上的闲散时间偷偷霸占了我年轻的母亲。后来，母亲被赶出家门，在城郊租了间窄小昏暗的小屋，整天与泪水和绝望做伴。尽管这样，我还是在她的肚子里舒舒服服地生活了十个月后，顺利地来到了这个陌生的世界。

在我百天的时候，没有任何人前来道喜，母亲做了两道简单的菜，自斟自饮，喝得大醉。晚上，父亲迎着呜呜作响的秋风，空着两只手来到租房。他一进屋子就坐在一张靠椅上，将母亲喝了一半的酒一仰头喝了个底朝天，然后，他那死鱼一样的眼睛就盯着躺在床上的母亲，猛地扑了上去，三下五除二，就扒光了母亲的衣服。当晚父亲就走了，都不回头看上一眼，径直从租房里走了出去。后来母亲死了，据邻居说是中了风寒。两天两夜没进奶水的我哭啼不止，引来了邻居家的小黄狗。它狂吠着叫来了主人，我就这样获救了。后来，我以养子的身份进入了新人家，养父在我嫩小的屁股上拍了一巴掌说，你个小狗日的真是个克星，刚百天就把你妈克走了。

在父亲家，我自然得管带我的女人叫妈，寄人篱下，衣着破烂，饥饱不均，所幸的是我一天天在长个子。有一天，我"咚"地跪在父亲面前，哭着要去上学。父亲盯着我看了半天说，你个小狗日的，克走了你妈，现在又想克我。我长跪不起，苦苦哀求。我在泪水涟涟中看见坐在一旁的那个平时被我叫作妈的女人，很蔑视地从嘴里"哼"了一声，脸拉得比驴脸还难看。两岁的邓冲抓住我的胳膊肘儿，向父亲求情：哥哥不哭，哥哥要上学。

那时候，父亲把邓冲视为宝贝，干什么都偏心于他，我也学会了察言观色，时时让着他，护着他。邓冲整天就跟在我屁股后面颠来颠去，形影不离，就像现在他跟着小片警向东一样，我俩成了分不开的连裆裤。但邓冲很犟，哭起来没完没了，平时我不小心惹了他，他一定会哭上半天，最后以他胜利我挨骂、挨揍结束，久经"锻炼"，慢慢形成了他的蛮横和犟驴脾气。我清楚，他遗传了父亲的劣迹。

我还跪着，父亲看了邓冲一眼，又看看我，也许是动了恻隐之心：起来吧，我应了你。我赶忙给父亲磕了三个响头，后来就背上书包和别的孩子一样上学了，而且年年能拿回"三好学生"的奖状。需要说明的是，父亲当时还补了一句，上学可以，学费自己想办法。为了这句话，我放学捡垃圾，星期天跟着几个同学到副食厂去砸杏仁、包糖果，还给县武装部拉过黄土。部长说了，他们要盖房子，我们就从三里地之外的北门大坡下用架子车一车一车地将新鲜的黄土拉运回城，堆在武装部的院子里。为了拉运黄土，辛苦不说，我甚至差点搭上小命。有一次，我中午没钱吃饭，和一个同学拉着黄土上北门大坡，我在前用绳子拉，同学在后往上推，在半坡的时候我饿得眼冒金星，腿一软，跪在了地上。架子车就像脱缰的野马一样拉着我往坡下滑动，后面的同学顶不住了，猛地一松手，差点我就被带进一辆车的车轮底下，我的膝盖和额头在坚硬的柏油路面上划出了很多血口……

童年的梦谁都有过，有苦有涩，有甜有乐。而我的童年，只有苦涩。我只有一个梦想在苦涩中飞扬——我必须活出个人样来，为自己，也为死去的亲生母亲。后来我考上了西都大学，毕业后就来到了报社，走进了这栋白色大楼，认识了师姐辛欣。部主任唐老鸭看我傻啦吧唧，对师姐不会构成威胁，就让我做了师姐的小徒。他这样做不是保护师姐，而是为了给自己创造机会。我知道，他的心里一直谋算着师姐这盘别有风味的绿色小菜。其实，他想错了，我比他更想得到师姐。不同的是，我是为了娶她，而他只是为了占有。

各路医学专家从全国各大医院会集到西都医院，开始对师姐进行会诊，会诊的结果令我大为吃惊。据一位白发苍苍的医学权威专家分析，师姐得了一种暂且无法诊断清楚的怪病，但可以肯定地说，师姐的血液明显受到了一种不明毒液的感染，身体机能被迅速激活，白细胞和红细胞正在以惊人的速度不断复制，成倍增长，其免疫力已大大超出了常人。

他给了我一个背影

有天下午，我采访回来，正在"格子"里将数码相机里的照片上传到电脑，忽听窗外有人大喊捉贼。我推开楼道的窗户往下一看，只见楼下的场院里有两个人在疯跑，后面的在追前面的，前面的人手里好像还提着把明晃晃的刀具，在阳光下闪闪发光。场院里站了很多人，包括从街面上涌进来看热闹的人。我点了支香烟，拿起相机，正准备居高临下地拍上几张，却看见有个女人已经扎在人堆里开始拍照了，好像是专题部的林朵。我定睛细看，发现那个满院子疯跑捉贼的人好像是杂碎邓冲。我二话没说，顺着曲里拐弯的楼梯就跑了下去。

那个在人堆里举着相机拍照的女人的确是林朵，而那个捉贼的英雄是我弟邓冲。林朵一脸专注，一会儿半蹲，一会儿仰拍，一会儿身子前倾……我忽然对这个女人有了一种好感，或许是因为她对新闻的敏感，或许是因为她的正义感。总之，我突然就有了这种看法。

邓冲跑得满头大汗，脸色发紫，有点喘不上气。那贼人还时不时回头将刀子晃晃，做挑衅状。这时就听有人在喊：小子，加油啊，加油啊！千万别让小偷跑掉！就见杂碎邓冲突然停了下来，向着那个高喊的人走过去，然后就听到了啪啪两声耳光声，接着就是几声"哎哟"乱叫，人群一阵骚动，贼人趁机溜之大吉。

我走到邓冲面前的时候，唐老鸭正一手捂脸，一手捉住邓冲的衣领，非要让杂碎邓冲给他赔礼道歉。杂碎邓冲犟脖子一拧说，让老子给你这种鸟人赔礼，你还不配。

我感觉，这是杂碎邓冲到西都以后说得最顺耳的一句话，要不是看在唐老鸭是我上司的分上，闹不好我还会鼓掌叫好。

我说，邓冲，这是我领导，你赔个不是，也少不了你什么。

杂碎邓冲说，这种鸟人还配做领导？给他赔礼，老子丢不起这人。说着，手一抡，唐老鸭捉衣领那只手就被甩开了。

唐老鸭回头狠狠地瞪了我一眼。我正想解释，他转身给了我一个背影。

这时林朵也过来了，对着我笑了一下说，这是你弟吧？

我说是。

林朵有意将脑袋转向唐老鸭：唐总，门牙没掉吧？唐老鸭嘴巴都气歪了。

我说，唐总，我弟不懂事，我向你赔不是了。

杂碎邓冲冲我喊，有你这样的哥，丢人！说完扭头就走。林朵提着相机追了过去。

唐老鸭对我哼了一声，愤愤地走了。

就因为这件事，我给唐老鸭多次赔过不是，甚至花钱请他出去玩小姐的心思都有，权当我白上了半个月的班。可这狗娘养的总说没事，我以为真没事，可没多久我发现，他开始给我找茬了。比如，在采访安排上，最难采访的，最有危险的，跑几天也跑不出个结果的，他都喜欢交给我。还有，以前我写的东西最多一两次就过了，现在就不行了，我像他手底下的一只小白鼠，由着他的性子瞎折腾，什么角度没选好、挖掘不深刻，什么照片构图不好、层次不分明、反差太小、视觉冲击力不强，等等，他总能找出毛病。我常常为此折腾到半夜。第二天，他玩腻了，会很不情愿地说，下不为例。我还得赶紧表态，让他觉得我有悔过之心。这还不算。有一次我做食人鱼专题采访，他给我的稿子找了一大堆毛病，让我连夜重写。我折腾了大半个晚上，第二天将稿子送他过目，他看后很生气，问我为什么不亲自体验一下食人鱼的牙齿到底有多厉害。我说没人敢试，有生命危险。他说，记者就是一个高危职业，大不了就是少两根指头的事，有什么了不起？他干脆在我的稿子上打了个红"×"，很没良心地枪毙了，还威胁说要扣我当月奖金。

愤怒的小鸟

周末的晚上，我原打算跑趟西都医院看看师姐辛欣，可唐老鸭说版面等着上稿，要我把白天采访的东西尽快整理出来，他要亲自过目。据同事透露，我采访的这个对象是他昔日的同学，目的是想在报纸上露个脸，但他没明说。我写好稿子，选了一组照片提交到审稿系统，就去他的办公室了。

门紧闭着，我敲了两声，里面有响动。过了一会儿，他将门打开一条缝，脑瓜子从门缝里伸出来，满脸通红，一直红到脖子，脸拉得很难看，身上散发着一股汗味与酒味相杂的浓烈气味。

他问我什么事，我说稿子写好了。他不耐烦地说，明天再说吧。我说我已经提交到审稿系统了。他很烦躁地将手一扬：你赶紧回吧。

我无奈地回到"牙齿"，开始玩游戏——"愤怒的小鸟"，以此消解我的愤怒。

风靡全球的手机游戏，原来不过是操作一副虚拟弹弓。它的全部智慧都集中在这副弹弓上，只要调整角度和力度，就可轻松消灭掉"哼哼猪"，实现闯关。这与我小时候拿着真实的弹弓打小鸟，完全是两码事。小学时，我打弹弓的手艺相当精湛，可以将飞行中的小鸟一弹打落，从无虚发。由此我被同学们誉为"神弓手"，还引来不少的"粉丝"，成了全校有名的孩子王。每到周末，我会带上一帮孩子上山，钻进茂密的树林或到郊区齐人高的庄稼地里，分几路包抄成群结队的麻雀，然后集中战果，将麻雀们浑身裹上一层泥巴，用柴火烧烤，分享细嫩的麻雀肉。

将近午夜的时候，我从游戏的虚拟世界中走出来，准备要回到我那小小的出租屋里去，可精神还滞留在游戏的快感中，有点眩晕。走前我不经意地向老唐的办公室回望了一眼，发现他的办公室缓缓地裂开了一条窄小的缝隙，一束灯光跑了出来，紧接着走出一个俏丽女人。这个女人我很熟悉，正是记者部的杜亚苹。杜亚苹穿着白色高跟鞋，一袭白色连衣裙，很飘逸地从我身边走过，微笑着跟我点了下头，算是打招呼，然后就顺着曲里拐弯的楼梯往下走。

我跟在她身后，相距也就五六米。可当我走到四楼拐角的旋转楼梯时，她突然没了踪影，也听不到脚步声。我猛地从游戏中清醒过来，感觉一股冷气直透后背。杜亚苹？她前几天不是从这座楼上掉下去死了吗？

我大口喘气，两腿酸软，靠在走廊边点了支烟，做了个深呼吸，然后顺着旋转楼梯一路奔跑下去。

浅黄色的连衣裙

我再一次见到林朵，是在一天晚上的西都医院。

她是社里指派到这里专门陪护师姐的。见我进来，她嘴里叼着个红苹果，狠劲向我点了下头。

让林朵陪护师姐是唐老鸭的主意，我们摄影部这阵子事儿特多，人手有点排不开，老唐就建议社领导让林朵陪护师姐。当然，林朵主动提出陪护师姐的可能性也并不是没有，她不是想学摄影吗，眼下摄影大师病倒了，多陪几天不正好打点感情基础，以后好求教吗？但我总觉得这种可能性并不大，一定是老唐想报复林朵，才给了她这么个苦差事。林朵写邓冲捉贼的稿子在本报发表后，不点名地批评了唐老鸭之流的冷眼旁观者，唐老鸭能高兴吗？

听说师姐辛欣这些天只醒来过一次，神志仍然恍惚，没有回答任何人的问话，只说她想吃鱼。特护将烧好的小黄鱼拿给她，她却气急败坏地将鱼盘打落在地。最后特护才知道她要吃活鱼，把在场的人都吓了一跳。

师姐依然昏睡着。她会不会成了植物人,医学教授心里也没底。

林朵走过来坐在我身旁,用异样的眼光看着我。她穿了件浅黄色的连衣裙,上面长满了花草,将她的线条特别是臀部线条勾勒得很完美。我闻到了她身上熟悉的气味,不是苹果味,是削完苹果后水果刀的铁质与果香混杂的气味。我下意识地抬起屁股,往沙发的另一头挪动了一下。她很敏感,扔掉还没吃完的苹果,打开手包找了张纸巾擦拭嘴巴,嘴角很夸张地做出失望状。

我说,你干吗每次嘴里总叼着个苹果?

她似乎觉得我这个问题问得有点怪,愣了一下说,这你得去问我妈。

我说,至于吗?我就是随便问问。

她说,有些嗜好是遗传的,你要不信,真得去问我妈。

我说,她老人家在哪里啊?

她诡笑了一下说,在另一个世界。

这话让我毛骨悚然。我看到她偷偷摸摸地瞄了我一眼,感觉我的话问到了她的痛处。

我说,听你这话的意思,好像比你妈少吃一个还有点不甘,你能不吃吗?

她说,这不行,会感到窒息的。

我想她上辈子可能与苹果有仇。

我说,你妈什么时候走的?

她说,我九岁的时候。

我说,干吗是九岁,而不是十岁或十一岁?

她冷冰冰地回我一句,这事你还得去问她老人家。

她总是用她妈这个生命旅途已经结束的人来挡驾。

她用一次性纸杯给我端来一杯茶水,又忙着给我削苹果。虽然我与她近在咫尺,但内心里的距离感是那样强烈。

我说，我不想喝水，也不想吃苹果，我想喝酒。

她放下苹果就走了出去。我走近窗户，窗外是一片夜色。我到走廊里吸了支烟，回来又在沙发上侧卧了一会儿，就拉了张椅子坐到师姐的病床前，开始细细品味师姐那张熟悉而陌生的脸。师姐穿身带有蓝条的病号服，仰躺在床上昏睡，液体正一滴一滴地注入她的体内。这时候，病房里就我和师姐两个人。我把师姐温暖的玉手握在手心里说，师姐，如果可能，我愿意拿我的小命换回你昔日的风采和欢乐，你快醒醒吧。不知不觉中，我感觉眼睛有些模糊了。

林朵回来了，她一手拎了袋水果，一手提了几瓶啤酒，很是诧异地盯着我。她将一大堆东西叮叮当当往茶几上一扔，坐在了沙发上。

我坐了过去，随手翻腾着她买回来的东西。她趁我不备，很阴险地亲了我一口，随后就拉着我的手往门外跑。我说你要干吗，她说到了你就知道了。

她拉我进了楼道里的一部旧式电梯。这部电梯在晚上这个时候基本属于闲置。她来回调度电梯时上时下，同时将热唇一次次地盖在我脸上。我感觉到了她急促的喘息，最后，她干脆将长满了花草的浅黄色连衣裙掀起，一把拉下我的短裤。我被她热烈的情绪感染，与她缠绕在了一起。

自从和林朵有过第一次亲密接触后，我就像一条小狗一样，几乎被她牵着走。我的欲火被卸载，心火却旺盛起来。她老是黏着我，三天两头约我上她家去。第一次上她家，她还拿出她的照相机正经八百地叫我声老师，让我给她示范和讲解，可到后来，她就把摄影课扔到脑后，一见面就直接扑到了我怀里，每次都留下一股让人窒息的香水味。

有一次，我从她家回到阴暗的出租屋，发现衬衣上的一粒扣子不见了。很明显，是她迫不及待地扒我衣服时弄掉的。我有点烦躁，打电话让她必须找回扣子。她有点吃惊地问我，你半夜三更打电话，就为一粒扣子？我说是。她说，那也用不着这么上火啊？她这一说，我才发现我的火气是足了些。可她哪里知道，这件衬衣是师姐辛欣去年在海南参加国际摄影大展时，特意到商场给我买的。

我说对不起。她说，对不起就行了？你到我家来，算是对我的补偿。

我说，你还是另外找个男人吧。

木门后的九道刀痕

心静下来的时候，我总是想，我把一个处男最精华的东西没有节制地耗费在一个离异的少妇身上，会不会遭天谴？我感觉这是对我未来老婆的严重背叛。这种背叛所付出的代价，远不止身体本身，有可能还会搭上小命。

特别是在昨晚，我看了老赵同志的《动物世界》以后，这种感觉越来越重。老赵说，动物交配时杀死并吃掉自己同类的惨剧时有发生，"臭名昭著"的母螳螂总会在公螳螂跳上其背部进行交配后将"夫君"吃掉。然而，也有一些"色胆包天、智慧超群"的公螳螂试图从远处跃上母螳螂背部，一旦成功"播种"便逃之夭夭，不给母螳螂下嘴的机会。而我不知道，我在林朵面前，会不会有这种脱身的超凡智慧。

那天我跟林朵做完事，好像夜里11点多了。外面雨雾蒙蒙，雷声滚动。天气预报说，西都今夜有大到暴雨。我人困马乏，躺在床边吸了支烟，准备起床回出租屋。她从后面一把抱住我，让我陪她过夜。

我说，我可受不了你整夜折腾。

她说，想得美，谁折腾你，人家是怕你淋着雨感冒嘛。就你这小身板，还能招架得住折腾？

我说，建议你买个人造的，想咋用咋用，绝对比我管用，就不用再找我了。

她假装生气，给了我一拳，说什么呢？

我和她的关系就像手铐,她把我套牢了,我越挣扎,她就套得越牢。我已被她破处,身上再没有任何值得炫耀的东西了。

　　第一次上她家,我就发现她很不寻常。她给我削了很多苹果,出于礼貌,我只吃了半个,其余都让她消灭了。后来跟她上完床,我喘着气进卫生间冲凉。出来时,我看她正拿着一把寒光闪烁的水果刀在卧室的木门背面不停地划,咬牙切齿,一副深仇大恨的样子。按常理,一个刚做完爱的女人内心深处多少还会存留一丝温柔吧,她却动起了刀子。这多少让我感到不解风情和不可思议。我仔细数了数她划的刀痕,不多不少,正好九道。

　　这让我后怕。我说,你在干吗?

　　她突然回过头来,停止动刀,用颤抖的手很快将刀折合了起来,扔在了床头柜上。

　　我说,你好像有心事。

　　她说,我能有什么心事?我的那点心事不早就全让你看透了吗?

DNA 鉴定

　　听说 DNA 鉴定结果就快出来了,我有点紧张。网上说,这玩意儿的准确率在百分之九十九点九以上,但我还是担心那百分之零点零一。

　　这些天来,我越是小心翼翼地做人,越是对同事热情,别人就越是怀疑我与杜亚苹有染。我在他们眼里,成了彻头彻尾的色鬼、色狼、恶棍。

　　深夜来临,我扔下不知在哪里喝得酩酊大醉的邓冲,借着星光溜出出租屋,又和林朵鬼混在了一起。我从她身上撤出来的时候,不失时机地问她,怎么证明一个男人是不是处男?

　　她鄙视我道,这么小儿科的问题也用问?

　　我说,真要搞清这问题并非轻而易举。

她拧了我一下说，你呀，真白痴，只要没与女人上过床，自然就是处男啊。

我说，又有谁能证明他没与女人上过床？

她说，这只有天知地知了。

我说，我的处可是你破的啊。

她笑出了声：还处男，我还处女呢。

我说，你说话得负责任，我真是处男。

她说，瞧你这副德性，我才不在乎你是不是处男！只要是男人就行，我喜欢的。

我欲哭无泪，有口难辩。也许她说的没错，对她来说，只要是个男人就够了，我这个处男在她眼里又有什么了不起呢？不过，从另一个角度来说，这倒也显示出了她的实在。

我说，别人都在怀疑我与杜亚苹有染，你不介意吗？

她回头一笑：我跟你好，与她有什么关系？再说，她已经闭上嘴了，只要我觉得你好就够了。

我差点热泪盈眶。我说，你怎么看待别人对我的议论。

她很认真地说，要我说真话吗？

我说，当然。

她削了一个苹果，很专注地啃起来，冒出一句，还是用数字说话吧。

她将一口甜脆的果肉吞咽下去后说，几乎九分之三的人说那精子有你一份，要你认领。

我说，纯属他妈的乱放屁。

她说，别激动，可不是我说的，我只是复制别人的话。

我说，还有九分之六的人怎么说？

她说，比较一致的看法是，社长老周、唐老鸭、白脸刘干事的嫌疑最大，杜亚苹跳楼就是他们之间争风吃醋导致的。

听了她这种说法，我比较欣慰，也很赞同。

我说，那九分之六的说法也包括你吗？

她的嘴停止了嚼动：这还用问吗？

我相信大多数人的眼睛还是雪亮的，即便他们对老周、唐老鸭的怀疑有错，也不会冤到哪儿去，毕竟这两人都算不上什么好鸟。

我想主动与她激情一番。可我立马发现，我错了，她很快就从被动转为主动，将我制伏了。她不遗余力的样子，像是在挖掘一座金矿，或是开掘一眼水源。

你少在这儿幸灾乐祸

这几天西都的天阴阳怪气，老天好像有点不怀好意，动不动就落雨水，而且落得很放肆。我狼狈不堪，两次都被淋成了落汤鸡。

上午，我打着喷嚏去上班。在曲里拐弯的楼道里，当我在铝制垃圾桶前猫腰清理鼻涕时，就看见唐老鸭从楼道的另一头气呼呼地走了过来。他在我的视线里逐渐变大，直到我只能看到他的局部，比方说受伤的鼻子，嘴角残留的血迹。

显然，这是一场格斗产生的结果。我讨好地跟他打招呼，我说唐总好。他恶狠狠地瞪了我两眼说，你少在这儿幸灾乐祸。

他的眼光，让我突然想起《狂人日记》里"赵家的狗，何以看我两眼"。只是，眼下这条狗，疯狂中带有一点沮丧。

是谁把他修理成这样？我想，敢与老唐作对的人，不是比他更具权威，绝对就是"二杆子""二球"类。看他刚才走过来的方向，格斗地点应该是社机关那边，也就是楼道的深处。

对于"二杆子"和"二球"类的人物，我见多了。

如果关中平原是西瓜，那西都这座城市最多也就是个西瓜籽。因为盛产皇帝，不少关中人就有了一种生活在天子脚下的优越感和夜郎自大的习气，嗓门儿大，身板儿挺，目中无人，无理占三分，凡事都好与你争个高下，你要不服，砖头、铁棍就会把你修理得服服帖帖。

而社长老周就是地道的关中人。

中午下班时,我在楼下碰到林朵,她啃了一半苹果,兴冲冲地告诉我:听说了吧,唐老鸭被老周下放到基层记者站当站长去了。

我说,不会吧?

她盯住我,很认真的样子,说道,我能骗你?

我说,他是不是与谁打架了啊?

她说,才知道呀,全社上下都传遍了,是老周打的。

我问,因为什么事啊?

她有点神秘兮兮地说,还不是因为杜亚苹的事,肯定是老周打击报复情敌呢。

我说,反正都不是什么好鸟。

她咬牙切齿地说,这种人就应该千刀万剐。

我问,师姐的病情最近怎么样了?

她说,醒来两次,两次都是我坐在她床边吃苹果的时候。她又说,你晚上不用去了,有小片警向东。

我说,这苹果中应该含有酒精的成分吧?

她说,应该有吧。她继续啃着苹果。

我说,选你看护师姐,算是找对人了。

她说,什么意思?

我说,没什么意思。

请肥罗吃饭

父亲前两天来电话叮嘱，要我照管好邓冲。他把自己培养了十九年的人，就这么一句话踢给了我，希望在我的调教下邓冲能混出个人模狗样来。要我重新设计这个杂碎的人生蓝图，我不知道这是父亲太看重我，还是在有意逃避一个做父亲的责任。总之，我感觉我很倒霉。

可邓冲毕竟是我弟弟，我不能由着他的性子胡来。邓冲这个杂碎这些天快放了羊了，整天跟着小片警向东瞎跑，不见人影，而且还结交了一帮不三不四的小混混。前些天，他偷偷从出租屋里拿走了我这个月的生活费，和小混混上酒吧，泡迪厅，喝得酩酊大醉。我知道，他是因为工作而烦恼，觉得社会对他不公。我托一些朋友帮忙，想请他们给邓冲找点事做，考驾照当个出租车司机，或是上理发店练个手艺，或到西都商报社做个发行员，混口饭吃。可他总说我的建议不怀好意，并不领情。我担心这小子这么晃荡下去会很危险。

原本我说好了晚上请肥罗一起吃饭，可邓冲说他有事不能参加。任凭我一次次地打电话做工作，他都一句话——哥，我的事不用你操心。想想，他已经长大了，有自己的主见，我是他哥又能怎么样呢？

但肥罗已经约好了，不能不去。

刚到楼下，林朵打电话来说，晚上一起欢庆一下。

我说，欢庆什么？

她说，你这人真没意思。老唐被下放了，难道不值得欢庆一下？

我说，那跟我走吧。

她说，今天这么干脆，像个男人。

没多会儿，她嘴里叼着苹果，将她那辆豪华型卡罗拉停我身边，摇下车窗，喊我上车。

她这辆宝贝车上，没有放置小狗、小猫、小羊等玩具，有的只是苹果和水果刀，以备她随时咀嚼。

我说，我约了一哥们儿吃饭，这哥们儿可是个富豪，身家近亿，别看花了眼啊。

她眼睛一亮，突然来劲了：好啊，别忘了给我介绍一下。

我发现，她并不是一味地在任何事情面前都保持理性的沉默，这与她骨子里蕴藏着的冷酷并不冲突。

我说，你这人一点沉不住气，我可告诉你，我这哥们儿是个色狼，见漂亮女人就上。

她小脸上掠过一丝不可捉摸的笑，不知是惬意，还是耻笑。

我说，要不你认他做个"干爹"，这年头有个"干爹"多吃香啊。

她冷笑了一声说，想找抽啊你？

我说，你这人写文章像挤牙膏，说话倒是挺流畅，以后你就少说点，放在心里烂不掉。

一朵含苞欲放的花

肥罗本名叫罗伟，长得肥胖，一副猪头相，也就三十多岁，是西都市饮食娱乐业的新贵，真正的土豪。他早年是我们报社的社会部主任，后来弃笔从商，仅仅五六年工夫，手下的各种酒吧、KTV、酒店等就发展到了七八家，身家近亿。这哥们儿讲义气，就是爱玩儿女人。我一直担心这货会被女人整倒，可每次见他，他总是满面红光。看来只有他把女人整倒的时候。他的经历真应了前人的一句话，人要是来了运气，整个城墙都挡不住。

这是位于北郊的新城酒店。

林朵让我大开眼界,她竟然抓起茶杯将酒满上,与我和肥罗频频碰杯。

林朵异常亢奋,时不时还很放肆地将头靠在我肩上,做出一副小鸟依人的样子。她的小脸被酒精浸润成了红苹果,一笑,很甜,不由让人想啃上一口。看来她是真的开心,比我和她在一起做爱时还要兴奋,一点没有掩饰的成分。

我喝了不到她的一半的量,酒劲就开始上头,眼花缭乱的。看我量不抵她,她又开始与肥罗干上了,一杯接一杯,谈笑风生,偶尔还夹杂些打情骂俏,全然没把我放在眼里。我不知道她这种亢奋是来自对唐老鸭出事的幸灾乐祸,还是来自依靠酒精打败男人的快感,抑或是结识新贵的一种光荣和自豪。

我醉眼蒙胧地听到他们在频频碰杯,偶尔瞥见林朵把头伸过去和肥罗私语,还互留了电话。我不知道他们在私语什么,是表达相见恨晚的动物欲,还是在策划不可告人的勾当。

我憋不住了,摇晃着并不笨重的身体上了趟洗手间。回来的时候我没有敲门,我喜欢简单。可他们不给我面子,两个脑袋又嘀咕在了一起。林朵的眼里分明流露着快感,那种亲密和陶醉有点让我吃醋。

不知过了多久,他们终于停止了喝酒,我叫来服务生买单。一看账单,吓我一跳,三千八百五十元,光两瓶五粮液就花去了两千多元。

我正要掏腰包,肥罗一把抢过账单说,有哥哥我在,哪有你买单的份儿。

肥罗付了费,硬将五十元找零送给女服务生。

那女孩儿扑闪着两只毛眼眼对肥罗说,先生,谢谢您了,但您这钱我不能收,您还有什么需要我服务的吗?

肥罗盯着女孩儿看了一会儿,一把拉过女孩儿的手,将找零塞进了女孩儿手里说,有什么不能收的?拿着,我说是你的就是你的。

女孩儿扭捏了一下，将钱收在了手里说，那就谢谢先生了。

肥罗赞叹地说，哎呀，整个儿一个绿色食品！这么一副清纯可人的模样，在这里端盘子，真是可惜了啊！

女孩儿站在一旁笑了，扑闪着两只毛眼眼，笑得很甜。

肥罗来劲了，又问女孩儿叫什么，每月多少工资。女孩儿说她叫胡青，每月一千五百元，老板管吃管住。

肥罗惋惜地说，简直是荒废青春。

女孩儿转身写了张纸条递给肥罗说，老板，这是我的电话，以后您来这里就餐，随时打电话给我，我会提前给您安排好包间。

肥罗说了声好，然后让胡青等一下，说他打个电话。不一会儿，一个穿着干练、西装革履的男子敲门走了进来，一看到肥罗立马加快了脚步，上前说道，哎呀，罗董，不知是您来了，有失远迎！您有什么吩咐，尽管说！然后，毕恭毕敬地站在了肥罗身边。而肥罗则慢悠悠地点了支香烟，跷起二郎腿。胡青一看来人是新城酒店的老总，是她上司的上司，搞不清楚怎么回事，正想退出包间，却被肥罗喊住了。

肥罗对酒店老总说，今天是几个朋友在这儿私人聚会，所以也不存在有失远迎、礼数不周的问题。本想不打扰你的，可现在看来，不打扰都不行了。

老总听得冒出了一头汗，解释道，董事长，您说，如果是服务不周到，我一定严肃查处，甚至辞退。

肥罗笑了，指着胡青说，恰恰相反，是这个女服务生，服务质量太好了，应该给予嘉奖。还有，我看这孩子是个可造之才，从明天起，就让她当大堂副经理吧。

老总连声说谢，说董事长微服私访，在他的管理区域能发现人才是莫大的荣幸，一定照办。

肥罗说，好，你先下去吧。然后，他色眯眯地盯住胡青。

胡青娇羞地低下头说，谢谢董事长。

我们看得云里雾里。原来名震北郊的新城酒店竟也是肥罗掌控的几大酒店中的一家。我说，你到底有多少家酒店，怎么也不给我提前说一声？肥罗说，这有什么好炫耀的，不就穷得剩几家酒店了吗。

林朵听得两眼放光：罗董，你也太低调了吧！

我说，这哪里是低调，明明就是高调啊。

我们散去的时候，胡青像一朵含苞欲放的花，又对肥罗说了声谢谢。肥罗说，有空我会联系你的。出了门，我赶紧敲打肥罗说，差不多就行了，人家可是个小姑娘。

肥罗哈哈大笑，然后将头伸过来定睛问我：这与你有关系吗？

我说，一毛钱关系没有。

他笑语，这不就行了嘛。

林朵从一旁捣了我一胳膊肘儿，侧过脸说，一会儿上我那儿去，找你有事。

她一点不回避肥罗。我发现肥罗暧昧地看着我和她笑了。

林朵喝多了酒，她的卡罗拉只能停在酒店楼下了。肥罗开着他的宝马，在夜色中将我和林朵送到了她居住的楼下。下车送他走时，我说，你这可是醉驾，警察抓你，可别找我的事儿，是你执意要开车送我们的。

肥罗说，你小子就别操这份闲心了，赶紧忙你的好事去吧！我是纠察，管警察的。说完，他从兜里掏出一个证件。林朵一把抢过细看，果然是纠察证。林朵有点崇拜：罗董，你可真有本事。

我对林朵说，大惊小怪。

林朵说，邓川，有本事你也搞一个来让我看看。

我喝得有点飘摇，一觉醒来的时候已是凌晨一点多。我发现林朵不在我身边，双人床上就孤零零地躺着我一个人。

我想喝水，嗓子干得冒烟。我下了床，向林朵的客厅摸过去。当我从大卧室出来时，我看到林朵披头散发，小脸像张白纸，两只眼睛像在滴血，正拿着一把寒光闪烁的水果刀站在小卧室的木门背面发呆。我知道,她又在不断地重划那九道刀痕。

树枝上的战利品

　　肥罗是我在一个偶然场合结识的。大二那年夏天,大家考完各科就等着放暑假了。闲着无聊,同舍的苏胖子喊上我、猴子、山羊,一大早租了辆车直奔秦岭广货街小镇去玩儿漂流。广货街小镇离西都八十多公里,在秦岭众多的漂流中,那里的漂流海拔最高、落差最大,堪称中国高山第一漂。漂流是从下午两点多开始的,我们的橡皮艇如离弦之箭,顺着急流而下,一路上有波浪、暗礁、急滩,一步一景,充满了惊险刺激,令人叹为观止。苏胖子趁我们不备,用水枪率先发起了攻击。之后战队混乱,几个人相互攻击,叫声四起,乱成一片。我直接端起事先准备好的塑料盆,一盆一盆地将他们泼成了落汤鸡。走下橡皮艇的时候,苏胖子拧着衣服上的水,还一个劲儿地问候我娘,说他从头到脚没一处干的,连鞋子里都是水。

　　回到岸上的时候,天色还早,苏胖子鬼注意多,点子稠,提议上山去看风景,说来一趟不容易,错过如此大好美景岂不可惜。我们一人拎了一瓶啤酒,将湿透的衣服扒光,往肩上一搭,只留下个裤头,一步一摇地上山,像一帮残兵败将、土匪二流。

　　上到半山腰,拐过一处密林时,走在前面的苏胖子突然回身嘘了一声,让我们闭嘴。苏胖子猫着腰,张开两只耳朵,两眼像探照灯一样往林子深处探测。我们也猫腰围拢过去,漫无目的地跟着。我问苏胖子什么情况,苏胖子一脸坏笑:妈的今天有眼福,有好戏看了。他看我们没听明白,嘘了一声,胖手一挥,我们就跟着他向林子深处移动。移动了没多远,我隐约听到女人的呻吟声。我说,老大,这荒郊野外的怎么会有女人哭喊,不会是遇上冤鬼了吧。苏胖子是过来人,坏兮兮地说,你娃一会儿就知道了。山羊、猴子还想问他,刚张嘴,苏胖子又嘘了一声。我们跟着苏胖子又向前摸索了一阵。女人的呻吟声直冲耳膜,让人抓狂,如痴如醉。苏胖子胖手一指,我们四颗脑袋聚拢在了一起,眼前的景象吓我一跳,一对男女脱得一丝不挂,纠缠在草地上。男的是个胖子,板寸头,满身横肉,女的是个长发美女,前挺后撅。我说,老大,那胖子长得跟你一模一样。山羊和猴子也附和说,就是就是,绝了,活像一个模子倒出来的。苏胖子说,放你娘的狗屁。

我给他竖了个大拇指。苏胖子说,你娃今天能看上免费的大片,也算没有白活。我回头看苏胖子,只见他紧咬牙关,口水直流,冲动有余,理智不足。等那两个人慌忙撤出阵地的时候,苏胖子一跃而下,说是要清理战场。我们紧跟其后,便在战场上发现了一个挂在树枝上炫耀的战利品:保险套。

晚上是山地音乐会,四支乐队以比赛的形式让秦岭深处的这个小镇成为音乐的海洋。相对于山林深处的静谧,重金属的打击乐不但没有突兀之嫌,反而很和谐,与这个世界浑然一体。我们看着节目,边吃烧烤,边开怀畅饮。苏胖子挑衅,提出划拳行令,三拳定胜负,谁输谁吹完。我拳臭,开始还能数清指头,后来被动应付,十划九输。仰头大吹的时候,一半进了肚子,一半顺着脖子流下。这一晚,苏胖子胜出,成了最大的赢家,我和山羊、猴子都成了他案板上的肉。

第二天,我睡得迷迷糊糊,苏胖子在外面砸门,将木门敲得震山响,嘴里还骂:一帮烂人,死猪!都11点了还睡!赶紧收拾行李出发。

吃了一顿可口的农家饭,肠胃舒服多了。我们一路吹着口哨,驱车打道回府。天气闷热,车上的空调要死不活,苏胖子额头直冒汗珠子,嘟嘟囔囔骂了半天汽车租赁公司的老板,索性让驾驶员山羊关掉空调。我们打开车窗,将脑袋伸出窗外,对峡谷边上戏水的美女问好飞吻。苏胖子眼睛一转溜说,时间还早,不如在这天然氧吧吸吸氧再走。我说,你是想泡美女吧?苏胖子捅我一拳,你娃嘴里从没好话。我说,前面绕道右拐有一个小瀑布,不如去冲冲澡,提提神。苏胖子说，走，玩玩去。

几个人将车扔在山脚下，上到半山腰，赤条条地去玩儿瀑布水，晒太阳，观美女。眼看日渐西斜，我们才起身返回。路过沣峪口，苏胖子又来了主意，建议上南郊找家酒吧好好玩上一把，来个暑期最后的疯狂。苏胖子说，趁着年轻，想玩就玩，想吃就吃，想喝就喝，不留遗憾。我说，你跟那板寸头死胖子一样，荷尔蒙旺盛得无处释放，非要搞一场艳遇不可。山羊、猴子都傻笑。山羊突然放慢了车速，去还是不去，前面就是岔路口了。

苏胖子胖手一挥说，去。

没想到，那天晚上我们观看了一场"醋战"，几个男人为一个美女险些丢掉小命。

他让我叫他罗哥

苏胖子率领我们上了南郊的帝豪酒吧。帝豪在西都很有名，夜夜灯火辉煌。走进酒吧，中间是一个巨大的圆形舞台，四周坐满了透支青春的年轻男女，灯红酒绿，纸醉金迷。

我们边观赏节目边喝着啤酒，正沉浸在酒精的发酵中，突然不远处一桌人为一个美女提着啤酒瓶干起了架。我们回头看时，都吃了一惊，其中两个人我们昨天在半山腰见过，一个是理着板寸头的死胖子，另一个是与死胖子在树林里"野战"的长发美女。死胖子被两个小伙儿提着啤酒瓶追打，满脸是血，长发美女吓得吱哇乱叫，双手捂住了头。死胖子无处可逃，钻到了我们桌下，一把抱住我的腿，将一只手机塞到我手里，眼巴巴地求我说：兄弟，要出人命了！帮我报警，这手机送你了。当时的场面非常混乱，酒吧的保安还没露面，那两个小伙儿拎着酒瓶又找了过来，对死胖子穷追不放。我在慌乱中逃到门口报警。几分钟后，警察赶到，平息了事端，死胖子却住进了医院。

一周后的双休日,我费了一番周折联系到死胖子,跑到医院还他手机,顺便还买了束鲜花。

那是一款三星 SGH-P520 手机,华丽,时尚,全屏触摸,专门面向高端用户,算得上是当时最流行、最昂贵的手机了,市场价起码在五千元以上。我用的手机也就一千多块,面对价值半个万的天价手机,说实话,我不是不动心,可我不能要。

死胖子说他叫罗伟,以前在《西都日报》做过记者,现在下海做点生意。那天他约几个生意场上的朋友去帝豪酒吧玩乐,不想话不投机,为一个女人动起了手,险些送命。对我的救命之恩,他感激涕零,抓着我的手半天不松,非要好好谢我。后来,我既没要手机,也没拿他送的一万块钱,只是三天两头和他在一起鬼混,大三、大四的零花钱基本都是他给的。

一个交易的时代

林朵对肥罗的崇拜,接近到了铁杆"粉丝"的级别。这个小荡妇,除了对性的崇拜之外,似乎只有金钱了。

这是一个交易的时代,商业运作的气息无孔不入,充斥到了生活的一点一滴中。

据说,大学时代的林朵是一个青春靓丽、性格泼辣的女学霸。当时有几个家境相当富裕的男生追她,都被她拒绝了。她的眼里只有一个不吭不响的穷书生。她把自己的奖学金分文不差地送给这个穷书生,非他不嫁。再后来,她把身子也交给了他,并为他堕了三次胎,导致习惯性流产。

大四那年,大家纷纷走出校园开始四处寻找工作,而她却和这个穷书生住进出租房,两人夜以继日地奋发苦读,准备考研。就在考研最关键的时刻,她又一次怀孕并流产。医生告诉她,由于频频流产,她不能再生孩子了。她住进了医院,而那个穷书生却金榜题名。她错过了考研，又报考了公务员，天遂人愿，竟然考得第六名。就在她与穷书生欢呼雀跃、描绘着美好未来的时候，却被人意外顶替，丢了眼看到手的铁饭碗，梦想又一次宣告破灭。她四处上访，处处碰壁，最终无功而返。

孩子是她的根，根没了，这个穷书生便成了她人生的最后一根稻草。她希望这个穷书生能混出个人样，给她一个温暖的家。这个家，没有孩子，却是她可以依托终身的幸福港湾。

但现实总是很残酷。走进婚姻殿堂的他们，并没有因为暂时的幸福而得到上帝的眷顾。日子过得幸福而狼狈。她暗中应聘过好多单位，后来只应聘到了一家星级酒店的门迎，靠着微薄的收入资助他读研。

人生如戏。她的穷书生在研究生毕业后，出现了一个重要转机。他面对林朵的无奈和委屈，干脆给一位同乡在建材市场打下手。没料想这小子聪明过人，有经商天分，后来干脆甩掉老板单干，几年工夫就折腾出了名堂，他的建材连锁店如雨后春笋般开业，穷书生成了西都市建材业有名的富商。

男人变富，妻子遭殃。这在生活中不乏其例。他甩了林朵，与一家银行行长的千金来了个闪婚，给林朵留下一套没有男人的空房。房子地处北郊未央路上的富人区，一百八十平方米的偌大空间，从设计到装修都是精雕细作，堪称一流，要是放到现在出手，起码也值个百万元以上。但没有了男人的空巢，即使再富丽堂皇，对一个离了婚的单身女人来说，最多也不过是个空壳儿，没有了精神的主宰。

据说，刚离婚那会儿，林朵欲哭无泪，连续七八天不吃不喝，身体一度虚脱，在医院一住就是一个多月。后来，林朵应聘到报社做了记者。但认识她的人都说，林朵变了，变得自私而冷酷。

有天午夜，我从林朵的床上醒来，光着身子摸黑去上卫生间。从卫生间出来，想在客厅吸支烟，可没有找到火。我又穿过客厅来到阳台,将窗帘缓缓揭起向外张望。窗外忽然风雨大作,一片朦胧,雨点打在玻璃窗上,让人闷闷不乐。我正准备返回卧室,窗帘后突然出现了两束幽幽的蓝光,一闪一闪的。

我大喊林朵,没有人吱声。接着,就有一个凄冷的声音向我发问,像是从地狱深处传过来的。

她说,一片树叶藏在哪里最不容易被发现?

我说,一堆树叶里。

她说,一具尸体藏在哪里最不容易被发现?

我说,一堆尸体里。

她在阴暗深处发出令人发冷的笑声:你终于聪明了一回。

她这一说,我突然意识到刚才答话时,好像有人突然控制了我的思维,在替我回答。因为,在我的脑细胞里,根本就没有储存过这么阴森的信息。

我是在夜游,还是存活在现实里?

昨晚见我没

大概是上午吧,阳光普照。我没有上班,赖在出租屋里昏昏欲睡。

迷糊中,我被一个电话惊醒了,是林朵。她开口就质问我昨晚上哪儿鬼混去了。听她的口气像是我欠了她钱似的。

我说,你到底是人是鬼?

她生气了,说,邓川,你这是人话吗,开口就咒我。

我说,别装蒜了。

她说,我装什么了?

我说,你想跟我玩什么花花肠子就直说。我一夜都在你床上,装神弄鬼又是树叶又是尸体的,差点儿吓死我,这会儿倒质问起我来了。

她惊讶地说，你有没有搞错!？吃过羊肉泡馍你不知接了谁的电话，说有事就走了，整夜都没见你个鬼影子。跟我上床，真是可笑。
　　顿了一下，她又追问过来，老实交代，你昨晚到底跟哪个女人在一起鬼混？
　　可我的确想不起来我接过什么电话。我将手机来电翻了个底朝天，昨晚6点前后一小时内根本没有人给我打电话。
　　我说，我和哪个女人上床，关你屁事？
　　她有点儿咬牙切齿：邓川，别欺人太甚！说完，她压了电话。
　　我打电话问邓冲，想通过他证实我昨晚到底干了什么。邓冲被我问得稀里糊涂的：啥意思？
　　我说，你昨晚见我没有？
　　他说，你后半夜不知从哪儿跑回来的，满身是泥，倒在床上就睡，像个死人，喊都喊不醒，差点儿吓死我了。
　　我想起了昨夜裸体站在阳台上看到的那场大雨，怀疑自己患了梦游症。

死人的手机号

又一场雨降临了。夜里,我孤独地坚守在办公室的"牙齿"里玩"天堂"游戏,窗外是难以透视的层层雨雾。一只麻雀凄凉地吟唱在曲里拐弯的楼道里。我想它一定是倒挂在一根背过月光的电线上,找不到归宿。

我沉浸在游戏里主人公的生死搏斗中,一支"心"牌香烟从隔壁的"牙齿"里扔了过来。我说,谢谢师姐,继续着我的游戏。

办公室的座机突然响了,它在雨夜里发出的声响坚韧而怪异。这个时候来电话,有两个可能:一个是邓冲,一个是林朵。再要有,就是紧急采访了。但我都没有猜对。对方是个女的,声音既熟悉又陌生,特别凄冷,给人的感觉好像她在十八层地狱。

她说,离开你身边的那个女人吧,她是魔鬼。

我哆嗦半天,对着话筒不知该说些什么,问,你是谁?

她说,离开她吧。

我还想问她,电话已经挂了。

我不知道我身边的那个女人是指哪个,与我有过肉体关系的就一个——林朵。

我按照来电显示将电话重拨过去,话筒里说我拨打的电话是空号,请我查证后再拨。我仔细从脑细胞里探寻那个既熟悉又陌生的声音,但没有结果。

人就是这样,紧张的时候,纵然你的头脑比电脑还厉害,照样卡壳。这叫记忆的暂时丢失。

我顺口说，师姐，这手机号码你认识吗？

没有声音。

我一下子紧张得站了起来，师姐辛欣的"牙齿"里空空的。我不知道那支"心"牌香烟是从哪里来的。

我打电话找林朵。林朵说，你神经病，遇鬼了吧？师姐现在正好好地躺在病床上呢。

我说，你帮我查个手机号。

林朵半天不吭声，后来问，你脑残啊，为什么调查一个死人的手机号？

腐烂的树叶

我怀疑我有臆想症，要不就是整天生活在鬼世界，就像《聊斋志异》里的那个书生。可心理医生真真切切地告诉我，我是健康的。

这就是说，我还确信无疑地活在西都这座城市，一座拥有近千万人口的城市，而那些与我打着各种交道的人已经像腐烂的树叶一样，失去了生命的动感和弹性，沉睡在另一头，一个不可触摸的地方。当然，这只是我的一个天真的判断，这个判断是否成立，我一直比较怀疑。

林朵始终不愿透露那个再三警告我"离开她"的女人是谁，那个"她"又是谁。我不明白林朵和那个"她"以及那个据林朵说是"死人"的女人之间，究竟有什么不可告人的秘密。

我对林朵说，你晚上回家一趟。

林朵顿了一下说，我不能回去。

这个回答出乎我的意料，她从来对我有求必应。

我说，回来吧，我想跟你喝两盅。

她说，我尽量，辛欣这边今晚有没有人照料还不一定呢。

我提了一瓶太白酒，在离她家不远的小卖部买了几袋零食，直奔她家。我有她家的钥匙，是她给我的，我目前的身份算她家一个临时成员、半个掌柜的。我打开门，想做点准备，比如说开空调，冲热水澡。事实上，等我进门之后，我才知道这些想法有点多余了。房子里清爽宜人，客厅的茶几上摆好了几盘下酒菜，凉拌牛肉、"裸体"黄瓜、猪手。卫生间密集的水流打在地面上或是落在光滑的肉体上，发出唰唰的流动声。

我进了她的卧室，床上散乱地扔着那件长满了花草的浅黄色连衣裙和内衣。这是林朵的。我知道，她耐不住寂寞。

我坐在客厅沙发上打开零食，开启酒瓶，就着美味先喝了几口。电视里，一部叫作《恐怖蜡像馆》的电影刚刚拉开前奏。据说，这部重金打造的片子在北美的票房收入曾经创造过十多个亿的"神话"。

卫生间密集的水流仍在唰唰地流动着。我看了下时间，从我进门算起，大概有一个小时了吧。女人爱干净，总是要搓下一层皮才算洗澡，也许林朵也不例外。

我继续喝酒，一杯接一杯。《恐怖蜡像馆》已开始进入高潮，看得我心惊肉跳：那个变态的艺术家捞起一根棍子扔出去，棍子像箭一样笔直穿行在夜色中，非常锋利地穿过一个年轻性感女人的脑门。女人瞬间跪倒在地，温热的血顺着木棍流淌在地上。她刚刚还与一个黑人小子在帐篷里点着蜡烛温存，可现在，两个人都被这个恶魔结束了生命。

林朵还没出来，我有点犯疑。按林朵的爱好，她洗澡的时候总要把我拉进去共浴，可今天没有。

我站在卫生间门口喊她，没有回应。我使劲砸门，没人理我。听得出喷头的水还在唰唰流动，很响。

我心虚了，跑遍屋子，都没找到她的影子。外边天色已晚，我借着酒劲，一脚踹开了卫生间的门。里面空无一人，喷头紧闭着，地面干燥，没有水流动的迹象。

我回到客厅，正要给林朵打手机。这时，《恐怖蜡像馆》的画面开始抖动，变得异常模糊。我知道，这是手机电磁波干扰的结果，意味着有电话要打进来了。没错，林朵家里的座机很笨重地响起来了。她应该向我有个交代，就算有事出去不能早回总得吭一声吧。她必须为我在这里白白消耗了大半晚而道歉。

我拿起话筒还没有说话，对方就发话了，还我手机，还我手机。

又是那个被林朵称为死人的女人，声音凄冷而充满幽怨，好像在十八层地狱。显然，这个电话是打给林朵的。我一屁股瘫在了沙发上，话筒也掉在了地上。

重大隐情

白脸刘干事打电话找我：晚上有没有应酬？一块儿坐坐！他随和中又有点强行摊牌的味道。醉翁之意不在酒！这小子肯定有事。自从我进报社那天起，这小子就没正眼瞧过我。

我说，我恐怕会让你失望。

他有点急：有没有搞错啊！这可是我请你，就请你一个人。

他很郑重，听他的意思好像我还得感谢他。他这样强调，我更没兴趣参加了。他总把自己"当根葱"。

我说，有事直说，正忙呢。其实，我屁事没有，正在"牙齿"里玩"天堂"游戏。

他故作神秘：当然有事，而且与你有重大关系，去不去由你。

我说，你定地方吧。

按他的指令，我一下出租车就径直往"傻儿鱼头"酒店的大门走去。门迎小姐又热情地迎了上来，问我是不是邓川先生，我说是。她带我上楼，穿过餐饮大厅，进入一个窄小的楼道，是那种两边都开有单扇门的楼道。她推开一扇包间的木门，做了个请我进去的动作。

我发现，靠窗的位置有一个人背对着我，正聚精会神地看着南北大道来往穿梭的车辆。这人身穿紫色的衣服，上面印着无数金色的暗花，在灯光下折射出耀眼的银线，刺得我有点难受。餐桌上空空的，只放着一瓶五年窖藏的太白酒。

我突然想起师姐辛欣从新疆回来后请我吃"鱼宴"的情景。我想我是走错包间了，正想出门，那人从椅子上站起来，背对着我冷冷地说，别走啊，这可是我特意为你选定的包间。

是工会白脸刘干事。这狗日的，竟然穿着寿衣来请我吃饭，我真搞不懂他是疯了还是故意耍酷，他的眼里流露着恶毒之意，我有点害怕，跑出门看了一下包间号，门楣上明白地写着"9"。我差点儿晕过去。

我说，有事你赶紧说。我不想跟这种神经病待在一块儿。

他冷笑道，既来之，则安之嘛。他让我坐下，打开酒瓶，倒了半茶杯酒递给我，要我跟他碰杯。

我说，有这样请人吃饭的吗？

他说，我喜欢，这样挺好。

我看着他那身寿衣和空无一菜的餐桌，忍不住大吼一声：你有病啊？

他说，别这么难听！我不上菜，你照样乐意喝下去，信不信？

我说，酒我就不喝了，有事说事。

他笑了：这事直接关系你的声誉，想听就喝。

这话听得我心里发毛，不知他究竟要告诉我什么，是他知道了我和林朵的事，还是那个让我抬不起头的DNA鉴定结果把我又一次收进了嫌疑人的圈子。

我喝了一口。他说，你心不诚，看我的。

他一仰脑袋，半茶杯酒一饮而尽。我有点受不了他的折磨，分三口喝完了杯中的酒，最后一口酒跑进了气管，呛得我眼泪哗哗。

他递给我一张餐巾纸说，你师姐的病情可不是太好啊。

我说，你到底想说什么？

他说，没什么，随便说说。你们部主任的位置现在一直空缺，本来你师姐是最有希望的人选，可这怪病害得真不是时候啊。不过我还是希望辛欣能尽快康复，那几个老"本报讯"有他妈什么能耐。

这小子明显是在讨好我。我说，我就一小记者，这些好像不该是我关心的事吧？

他笑了，有点尴尬，随后又把话题引到了与杜亚苹跳楼案相关的几个人身上了。他问我，老周和老唐谁的嫌疑最大，公安是怎么审讯嫌疑人的，公安会不会动拳头，等等。

我站起来要走，他又冷笑道，怎么，不想听听你的事？

我说，我能有什么事？

他说，你们那批人的 DNA 鉴定有结果了。

我的心一下子悬到了嗓子眼儿，不过我还是故作镇定地说，它有没有结果，与我毛关系没有。

他说，不见得吧。

我主动倒了半茶杯酒，一饮而尽：那你说说看。

他笑得让我肌肉发麻：社长老周、唐老鸭、你，只有你是清白的。

我兴奋得几乎有点发疯，立马拨通了小片警向东的手机，证实了白脸刘干事的话百分百准确。

我对小片警向东说，你他妈也不早告诉我。

小片警说，反正你又不在乎一天两天的，晚说几天又有什么区别。

他说得这么轻松，显然是想找骂。

他在那头干笑：我下午为这事和局专案组的人忙得腿都快跑断了，你就不能理解一下？

我说，你们得赔偿我精神损失费，起码也得个十万八万的。

他说，邓川，你小子是不是穷疯了？告诉你，现在还不能算是结案，你小子别高兴得太早。

我说，还有问题？

他说，这里面有重大隐情，越查越有点扑朔迷离了。

我说，什么意思？

他说，两种精子，只查清一个。

我说，我被排除了，不就是周和唐的吗？

他说，你耳朵有毛病啊，听不懂我的话？我是说，另一个嫌疑人还在逍遥法外。

我说，他是谁啊？

他有点不耐烦，你猪啊！我要是知道，这案情还能叫扑朔迷离吗？

我又问，查清的那个人是谁啊？

他说，这跟你有关系吗？

我压了电话，狗日的白脸刘关切地将脑袋伸到我跟前说，怎么，这案子还有问题？

我没吭声，他这副嘴脸，让我恶心。

他又喝了半茶杯酒，将一张酒气冲天的臭嘴伸到我耳朵跟前，讨好地问，小片警说没说还会涉及什么人？

我顺嘴说，说了。

他一惊，谁？

我说，你。

他一下瘫在了椅子上。

吸引异性的招牌动作

在西都这座城市，喝酒就像吃饭一样随便。三两个朋友闲着没事，随便找个温馨点的地方点几个小菜，毫无目的地小饮几杯，是一顿饭；请有一定身份的人，上星级酒店七碟八碗搞个鱼翅、鲍鱼，花上几千上万，也是一顿饭。这就看你最终要达到什么目的，是纯粹为了娱乐还是有事相求。不管怎样，桌上一旦有女性，特别是美女，酒是一定要喝的。自古以来，酒与色共存，色与酒共生。有了美女，就会出现豪饮，飘飘欲仙中与美女开些过分的玩笑，趁人不备顺藤摸瓜地摸摸美女的玉手也就成了顺理成章的事。如美女有意，眨几下眼，几束"闪电"电晕你，然后温存一番也说不定。

我给肥罗打电话说，今天你得好好请我一顿。

肥罗说，你他妈最近又缺油水了？

我说，我解放了。

肥罗说，屁话，难道你活在十八层地狱不成？

我说，八个字——暗无天日，生不如死。现在我重见天日了，又回到以前那个清白的我了。

肥罗说，怎么，你的精子没给杜美女？

我吼道，你这是人话吗？

他笑了：你小子总算是逃过一劫，解放了，昭雪了，是该好好庆贺一下了。

下班后，肥罗驾着他的宝马在我们的白色办公楼下转了一圈，接走了我和林朵，吸引了不少羡慕的眼光。在这之前，我问要不要叫上邓冲。肥罗说过，要给杂碎邓冲找个事儿做。肥罗说，你看着办，叫不叫都行。听他这话的意思，好像不大情愿。既然肥罗勉强，我就没叫。邓冲这杂碎不知天高地厚，硬把自己混同于一名职业警察，整天与小片警向东走巷串户地捉小偷。

林朵一点不客气，拉开车门就坐在了肥罗的副驾驶位上。

肥罗假惺惺地问，怎么，小兄弟不来？

我说，捉小偷呢。

林朵回头斜瞄我一眼说，你弟比你有出息。

这话噎了我半天。我找出词儿说，没错，笔杆子比不上枪杆子，枪杆子比不上车轮子。

林朵朝正在驾车的肥罗瞟了一眼说，这话我爱听，看人家罗董多牛气。

肥罗很满足地笑了笑说，你们别羡慕我！这经商有时候是要出卖人格的，你们行吗？不行——你们文人都清高。

林朵很献媚地盯住肥罗嗲声嗲气地说，文人也是人，总要生活吧。没钱的文人，打死我都看不上眼。我就羡慕你们这些富豪，呼风唤雨的，要什么有什么。

我莫名其妙地有点吃醋，心里骂道，贱人，钱是你爹啊，见了大款话都不会说了。

我有点心猿意马。车子驶出办公楼下的场院后，肥罗问，你们想吃点什么？说这话的时候，他把脑袋扭向了林朵，他是在征求林朵的意见。

林朵妩媚地一笑，说道，这就看大老板的了。我们这些人没见过世面，说不上吃什么好。

肥罗说，那就上"立言"吧！邓川从鬼变回了人，我们得好好庆贺庆贺。

林朵兴奋得像吃了春药，拍响了巴掌，连声说好。她又回头用一双冷眼盯住我说，人变成鬼容易，鬼变成人可不容易。当心别再变回去啊！

我说，你这嘴怎么这么臭啊？

她笑了：我这是好话啊，提醒你别犯糊涂。

立言酒店是肥罗苦心经营的又一家星级酒店，素以鱼翅、鲍鱼最有名气。从这里进出的客人，大都是社会精英分子。

酒店的九〇九大套房，是肥罗平时休闲用的巢穴。肥罗把公司总部设在南五路的饮食城，公司的常规性事务，都交给几个副总打理，他只管公司大的经营决策、人事任用和每月的财务出入过剩的时间和精力基本都用在了女人身上。平时与朋友喝茶、聊天、打牌、约会什么的，大都在这九〇九里进行。

下车后，我才发现林朵今天打扮得异常性感诱人，超低胸的短上衣恰到好处地露出了白嫩的乳沟和性感的肚脐，时兴的牛仔裤裹着两条长长的美腿，在傍晚朦胧的光照下，显得风骚迷人。

林朵抢先进了旋转门，在一楼大厅大呼小叫地观赏起了鱼缸里的各种美鱼。上电梯时，她突然问我，你的"食人鱼"做得怎么样了？

这话问得突然，特别是林朵问我，更让我无法回答。自从师姐辛欣住院，我被莫名其妙地卷进杜亚苹跳楼案之后，我就再也没有心思做什么食人鱼的专题了。林朵的出现，麻醉了我的神经和思维，可麻醉过后往往是无边的阵痛。这些，林朵应该清楚，可她还明知故问，不知安的什么心。

林朵掌控了酒桌的大权，这个权力是肥罗为了讨好她赋予她的。她掌控了酒菜的品种和档次，也掌握了饮酒的速度和节奏。林朵大权独揽，点了鲍鱼和五粮液。整整两个多小时，她像只小鸟在我和肥罗之间快乐地飞来飞去。

都说孔雀开屏，自作多情。其实，开屏是孔雀吸引异性的招牌动作。眼下的林朵俨然一只开屏的孔雀，看得出，她就是想把肥罗引到床上去。

酒他妈真是个好东西，我喝得浑身有点不安分，一个劲儿地向林朵挤眉弄眼，暗示她快点结束。看她那样性感风骚，我的血液直往上冲。可林朵并不理会，一个劲儿与肥罗对饮，有点缠绵。

我说，林朵，你有完没完。

林朵没有理我，也不看我，好像我根本就不存在似的。我又看了看肥罗，他色眯眯的眼睛正直勾勾地盯着林朵的酥胸。

这对狗男女。

他们还在频频对饮。肥罗接了几个电话，都是他手下的几个副总打来的，好像是生意上的事。刚开始他还耐心，后来就骂，真是猪脑子，这点小事都处理不好，要你们有什么用？

钱对于肥罗这样的新贵已不算什么，酒后的他胃口全在女人身上。

我看林朵全然不理会我，就催肥罗说，差不多了，我们回吧。

林朵这回说话了：急什么！刚到兴头上，要不你先回。

我昂头一口干完了半茶杯酒，将茶杯往桌上扔去，出了不小的响声。林朵和肥罗惊异地拧过脑袋来，看着我打开包间的门，走了出去。

他激活了我的醋劲

男人好色，我也不例外。林朵并不是我的固定配偶，严格说只是一个临时的性伙伴，她没有必要也没有责任和义务为我守身如玉，我也不甘心一辈子只做一个性工具，可我却仍不停地暗骂肥罗不是东西。这就是男人之间为了一个女人在心底里较劲的状态。

我说过，我并不爱林朵。我在林朵那里只是一个可怜的工具，没有思想，没有主见。我就像一只被她掌握在手心里的老鼠，任由她摆布。我想，一旦她把老子玩儿腻了，也许就是我该付出代价的时日了。在我眼里，她不过是一个小荡妇，肥罗的出现却激活了我的醋劲。

《动物世界》说过，当一只雌性黑猩猩进入发情期后，有时会有多达八只雄性猩猩排队等候交配。林朵此时给我的感觉，就跟雌性黑猩猩一样。

我在车水马龙的大街上飘摇。西都夜晚干燥的地热像无数只小虫子顺着我的裤管爬上后背，直抵脑门。我浑身又痒又热，汗水淋漓。我不想回到我那间低矮狭小、快腐烂了的出租屋，只能乘着热气升腾的夜风，在诱人的灯光下漫无目的地飘摇。迎宾大道来往穿梭的车流像条流动的溪水，从我身边不经意地流过。

恍惚听到谁喊了我一声，声音不大，像从地表流过来的。我转了一圈，没找到人，身边一辆宝马车里伸出个脑袋：哥们儿，没事吧？是肥罗。

我看见肥罗的副驾驶座上坐着一个人,是上次我们在新城酒店遇到的那个叫胡青的女服务生。她一直将脑袋低垂着,不愿看我。

我说,你也太过分了吧,她还是个孩子。

肥罗笑了:现在的小姑娘什么不懂,比你成熟,还是"绿色食品"呢。

我说,你也不怕造孽。

肥罗说,我可没工夫跟你胡扯!没事早点回吧,林朵等着你呢。

《两只蝴蝶》

我在低沉的夜色中到了林朵家楼下。我给她打电话没有打通,她主动回了过来,叫我上去。

我知道,她同样需要我,以满足一种强烈的生理需求,但她并不需要我培育出一个管我叫爸爸的小生命。可她一主动,我反倒没了兴致。她的这点小聪明在我这里一眼就能被看破,她是为了证明他和肥罗之间的清白,同时也想突出我的"小肚鸡肠"。

我改变了主意,抬头看着她家浴室的灯光说,我还有事,不上去了,你早点休息吧。她追问我到底什么事?我说,这你自己最清楚。她问我到底什么意思,我说,什么意思都没有就是我的意思。我压了电话,转身走出了她所在的富豪区。我得保存一点男人的尊严,不能被她抢走,搞得无地自容。

我在飘摇中回到了办公大楼。我沿着旋转楼梯进入曲里拐弯的四楼楼道,用充满醉意的手将钥匙插入锁孔,想要打开写字间的门。突然一个人影从楼道的另一头飘忽而过,是杜亚苹。她穿白色连衣裙,两脚没有着地,走路自然没有声音。我惊魂未定,手机突然响了。一段缠绵的情歌旋律在封闭式的楼道里悠扬地唱着,是网络歌手庞龙的《两只蝴蝶》。可我清楚,我从来没有下载过这老掉牙的铃声。我对着手机吼了几声,却没有人说话。

这时我酒醒了一大半,打算滚回出租屋去。沿旋转楼梯往下走,刚到二楼,杜亚苹的身影突然从我眼前漂浮而下。我头皮发麻,赶忙点了支香烟。

我的心跳动得厉害。站在午夜的旋转楼梯里,感觉身体一层层地往下沉,好像要沉到地狱的底层。这时候,《两只蝴蝶》的手机铃声又荡漾在空荡荡的楼梯里。我哆嗦着拿出手机,又是那个充满幽怨的女人在说:离开那个女人吧……

我的身体我做主

　　西都的夜景，迷离而多彩。这是用色彩、光线、梦幻打造的世界，看得我感觉像是穿越在睡梦里。我与影子结伴，游走在午夜的大街上，像个支离破碎的孤魂。

　　我突然感觉很孤单，很寂寞，从来没有过的那种。我没有回出租屋，鬼使神差地打电话给林朵，说我已到了她家楼下。

　　林朵好半天接起电话，小声支吾地说，我已经睡了，改天吧。

　　她的回答出乎我的意料。我傻傻地抬起头，望着她家黑洞洞的窗户说，接见一下就这么难啊？

　　这时候，她家客厅的灯忽然亮了。显然，她刚才的确在卧室。这下手机中她的声音突然抬高了八度：你神经病啊，深更半夜想来就来，想走就走，把我当什么人了？

　　这就是说，卧室里还有人，迫使她不得不到客厅与我对话。

　　我说，就是想看看你。

　　她说，我累了，我要睡了。

　　我刺激她说，你家里是不是藏着什么人，不敢见我。

　　她情绪有点败坏：你到底什么意思，不见我会死啊？

　　我说，我现在必须见你。

　　她说，没工夫，恕不接待。

　　我调侃道，不会吧，对我一点"性趣"都没有了？

　　她说，这与你有关系吗？我的身体我做主，用不着你指手画脚。

这事要放在以往，不论多晚，她都很爽快地回答"过来吧"，甚至还会补上一句"我等你"，以表示她对我的期待。有时我在出租屋里睡得正香，她会狠心地用手机吵醒我说，"你过来我就不骚扰了"，吵得邓冲很不耐烦。每次去，她都会准备几个精致小菜，让我陪她小饮几杯，她喜欢我酒后傻乎乎的样子。

对于林朵今晚的态度，我并不满意，也不理解。她越是回避我，就越是说明她心里有鬼，我得去她家里看看。

她家住九楼，这让我想起杜亚苹死后手里捏着的纸条。我正准备按电梯，旁边一部电梯走出一个男人。这人我认识，是工会白脸刘干事。看到我，他并不意外，可我意外。我想他百分百就是待在林朵家里的那个人。他狠劲地看了看我，眼光凶巴巴，凶成了一把锋利的刀，想要捅死我。

你找林朵？刘干事问我。这小子好像喝了很多酒，走路有点飘。不过他今晚没穿寿衣，套了件花花公子牌T恤，两只兔耳朵竖得很骄傲。

我说，没错，找她有事。怎么，你刚从他家里出来吧？

他抬起手腕看了下表，嘴角露出一丝讥讽，说道，那快上去吧，我就不打扰你们了。

这话表面听来很大度，够慷慨，可仔细咀嚼，里面饱含着心痛的醋意。他转身要走，我做贼心虚地又补了一句：我找林朵真有事，我给她上摄影课。

他站住了，抬起手腕又看了下表，嘴角继续露出刚才的那一丝讥笑。他一抬手腕，我马上意识到自己很愚昧，这么晚了，谁还上摄影课，真是此地无银三百两。

他凑到我的耳朵根子边悄声说，我也给她上了一堂摄影课。

这小子的暗室功底厉害，这我知道，去年全社职工摄影作品大赛夺过二等奖，连好多专业摄影记者都败在了他的手下。

我心里升起一股怒气，说道，怎么，就你那两刷子，也能给她当老师了？

他说，兄弟，你装傻是不？只要是男人，都可以当她的老师。不过，我倒是建议你别黏她。你还没找老婆呢，千万别栽在她手里。

我不知道他是出于醋意还是对我的好心提醒，抑或他与林朵是一伙的，正酝酿着一场阴谋。不过，有一点可以确认，林朵的确是个彻头彻尾、名副其实的烂货。

我直奔九楼。

香水是女人的第二皮肤

我掏出钥匙，打开林朵家的门。客厅亮着灯，没有人。我顺着声响找到了她，她在卫生间冲澡。我想，她是在急着清理刚才的罪证吧。

我隔着门告诉她：我来了。

哗哗的水流声中穿出来一丝声音：你简直就是个无赖，狗屎。

我说，首先得向你道歉，是我扫了你和刘干事的兴。

她还在洗，水声听着更加放肆，她却没有半点反驳的意思。这说明她已经承认她是个烂货。我从橱柜里找出一瓶十年精装版太白酒，昂头大喝，然后把电视节目音量调到最大，这样我会很刺激。

我不停地调换频道，最后选定一部功夫大片，好像还有成龙。刀枪棍棒在一片厮打声中交拼，那场面激烈、宏大、刺激，比较上胃口。

我提着酒瓶，随剧情音乐在林朵的客厅里一顿狂舞，屁股颠来颠去，时不时还大叫几声。

我想发泄，是在刚进门的一瞬间突然有了这种想法的。可我在电梯口相遇白脸刘干事的时候，心里却很平静，甚至感觉有点亏欠他的味道。我搞不清自己这是一种什么狗屁心理。

林朵带着一股让我痴迷的香水味从卫生间冲了出来。

女人是天生尤物，香水是她们的第二皮肤，男人就是透过这层肌肤对女人充满了激情与想象。有了独特的香味，女人才会显得更加自信，因为自信，才能从容地展示自我。

林朵看我提着酒瓶手舞足蹈，很是吃惊，顺手拾起茶几上一个被她啃得伤痕累累的苹果向我砸来，以示对我恶劣行径的抗议。我没理她，继续着我的恶作剧。

你疯了！她瞪着一对眼珠子，对我怒吼，冲过去关了电视，随即又夺下我的酒瓶说，你少在这里耍酒疯。

我将空调降到十六度，重新打开电视，继续扭动有点发福的屁股。我就是想气气她，看她生气我觉得开心。

她穿了件很透的睡衣，冻得瑟瑟发抖，嘴唇也开始发紫，冲进卧室披了床毛巾被出来，先是关了电视，又回头强行要从我手里夺走空调遥控板。我也恶了一把，将她推倒在沙发上。也许她从来没见过我如此放肆和恶毒，看我这样，也不敢对我指手画脚，乖乖坐在沙发上用余光偷偷看我。她不敢正视，这恰恰意味着她已经在精神上完全输给了我。

我等着她发火，她却像只小鸡扑腾着翅膀，扑进了我怀里，打死我都想不到她会这样。在平时，也许我会接纳她，可现在，我不能。她刚刚委身于另一个男人，而这个男人我又是那么熟悉。虽然我一直暗恋师姐辛欣，但我并没有与师姐上床，除非她重新嫁一回，做我的女人。

我一把推开她，她倒回到沙发上，尴尬地张了张性感的嘴唇，没有说话，只是惊讶地看着我。这是她自找的，是她把我逼成了一头雄狮。

后来，她偷偷地瞄我一眼，板着脸说，你到底想干什么？

我鄙视地说，你这个女人真是病入膏肓，无可救药了。

她说，我怎么你了，你得说清楚。

我说，别在这儿给我装纯情，就差把你和那小白脸捉奸在床了。

她一下从沙发上弹起来说：你少胡说！他找我有正事，我和他之间是清白的。

她还在装贞洁，真是越是婊子越有理。

我说，你离了男人是不是没法过？你离了苹果是不是没法活？你到底有多少个男人？

她将粉红色的毛巾被从身上一把扯下来，狠劲地扔在沙发上，那我就告诉你，你很无聊！

她像只饥饿的老鼠

师姐病重的消息传开后，一度造成了医院附近的交通堵塞。医院附近的花店花篮脱销，被师姐救助过的贫困山区的孩子们、摄影爱好者、"粉丝"们三五成群、络绎不绝地前来探望。住院部一楼电梯外排起了长队，一直延伸到医院大门外，院方不得已在门房附近增加保安，并求助交警维护秩序。杂碎邓冲这阵子也顾不上捉贼，干脆帮小片警向东、荡妇林朵轮流搞起了接待，维护病房秩序。

各种花篮、水果、补品、酸奶，还有《女友》《大众摄影》等文化套餐堆成了小山。尽管小片警和院方商议，探视者不许带任何礼物，但仍有不少人与保安理论，非带不可，好像只有礼物才能表达他们的心意。

这两天，我在抗洪抢险一线采访，有白没黑地跑，跑坏了一双鞋，睡眠严重不足，感觉骨头架都快散了。

从前天凌晨开始，地处内陆深处的西都普降大到暴雨。雨量集中，排水不畅，造成市区一些街道积水超过八十厘米，成了"威尼斯第二"。西都街头行人寥寥，疾驶而过的车辆飞溅起很高的水花，交警穿着雨衣来回穿梭，疏导交通。往日仅在游览区招揽外地游客的人力三轮车也趁机驶入闹市区，吆喝着"十元一个人"，做起了摆渡的生意。在持续的大雨冲刷下，西都龙首村东南角一带和南郊小寨以东等人行道出现塌陷，大量雨水涌入临街店铺，地面开始严重塌陷。

有网友在微博上调侃：世界上最浪漫的事就是带上女友到西都看海，在地铁口看瀑布，在闹市区划船。我们的城市只管表面装潢，从来少有人关心一下下水道。

抗洪初战告捷，稿子随照片提供给了编辑部，我可以回到出租屋美美地睡上三天三夜了。没想我的美梦被荡妇林朵的电话打破了，她问我又上哪儿野去了，她忙得连饭都吃不上。

我说，别急，多点耐心吧！你那个小白脸会给你送的。

她又打过来，都什么时候了，还有心思开这种玩笑！赶快给我送饭来，我都快饿趴下了。

我说，谁有工夫和你开玩笑？我累得要死，要睡了。

她教训我说，你不要把事做绝！送不送你看着办。

妈的，经她这么一说，我感觉肚子乱叫，才想起还没吃晚饭。打出租车到龙首的老孙家吃了碗羊肉泡馍，然后在街边买了两盒康师傅红烧牛肉面，挤上地铁末班，乖乖地往医院跑。她爱吃不吃，就这了，康师傅足够她充饥了。说实在的，就这还是看在师姐辛欣的份儿上。

大雨过后的西都医院，冷清了许多。我上了电梯，在师姐的病房前停了下来。隔着门窗望去，病房里并没见到前来探视的繁忙景象。师姐辛欣依然在熟睡中输着液。林朵坐在沙发上像只饥饿的老鼠，正在用水果刀削着苹果，茶几上已堆了不少果皮。

她没有责怪我买给她了低劣食品，而是把我当作一件珍贵的礼物硬放在沙发上，又是倒茶，又是递水果。我没有理她，拉过椅子坐在病床前仔细看师姐红润的脸，透亮的液体一滴一滴像时针走动般很有节奏地注入师姐的身体。

林朵一边吃着方便面，一边向我介绍情况。她说，向东和邓冲刚走，今晚我值班。

我问师姐怎么样了，她说师姐昨晚醒过一次，几分钟后又睡过去了。我问师姐说没说过她要吃鱼的话，她说，没说话。我又问了半天师姐昨晚醒过来的前前后后，她说，当时向东和邓冲正喝啤酒，她上了趟卫生间回来，就发现师姐醒了。我突然想起上次与师姐在"傻儿鱼头"吃生鱼宴时与她对饮的情境。我说，我也想喝啤酒。她二话没说，扔下吃了一半的方便面就出去了，一会儿叮叮当当提回来五瓶。我打开瓶子，让她给我找了把小勺子，就给师姐一勺一勺喂啤酒。她一把夺掉勺子说，你疯了！你要干什么？我说，师姐是喝酒高手。她说，万一喂出点事，我的小命就搭进去了。我说，别废话了，我说喂就对了。

我到门外的楼道里一边喝着啤酒一边吸烟，时不时隔着门窗往里看。我吸了支香烟，向电梯旁走去，那儿有个垃圾筒。刚一转身，林朵从病房里冲了出来。我以为她又要把我拉进那部老式电梯，没想到她说师姐醒了。我扔了烟蒂，就冲进了病房。

准备远行

暴雨又来到了这座城市，造成周边区县六百多处泥石流。我放下对食人鱼的报道，又得赶赴抗洪一线去采访了。林朵送我到电梯口，给了我一个热吻。

在采访一线，我一直牵挂着师姐，怕她的病情出现反复。其实，师姐的病情比我想象的要好，病情很稳定。专家们经过又一次紧急磋商，形成了新的治疗方案，试图进一步观察和治疗。

午夜的时候，我做完最后一道工序，向编辑部提交了新闻，在困顿中回到了出租屋，可我睡不安稳，总觉得有什么事要发生。后来，我趁着夜深人静，偷偷乘了一辆马车出了门，准备来一次远行。我不知道我要去什么地方，只觉得有点遥不可及。我两手空空，没什么行囊。有个身材矮小的男人凶狠地瞪了我一眼，说声"走"，我就乖乖地跟他上了马车。雷电交加，夜深不可测，矮个子男人赶着马车一言不发,一个劲儿挥动长鞭,驾着马车奔跑在乡村小道上。我在困顿中睁开了眼睛,发现师姐辛欣正望着我,两眼滴血。她望了眼赶车的无头男人,悄悄地告诉我,说她这次在新疆遭遇了食人鱼。我说,这怎么可能?师姐说,探险时遇上一个剧组拍摄水下电影,做了回水下替身演员,没想到海洋馆里会有食人鱼,我正来例假,食人鱼一哄而上,我险些送命。我说,这太可怕了。师姐说,怕什么,我捉了几条食人鱼,就地把它们活吞了。

我被人从噩梦中推醒,是邓冲。早晨的瞌睡是小姨子的嘴。我正想发作,邓冲说,哥你上哪去了,又搞得满身是泥,光着两只脚,鞋也不见了。我起来一看,发现自己整个儿一个泥人。我说我是不是有梦游症,邓冲不屑一顾地"嘻"了一声说,我看你真得去趟医院。

我让邓冲烧水给我煮了碗方便面,还没下嘴,林朵从医院打来电话神秘兮兮地说,知道不,老周自杀了。我说,哪个老周?她说,还有哪个老周,社长老周。

我突然想起了那辆无头男人驾驶的马车,赶忙查看手机日期,这一天,是6月9日。

老周离奇死亡

昨晚一场大雨将污浊的天空清洗得碧蓝,翠绿的树叶油光发亮,像打了层蜡。

社长老周死了,而且是死在办公室的床上。怎么死的,是不是自杀,不得而知。但有一点让我感到蹊跷,9这个数字,还有噩梦中那个赶马车的无头男人,冥冥之中,似乎这一切有着必然的联系。

凡是与杜亚苹有染的男人,似乎都逃脱不掉意外死亡这个结局。那么社长老周的突然死亡,会不会与死去的杜亚苹有某种关联呢?

杜亚苹的跳楼案还没告破,老周又离奇死亡。《西都日报》社一时间炸开了锅。老周毕竟是社长,在西都,多少算得上文化界有头有脸的人物。他的死,自然引起了方方面面的关注。这种关注,包括社内社外那些油头粉面想在业界出人头地的人和巴结讨好老周的人,当然也包括仇视老周的人。网上各种说法都有,有骂声不断的,有表示同情的,也有对案件作各种猜测的。省公安厅和市公安局主要领导已经作出批示,要组织精干力量尽快侦破案子,严查凶手。

林朵,就是关注这个死亡事件的主要人物之一。而我关注的还是杜亚苹身体里的两种精子,到底有没有老周的。我担心老周这么不明不白地一死,杜亚苹跳楼案的谜团会不会由此永远无法解开。再说,要想破解一个女人身体里的两种精子的来源,对于DNA检验专家来说,恐怕是个世界级难题。

老周办公室门外围了许多人,有本社的,也有来自其他媒体同行的。小片警向东他们正忙着勘查现场。我正在一旁观察,林朵幸灾乐祸地走了过来,手里拿着一个几乎被啃得面目全非的苹果。

我说,你不好好看护师姐,跑这儿凑什么热闹?

她说,你不也是来看热闹了吗?

我说,你这人还嫌不够乱咋的?

她一副满不在乎的样子,说道,是他气数已尽,关我屁事。

我没有理她,转身要走,发现工会白脸刘干事从老周办公室出来了。他老远给林朵打了个手势,林朵就心领神会地跟他走出了人群。他们嘀咕了一会儿,脸上都藏有少许神秘和雀跃,还时不时回头看我几眼,像是在策划一场阴谋。

下午,荡妇林朵打电话来,约我晚上畅饮几杯。我说这我早想到了,你是不是还想放几串鞭炮?她笑得很干脆,带有点撒娇地说,人家想你了嘛。我说,你是不是与小白脸又要干什么坏事?她说,跟你这人说话真没趣,爱去不去。

下班了,天边又荡起了阴云。我推开楼道的窗户,把头伸出去,林朵站在楼下的场院里向我招手,旁边停着她的爱车,我说等等就来。我回头到"牙齿"里继续玩"天堂"游戏,再有一招就能将蛇蝎美女拿下，这关游戏就可告一段落了。可我玩得并不顺利，把它玩成了死局。

林朵打电话催我，我说你先回家准备酒菜，我随后就到。

林朵不高兴，威胁我说，我可告诉你，老周的死，八成与你有关系。我说放屁，你还嫌老子磨难太少咋的。她说，那我问你，你昨晚大雨天的跑哪儿去糊了一身泥？我一惊，问道，谁告诉你的？她说，这你别管。我说，泥不泥关你屁事。她说，可我还想告诉你，老周昨晚死在床上，也糊了一身泥，他脚上还穿着你一双鞋呢。

我灭了你

林朵心情大好，喝得醉眼蒙眬。我从来没见她这样醉过。我扶她上卫生间吐了两次，然后把她扔在沙发上，倒了杯凉开水帮她漱口。她一把将杯子扔在地上，喊着要吃苹果。我说，苹果是你爹。

她在醉意中一口气吃下三个苹果，竟然还想再吃。我说你非得每天吃九个啊？你不吃会死啊？她说，因为我生日是9号，就得吃九个。我急忙打开她的皮包，从里面找出身份证一看，生日果然是9号。我问，那你妈的生日是几号？她不耐烦地抡起一只胳膊，差点儿打到我的眼睛上。喊道，猪啊你，说过N遍了，也是九啊，这都记不住。

看她烂醉如泥，我想套话。

我说，我那天要查电话号码，你问我干吗查一个死人的电话，这个死人是谁啊？

她说，杜亚苹，她该死。

我一惊，杜亚苹怎么你了？她怎么死的？

她说，她竟敢霸占我的男人，有我没她，有她没我。

我惊出了一身冷汗。如果她的话没有出入，那么多少天来一直困扰我的谜团，就算有谜底了。我说，杜亚苹霸占你什么人了，你这么恨她？

她说，她霸占了老周，又抢走了老唐，她不给我希望，我为什么要给她光明。

我听得毛骨悚然。我说，那杜亚苹到底是怎么死的？

她说，自己从四楼跳下去的。我看着她跳的，她要不跳，我就到网上公开她和老周、老唐上床的录相，搞个"艳照门"，让她身败名裂。

我惊讶道，你怎么会有他们上床的录相？

她说，你还是去问她本人吧。

我问，她跳楼的时候，你为什么不拉她一把？

我这一问，好像把她给问醒了。她一下从沙发上爬起来，两眼闪烁着阴森之光：怎么，想整死我啊！我为什么非得告诉你？

看来，杜亚苹的死，确实与林朵有着十分密切的关系。

她意识到自己说漏了嘴，反问：我说什么了？我逼过她吗？有证据吗？我告诉你，咱俩可是一条船上的人，你要敢把这事往外说一个字，我灭了你。

她这么一说，我突然感觉自己站在了悬崖上。我稀里糊涂地就这么与她成了一条船上的人。

多少天来的谜底终于有答案了，一切都与林朵有关，但我只能害怕。

荡妇林朵的个体攻击能力和防御能力都不可小觑。对于情敌，她总是不遗余力地予以铲除，干净利落，不留任何后患，做这种事她不用眨眼，像只乌龟，用坚硬的外壳把自己裹得严严实实，不受任何威胁和伤害。

我冷笑：你到底想怎么样？

她啃了口苹果，满不在乎地说，我说过，这得看你的表现。

我说，你不会把咱俩做爱的事也录了像吧？

她说，你当心点就是了，以后对我好点，别惹我。

我说，杜亚苹的录相在哪里？

她说，无可奉告。

我问，你怎么知道老周脚上的鞋是我的？我和老周身上为什么会有泥？

她没回答我，起身到鞋柜里取出一包报纸包裹着的东西，摊开在我面前。

我愣了一下，问道，我这双泥鞋怎么又会在你这里？

她笑了：你别不信，是从老周脚上脱下来的。怎么，你还不感谢我？要不，你凭什么还能坐在这里和我喝酒？

让我感谢一个杀人凶手，妈的，真滑稽。

我不知道我的鞋子为什么会跑到社长老周的脚上；也不知道她是怎么进到老周办公室取走我这双泥鞋而又不被公安机关发现的；更不知道她话里的真实成分究竟有多少。但我知道，她之所以急于将这双鞋拿给我看，目的只有一个：堵我的嘴，保护自己。如果没有发生漏嘴的事，这双鞋出现在我眼前的时间绝不会是今天晚上。老周的死，肯定与她有某种关系。

我仔细回想与她相识的这段日子，没一天是顺心的，好像总有事情不断发生。看来，在我和她做爱之前，这小荡妇就与唐老鸭有一腿，后来唐老鸭与杜亚苹搞上了，无奈中才来找我，让我做老唐的替代品。

天不早了，我提出要走，她将衣服一件一件扔在地上，脱得一丝不挂，用命令的口吻说，我今天高兴，你得陪我。

她将两个高耸的奶子贴过来，这是两座让好多男人付出精力和性命的山，我也曾多次攀爬过。

在西都周边，山峰很多，山养人，山也吃人。山是埋人的地方。祖祖辈辈生活在大山里的人，最后都会在山的高处选择一个归宿，被窄小的墓穴吞噬掉。在西都，除了乾陵这座大山外，还有一座不能不提的山，叫秦陵，里面埋着的是曾经不可一世的秦始皇。在西都，埋着许多像秦始皇一样的世代王孙贵族，他们在世时个个权重势大，富贵荣华，但最终都被这一座座山吃掉了。

女人这两座山，也能吃人。大多皇族之所以短命和败落，就是被女人这两座山断送的。他们被山埋葬的时候，个个面黄肌瘦，皮包骨头，得的多是肝病。纵使英雄金身铜体，铁骨铮铮，个个像健美场上的肌肉男，也迈不过美人关。

林朵这两座山，到底还能攀多久，我心里没底。夜里，当我"劳作"完之后要回出租屋的时候，没能拿走那双泥鞋。

蛋疼的时代

周末的时候，我紧闭房门，关掉手机，一丝不挂地躺在床上，想静静地思考一些问题，可从天亮直想到天黑，始终没有想出个所以然来。老周到底死于谁手？我的鞋子又怎么会跑到他的脚上，下一个要死的人又会是谁？这一切的背后，到底暗藏着怎样的阴谋和杀机？

生命对我来说，就像一只啤酒瓶，属于易碎品，稍有不慎，就会被莫名地卷进某个阴谋，摔得粉碎。如果让我选择为捍卫正义而粉身碎骨，作为一个记者或许还有点价值，但眼下的情形根本不容我作出选择。

我没有把林朵说漏嘴的情报透露给任何人。我相信，如果我胆敢背叛她的意志，下一个要死的肯定不是别人。我清楚自己不是她的对手。我想从泥潭中自拔出来，不至于陷得太深。但后来发现，我的这些想法很幼稚、很可怜。

问题像一堆杂草，越理越乱。夜深了，我没有开灯，也没有打开窗户，出租屋里异常闷热、阴暗。一整天没有人联系，也无心联系别人，我就像独处在一个孤立无援的小岛上，断绝了与外界的任何通讯，从人们的视野中彻底消失了。

这是个蛋疼的时代，"坑爹"的时代，令人纠结的时代。大量的富二代、官二代用他们的行动告诉我：人生最重要的不是你所努力的方向，而是取决于你来自谁的精子。

我倒是想坑爹，可我爹只是一介平民，只有一把老骨头。我是他的精子，注定只有打工的命。

如果我死在出租屋里，恐怕过上好多日子也不会有人发现。我不打算写死亡日记，也不想留下分文不值的遗书。任何文字，只会搅混一潭清水，让我永远也无法洗清。人海茫茫，我只是一个匆匆过客，这个世界不会因为我而少点什么或者多点什么，最多也就赚杂碎邓冲的几滴眼泪。

我从来没有感到生活如此缺乏色彩与活力，也未曾感到夏夜这样漫长与沉重。如果此时有一阵惊雷滚过，也许会给我的生活带来一缕清风，能让我透点气。

窒息，是这个夏夜里最让我绝望的情绪。

我打开手机，师姐辛欣来短信说，她明天就要出院了，一切已恢复如初。

我重振精神，打电话过去告诉师姐，我明天去接她。

师姐说，有人接，你就别凑热闹了，做你的正事。

我说，好，悉听师姐教诲。

师姐说，油嘴滑舌的！听好了，采访对象叫胡青，是一个来自贫困山区的女孩儿，眼看就要参加高考了，一个完整的家被一场洪水吞噬了，父母也被坍塌的屋子活埋，只剩下她和十八岁的妹妹。这女孩儿，我当时在抗洪一线采访时资助过她，现在就在北郊的新城酒店打工，昨天还来看我了。

弱势群体，媒体关注的对象。我一下来了情绪。可恍惚中，我想起了那天请肥罗在新城酒店吃饭的事。

师姐听我半天没吭声，问我怎么了。我说，没什么。

第二天一大早，我匆匆在出租屋下面的巷口吃了根油条，就通过肥罗联系胡青，准备采访她。

肥罗说，你小子他妈这么多天不见蒸发了啊？你找小青有事？

我说，废话，她到底在不在你那儿？

肥罗说，真有事啊？那过来吧，老地方。

《打工妹的老板梦》

我直奔立言酒店的九〇九豪华套房。

我乘的是观光电梯,玻璃很透明,电梯往上提升的过程让人有点犯晕,但正好可以看到远处我们报社的那座白色大楼。它在我的视野里逐渐由大变小,最后缩小成了一个火柴盒。出了电梯,踩在软绵绵的红地毯上,我感觉自己像走在云彩上,有点飘。

肥罗穿着睡衣打开房门,探出半个身子问我什么事。我没理他,一把推开门直奔他的巢穴。套房装饰得金碧辉煌,温馨的双人床上堆着一团女人的内衣。

肥罗瞪着眼珠子问,你小子到底搞什么名堂?

我说,胡青呢?

肥罗扔过一支香烟,自己先点了一支:正洗澡呢。

我说,看见你我就恶心,她还是个孩子,能经得起你这么诱惑吗?再说,你可是有几届老婆的男人,婚史"辉煌",你这不是非法强包吗?

他满不在乎地说,记者当傻了不是,都什么年代了,还在这装清纯?什么事,说吧。

我不想跟他胡扯,出门时告诉他,胡青洗完澡立马让她跟我联系。

肥罗说,什么事神神秘秘的?你有病啊?

我出门在街摊上瞎转悠,胡青电话过来了。

她说,邓哥啊,找我有事吗?

我说,你认识辛欣吧,我是她小徒,我想采访你,现在。

她顿了会儿说,能不能明天,我还有点事。

我说,不行,就现在,我就在你们楼下。

过一会儿,她来了,后面跟着肥罗。

她穿着合身的淡绿色连衣裙，将 S 型曲线勾勒得性感迷人，波浪式卷发依肩而落，头上还冒着湿气，散发着洗发膏的气味儿。樱桃小口点缀着小脸，生动而靓丽，不知是见我害羞，还是让肥罗在床上整的，脸上泛着两片红晕，像秋天泛红的树叶。她一直低垂着头，不肯看我。

看来，肥罗在女人身上的确舍得花钱。才几天时间，他的那双魔爪就把一个清纯的村姑变成了一个现代都市里的摩登女郎。

我对肥罗说，我现在要工作了，你回吧。肥罗有点莫名其妙地问，为什么采访她啊？到底什么事？我说，过几天你就知道了。

其实我告诉肥罗也没什么，但我实在不想让他搅在里面，这样我会很不自在。

肥罗说，有你这么工作的吗？别忘了我也干过记者。

肥罗建议到附近一家茶馆边喝茶边采访，我说，怎么工作是我的事，你就别瞎掺和了。

采访进行得并不顺利，我只挖到点背景资料。胡青听说我是师姐的小徒，再三叮咛：川哥，我和罗董的事你千万别告诉辛欣姐，她要知道我就完了。我得赚钱供妹妹上学，她聪明伶俐，从小就学习好，将来一定能考上大学。我说，赚钱的方式多了去了，你一个乡下孩子刚进城就傍大款，你年纪轻轻的，能不能有点崇高理想。她说，我是穷怕了，如果有机会，我想当个餐馆老板，赚很多钱。我说，有理想是好事，不过要靠脚踏实地，不然会毁了自己的。她说，川哥，我家里就她一个亲人了，我不帮她谁帮她！像我这样一没文凭，二没关系的打工妹，光靠死工资，供不起她上学啊。我这人心软，胡青这么一说，顿生怜悯。我说，你妹妹一个人在乡下，谁照顾她。她说，自从去年父母在一场洪水中双亡后，妹妹就被老家的舅舅接走了。

最后我联系到了新城酒店的老总，希望他组织人配合一下，我想拍摄胡青的一组照片。他很纳闷，说新城的服务生多了，哪个不是打工的，为什么非得采访胡青。听得出，他对胡青并不感冒。我说，这是社里的决定,希望配合。他最终还是答应让我过去。

说实话,胡青在她的同伴们面前并不出众,只是长了两条与众不同的性感美腿罢了。我创新思路,大胆导演,让她对顾客笑脸相迎,周到服务,礼貌待人,然后又赶到她的宿舍,设计了几个业余时间刻苦学习文化课的镜头,还让她喊上几个同事设计了一场帮助拾荒老奶奶洗衣做饭的情景戏,这样,师姐交给我的任务就算大功告成了。

《打工妹的老板梦》的文字和图片在报上一"出笼",很快引起读者的关注和强烈的社会反响。有不少读者打热线电话来表示要帮助胡青圆她的老板梦,说他们从胡青身上看到了当代打工妹自强不息、善良上进的精神。

师姐让我一鼓作气,拿出一个"圆梦行动"的策划。几个日夜的加班加点,加上师姐的点石成金,一份颇具可行性和操作性的策划书很快通过了领导的批准。

就在这个时候,"圆梦行动"中最耀眼的两个主角悄然出场了,一个是与胡青有染的肥罗,另一个叫高利,西都市建材业身家过亿的富商。

神秘网帖

社长老周的尸体进了太平间,但活着的人并没有因为老周的突然离去而宁静下来。公安、检察院、纪委、市委宣传部、省记协前前后后都介入了。社里上上下下的人都睁大眼睛、伸长了脖子想探个究竟。唐老鸭也不知什么时候从基层记者站跑了回来,两只三角眼整天在人群里晃悠,满脸神秘的诡笑,不时踮起脚尖看热闹。据小片警向东说,参与办案的人员都感觉这案子虽然棘手却非常刺激,就像情节曲折、引人入胜的侦探大片,越是深入越感觉离奇,越是有味,不少办案人员都把自己想象成了福尔摩斯,个个精神抖擞,兴奋得两眼放光,认为该是他们露一手的时候了。

好奇心真是个好东西,世间很多奇迹,就是靠着好奇心创造的。好奇心可以带给人们足够的想象力和创造力,爆发出无穷的能量。

就在社里社外的人都以各种心态等待着一场好戏上演的时候,一个神秘的网帖让社会舆论炸开了锅。这个帖子的矛头直指《西都日报》的社长职位,说谁坐上报社第一把交椅,谁就会被厉鬼缠身,免不了惨死。不少网民更是掀风鼓浪,不仅言论偏激,还贴了不少实拍杜亚苹惨死的图片,还有人预言说西都日报社还将发生离奇命案,与报社有染的人只有死够九个之后,报社才有可能回归平静。发帖人自称请高人看过风水,说西都日报社所在位置是西都市的北大门,新中国成立前原本是一片荒野,是专门用来斩首死囚的地方,新中国成立后也继续用来处决死刑犯。每逢鬼节,这里就阴风浩荡,顺着西都市的北大门呼啸着直入报社,一些孤魂野鬼为了能求得超生,往往要拉个替死鬼才肯罢休。

此帖一出,西都日报社就像被投放了一颗定时炸弹,人人自危,气氛异常紧张和凝重。短短一天时间,跟帖已达六千多条。为了辟谣,省委宣传部新闻发言人不得不出面召开记者招待会向公众澄清,此事纯属了虚乌有,是有人在蓄意混淆视听,干扰公安机关破案。

说是子虚乌有,可报社的人并不这么认为,宁可信其有,不可信其无,小心驶得万年船。

这个帖子的出现促使我将许多事件串联起来,杜亚苹惨死楼下手里紧捏着的那张纸条上写着9,她新婚九天的老公惨死在游历丹江的车祸中,还有每天只吃九个苹果的林朵,她住的楼层和她的生日也是九,更让我无法忘记的是她家木门后用刀子刻下的九道深痕,当然还有师姐辛欣与工会白脸刘干事请我到"傻儿鱼头"饭庄吃饭时订的那个包间号,以及肥罗平时休闲的立言酒店豪华巢穴九楼九〇九……我不知道这是一种纯粹的巧合,或是其中预示着某种无法预知的死亡秘密。报社的天空笼罩着一片久违的乌云。

没有免费的晚餐

群龙无首,西都日报社乱成了一锅粥。省委宣传部召集紧急会议,想来个快刀斩乱麻,不想竟然没有一个符合条件的人敢担此重任。最后经与组织部门紧急磋商,决定由一名主管经营的副社长临时代理社长职务,主持全盘工作。

副社长接手全盘工作之后,社里又指定师姐辛欣临时负责摄影部工作。师姐临时上任的第一件事,就是过问"圆梦行动"的后续报道。我说,胡青现在可成香饽饽了,两个富商为了向她大献爱心,费尽周折,动了不少脑筋。师姐反问我,费尽周折是什么意思?我忙改口说,他们都在动脑筋,希望以最真诚的方式表达他们的一份爱心。师姐笑了:你小子,前期报道做得不错,不过组照摆拍有点过,不够真实自然,是你导演的吧?后期报道要做好、做实,千万别搞出个虚假新闻。

我说,师姐你晚上有没有空,想为你出院接风。师姐说,你小子嘴馋了吧?我说,你康复出院,又受到领导重用,我总得表示表示吧!师姐爽朗一笑说,行。

我们选择了肥罗的立言酒店。这个主意是林朵出的,我有点不乐意,因为这地方是大款和权贵出没的地方,其实我的意见是只要不去"傻儿鱼头"哪儿都行,可林朵觉得她在师姐住院期间可是立了头功,地方当然是她来选,选就选高档的。

这次聚会人员精简——师姐、我、邓冲、林朵,就我们四个。

下楼时撞见工会白脸刘干事,一看我们要出去,也想混进来跟师姐套近乎。我知道,他是想进我们摄影部,做个正牌的摄影记者。

师姐还没表态,我先白他一眼说,不妥吧。他有点尴尬,扶了扶眼镜说,那下次吧。林朵想挽留他,看师姐没吭声,只好作罢。

我和邓冲很豪爽地倒满酒杯,给师姐敬酒。邓冲这小子不失时机非要给师姐连敬三杯，让我刮目相看。师姐这头儿刚完，他又给林朵敬上了，说是林朵看护师姐有功。林朵甚是骄傲，一口干掉，将一头黑发向后一拨，胸部也比平时高傲了许多。而我，在杂碎邓冲眼里一文不值。

师姐的酒量异常地好，快人快语，豪爽淋漓，杯杯见底。后来怕我们喝多，她主动换成大杯与我们对饮，让我们大开眼界。席间，林朵不失时机地又与师姐对饮，说她想从专题部调进摄影部，跟着师姐学摄影。师姐说，那就要看你的表现了。林朵一把抓过个大口杯，倒进三小杯酒，一口气咕噜噜干了。邓冲激动地拍起巴掌，连声叫好。林朵说，欣姐，可以吧？师姐还没吭声，我白了林朵一眼，光会喝酒有什么用，得有技术，得有敏感性，要脑勤、腿勤、手勤，新闻是跑出来的，不是喝出来的。这话刺伤了林朵，她满脸凶相，一晚上都不理我。

喝到后来，我感觉天旋地转，可师姐似乎并没多少醉意。师姐说，姐喝的不是酒，是高兴。林朵应和说，对，姐喝的是快乐，不是传说。

我出门上了趟洗手间，在楼道转弯处居然碰见了唐老鸭，他喝得满脸通红，走路有点打摆子。他挡住我的去路，一副春风得意的样子，阴阳怪气地说：怎么，在欢庆胜利吧？正好，今晚来了位首长与我共进晚餐。这可是位大人物啊，对摄影很有研究，还是你那位明星师姐的"粉丝"呢，刚才人家还说哪天想见见她呢。要不把你师姐借我用会儿，过去见见？

我说，唐总，我师姐不在这啊，是大学时的几个师兄师弟一起瞎闹腾呢。

他立马摆手：别乱叫，我只是一小站长。

我说，您别误会。

他很霸道地挡在我面前，呼地一挥手说，邓川，你少给我打马虎眼，去把你师姐给我喊来。

他居高临下,在他眼里我就是一只小蚂蚁,生死全在他一念之间。这个时候,趁他醉意浓浓,走为上策。我随着隔壁包间几个退场出来的客人一猫腰从他面前溜了过去,说了声"唐总对不起",撒腿就跑。

师姐见我惊慌失措,问我是不是撞上鬼了,我说没撞鬼,见到唐老鸭了。

师姐说,瞧你这副小样儿。

林朵也白我一眼:一只半死不活的老鸭子,把你吓得魂飞魄散的,脸都白了。

师姐说,到底怎么回事?

我说,唐老鸭刚才对我凶巴巴的,让我叫你到他们包间去,说有位首长想见你,我说你不在这儿。

师姐将T恤袖子往上一捋,仰头将杯中酒一饮而尽,叫服务员买单。服务员很有礼貌地走近师姐说,我们经理说了,你可是名人,以后您在我们这里吃饭一律免单。

师姐说,天下没有免费的晚餐。师姐照单付费后说,走,我们会会那位首长去。

我说,唐老鸭好像知道我们在这儿。

这时候,林朵表情怪怪地看着我说,走啊,有师姐在,还怕他不成?

"酒" 惊满座

也不知几点了,我口干舌燥地在出租屋里醒了,只听到外面有鸟叫声。这应该是小学课本里常说的"东方露出鱼肚白"的时刻吧。小鸟每天在这空气最清新的时刻,庄严出场了。它是大自然在这个时刻赐予人类最美丽的歌手,它们清亮婉转的叫声,像天籁之音,悠扬而动听。

邓冲鼾声大作，我起身喝了两杯凉白开，这才发现我和邓冲昨夜是穿着衣服倒在床上睡的。

凌晨的气温仍然潮热，我扒光衣服，头枕两手，望着有点泛白的屋顶，梳理昨晚的聚会。

我依稀记得我们走进了一间豪华大包。大包分前厅和后厅。前厅是会客厅，围了圈沙发，中间有张大茶几，正前方挂着台超薄液晶彩电。后厅是餐厅，摆着一张大餐桌，稀稀拉拉坐着七八个人，人模狗样的。

我们进去的时候，发现白脸刘干事正提着酒，陪唐老鸭卑躬屈膝地给主座上的"大背头"敬酒。我有点惊讶，白脸刘干事怎么会与唐老鸭混到一起呢？

后来唐老鸭迎上来，给我们介绍那圈客人。介绍了半天，我大都没记住，好像都是省委宣传部、组织部、新闻处等部门的一些首脑，还有公安局的一个什么政委，当然还有一个人不能不提，就是高坐在主座上的"大背头"，他就是唐老鸭所说的首长。

这位"大背头"的确是个人物，他一看到师姐，突然眼前一亮，立马起身上前握手，赞叹道：果真是名不虚传，名不虚传啊！小辛啊，我可是对你仰慕已久啊，你不仅是咱这座美丽城市的爱心形象代言人，还是名扬大江南北的摄影大家。我可是你忠实的"粉丝"啊！

还没等师姐说话，"大背头"就对师姐来了个熊抱，师姐似乎还没缓过神来，"大背头"又拉着师姐的手来了个西方礼节，与师姐在大庭广众下行贴面礼，拉着师姐不肯放手，明显有"揩油"的味道，眼神看上去也十分猥琐。师姐很无奈，也很尴尬，在被熊抱及行贴面礼的时候不停地往后退，而"大背头"撅着屁股拼命往前拱。

接下来的场面，让在场的每个人都有点出乎意料。师姐提议与"大背头"喝酒，"大背头"兴奋地跷起大拇指，连声叫好，马上松开师姐的玉手，醉眼蒙眬地问师姐怎么个喝法。在场的人都目不转睛，见证着这一时刻。只见师姐向服务员要来一只口杯，让她满上。"大背头"满脸疑问,显然被师姐的豪气吓得够呛,但又不好在一个美女面前丢面子、失身份,只好也把口杯向服务员递了过去说,满上。两人口杯咣当一碰,师姐说,我先干为敬,然后仰头一饮而尽。"大背头"一时犯愣。师姐说,我再陪你一杯。服务员又满上。"大背头"跷起大拇指说,女杰,真正的女杰啊。师姐干脆利落,说声"干",第二杯又仰头而尽。

场面火爆,掌声四起。

我和邓冲最先鼓掌,林朵紧接着也拍起了巴掌。"大背头"也不想在美女面前失了面子,仰头也咕噜着喝起来。喝到一半的时候,"大背头"已是满脸通红,明显底气不足。师姐说,还是我替你喝了吧。"大背头"一时激动,又与师姐来了个熊抱,并将一张酒气十足的臭嘴贴在师姐耳根子上说了些什么。师姐一时动怒,一把夺过"大背头"手里的口杯,将半杯酒泼在了"大背头"的脸上,透亮的酒水顿时在灯光下华丽四溅。

"酒"惊满座。

师姐抽身走人。我和邓冲没见过这阵势,有点惊慌。

林朵说,熊样。

两个男人的较量

两个耀眼的富商,围绕胡青在商场中打起了情战。胡青也由此成了这次"圆梦行动"的焦点和媒体关注的对象。

我发现,肥罗和高利在暗中较劲,他们较量的不仅仅是争夺"圆梦行动"的最终促成者,还有自身实力和魅力的较量,就好比用扑克牌玩"翻金花",你跟十万,我就跟二十万,你跟二十万,我就跟三十万。最终,两人搞得活动赞助费节节攀升,直逼六十万,肥罗还不撒手,想要拼死高利。

有一次,肥罗当着我的面告诫胡青,高利这人是个流氓无赖,要他的钱，后果很严重。

胡青说，我没要，可他整天打手机找我。

肥罗说，换掉手机号，从明天开始大堂副经理你就别干了，以后这就是你的家，等我帮你把餐馆建起来，你就等着当老板娘。

我避开胡青对肥罗说，你这是强包，是害她，不是帮她。

肥罗说，你少帮那姓高的说话，我会害她吗？

我说，你这是强盗，跟土豪劣绅没什么区别。我看你小子是心怀鬼胎，一步步把人家往火坑里逼。

肥罗不高兴，吸着香烟，猛地咳嗽起来，脸涨得发红，咳出了眼泪。他喝了两口水又说，抛开爱情不说，起码我和她也算是一场公平的"财""貌"交易：她提供迷人的外表，我出钱。而且，这里还有个很致命的问题，她的美貌会消逝，而我的钱却不会无缘无故地减少。为了帮她，这些我都不计较了。

我说，人要是想活到你这份儿上，其实很简单。

肥罗不解，不知道我这是在夸他，还是骂他。他将吸了一半的香烟在烟灰缸里捻灭，表情怪怪地看着我说，多日不见，倒像个哲人了，说说看。

我说，一句话，就是不要脸，坚持不要脸。

肥罗扑哧一笑：邓川，你小子这可是变着法子骂我呀，好了，我不跟你计较，你想怎么说就怎么说吧，我就权当是满嘴喷粪。

我说，人活的是感情，怎么一到你这，全都变味儿了，金钱能买来感情吗？你把一个花季少女束缚在你的九〇九，这不成监狱了吗？你这是限制人家的人身自由。

肥罗说，我就告诉你一句，你要是敢帮那姓高的，咱哥俩就两断。

我回敬他说，你这是典型的羡慕嫉妒恨。

有一天，我打算电话采访高利，想听听他的"圆梦"计划。高利说，事情本来很简单，可那姓罗的欺人太甚，到了这步，我只能挺身向前，要不，我这面子往哪儿搁啊？

我问高利下一步有何打算，他很干脆地说，投资一百万，帮胡青创办一个服装店。还说前期论证、注册等所有准备工作，都由他来操办，就等着胡青稳稳当当地做老板娘。

"老板娘"这三字，基本意思有两层，一是他是老板，二是这娘们儿是他的。

如果说，两个男人的较量起初只是为了单纯的目的，独占胡青同时提升企业形象，而现在，他们的目的和背景则变得模糊和复杂，行动上也出现了鱼死网破的战火硝烟，资助打工妹，成了一个幌子。

我在郁闷中做了篇后续报道。我只想客观地把"圆梦行动"的近况报道给关心这件事情的读者。在征得师姐同意后，我把两个富商的照片、背景资料以及他们各自的"圆梦"计划全交给编辑中心推上了版面。

可我没想到，后续报道一经推出，一头开始威胁我，另一头则气势汹汹地要找我算账。更让我没想到的是，找我算账的竟然是林朵。

他的小命长不了

妈操你！你给姑奶奶滚下来。林朵在电话里像个泼妇。

"妈操你"是林朵在气急败坏的时候特意创造的倒装用法，用以表达她的极度愤怒。

我停下手里的活儿说，谁啊，嘴这么臭，吃屎也不知道清理！

林朵大怒，你少给姑奶奶装死，我对你够仁慈了，为什么还步步紧逼？

师姐辛欣从"牙齿"那边扔过一支"心"牌香烟说，别理她。

我对林朵说，正忙呢，有事说事，没事我挂了。

她气得咬牙切齿，说，你就等着后悔吧。听口气她想要把我活活嚼烂了。

随你便。我一时动气，压了手机。

我正要干活，手机又响了。任凭它不停地叫，我就是不接，很烦。没辙了，她发了条短信：下班来我这，酒菜我都准备好了。

我稳定了一下情绪，回复一条：知道了。

师姐突然发话，她迟早会害了你。

我说，她不敢。我嘴巴虽硬，其实心很虚。

师姐说，你小子心太软，以后会吃大亏的。

我关了电脑对师姐打招呼表明要走，没人回应。我站起来将脑袋伸过隔板，"牙齿"那边空空如也，计算机也关着，根本没有师姐的影子。这让我后背发凉。

林朵掀开餐桌上的网罩，一桌家常美味呈现在我面前：鸡蛋炒韭菜、小青椒拌黄瓜片、小葱拌豆腐、凉拌茄子、麻辣牛肉。

还行吧？她很得意地问道。

我说，还行。

她这次取了瓶西凤六年，西都名酒。叮叮咣咣喝了老半天，她不说话。

我说，有话说话，这么老看着我，我心里发怵。

她脸色大变，将酒杯很响地往桌上一推，酒从杯口溢出，湿了桌布。

川子，你他妈真不是东西！你明知高利是我前夫，还在报纸上大吹特吹，什么奉献爱心、"圆梦行动"。狗屁！他算个什么东西，纯粹就是个王八蛋、花心大萝卜！你知道你这后续报道一发，社里社外的人又开始怎么看我了吗？说我无能，让人家抛弃了，成了没人要的剩女。我辛辛苦苦供他上完大学，供他读研，可我得到了什么，得到的是被抛弃的下场，而他却攀上了高枝。这样的人理应受到唾弃、制裁、打压、谴责，而你却大肆鼓吹，高调宣扬，把他宣传成了一个完美无缺的大好人，你这不是成心往我伤口上撒盐吗？

她一口气喝完了半口杯酒，仰头发出苦闷的笑声，笑着笑着，小脸上流下了泪水。

我这才知道她为什么冲我发火。可我真不知道高利是她前夫，如果知道，起码会给她打声招呼。

是的，她曾经为高利堕过三次胎，导致习惯性流产，可能一辈子不能再做母亲了，这对于一个女人的确太过残酷。她已经无法将生命延续，上床对她来说，只是生理需求，而不是造人。

我提起酒杯，一饮而尽，以示对她深深的歉意。

她又笑了，笑得颠三倒四，透着一股冷气。

我说，你笑什么？

她斜靠在椅背上，一只手伸过来拍拍我的脸，苦笑着说，我说你猪脑子吧，你就这点可爱，知道是谁从高利手中撬走了他那位银行千金吗？

我说，采访高利的时候，他只说离异了。

她斜我一眼说，这就是你的肤浅和不成熟，他不说没关系，你就不能外围采访，摸摸他的底吗？

我说，别绕了，到底是谁撬的？

她说，这人你认识，你一哥们儿。

我忽地坐直：肥罗？

她说，你总算聪明了一回。罗董在无意中帮我出了这口恶气，否则我心里一直堵，迟早会被堵死。

我说，那肥罗与那个千金以后呢？

她说，你又猪了一回，这事能有以后吗？罗董靠着那位千金的父亲的贷款，投资赚了大把大把的钱，最后把那千金给抛弃了。男人不花心，母猪会上树。特别是有钱的男人。

她这么一说，多少天来困惑我的谜团一下子清晰了。两个人为一个打工女鱼死网破，原来高利是想报复肥罗。尽管高利未必看得上那个乡下妹子，可他必须从肥罗手中撬走胡青，让肥罗在情感上和"圆梦行动"中遭受双重打击，直至彻底败北于他。即使无法撬走胡青，只要能让肥罗感到头疼，继而能在"圆梦行动"中制造麻烦，对于高利来说，也许都是值得一拼的。肥罗在这件事情上越是重视和上心，高利反击的筹码就会越大。

看来，肥罗和高利不是在帮胡青圆梦，而是在扼杀她的美梦。这使我想起了发生在三千年前古希腊神话中"特洛伊木马"的惨烈故事，特洛伊王子帕里斯拐走麦尼劳斯的妻子——貌可倾城的美女海伦，引发了战争，特洛伊城最终被攻陷。

林朵咀嚼着苹果，对我故作神秘地说，告诉你一条重要信息，报社的天就要变了。

我一惊：难道老唐要杀回摄影部？

她说，区区一个摄影部，怎能容得下他？他的背景和野心大着呢。听说他一亲戚给省委一大领导当秘书，能耐比常委还大。那晚在立言酒店吃饭，那秘书就坐在"大背头"旁边。

她的信息总是很丰富，很有时效，足可建个情报站。

她抓起一个苹果又啃了几口说，老周将唐老鸭派发到基层记者站，那是老周失算，不清楚唐老鸭的背景。唐老鸭曾经放过话：走着瞧，谁笑到最后还不一定呢！

我听得一头雾水：你怎么什么都知道？我在你面前，好像一傻瓜、一白痴。

她神秘兮兮地说，怎么，想知道？

我说，请讲。

她停止咀嚼，无可奉告。

我说，就算他的背景很硬，可也不能连升两级吧！

她说，你真是一白痴。咱报社最废的是什么？

我说，傻子都知道，社长啊。

她说，省委宣传部想从晚报、早报或者都市报调个社长过来，可咱们一连几任社长都被神秘报销，谁还再敢来这儿做替死鬼啊。

我听得后怕：那唐老鸭就不怕丢了小命？

她一根指头在我额头上点了一下：你呀，真猪。人家既然有背景为什么不敢，趁机先占了位置，干不了多长时间平级调换个单位不就行了。

我暗自佩服眼前这个女人的聪明狡猾和深谙世事。我说，这种人怎么能胜任社长？

她说，人已经从记者站招回来了，明天就要正式成为代理社长了。你信不信不重要，反正我是信了。

我说，你还记得前些天那个惊心动魄的神秘网帖吗？

她说，怎么了？不就是说谁坐报社第一把交椅，谁就会被厉鬼缠身么。

我说，你不觉得有点蹊跷吗？我怎么感觉这事与老唐有关系。

她说，真是猪到家了，还感觉呢。明眼人一眼就能看穿，这是老唐为了配合他升迁搞的一个阴谋，你竟然还拿到私人场合当个事来分析。他越是这样造势，就越没人敢担此重任，这样他的机会就来了，明白不？

我说，那社里现任领导就没一个敢担重任？

她"切"了一声，表示对我不屑：现任领导一个个都想方设法往外调呢，谁还有心思留在这儿。

我长叹一声道，苦海无边啊，好日子还没过几天呢，阴云又要来了。

她冷笑，他的小命长不了。

她随手遥控电视机，老赵同志正在绘声绘色地解说他的标志性节目《动物世界》，这一集中自然界正演绎又一个"螳螂捕蝉，黄雀在后"的古老桥段。

林朵的话再次证实了我的推测，我说，你是不是与老唐有过一腿？

她将酒杯在桌上狠劲摔出"咚"的一声：放屁，他是什么货色，老娘就是做小姐，也轮不到他上，他不配。

我和林朵都喝得飘摇。期间，杂碎邓冲好像打来电话，问我回去不。我说不知道。可我的潜意识告诉我，我还得回去，这地方太阴森。林朵一把拉住我，让我留下陪她。我在恍惚中与她搂抱到了床上。

大约是"半夜鸡叫"的时候，我被一泡尿憋醒了。我伸手摸到了林朵光滑如玉的肌肤，借着窗外漏进来的微弱光线，我看得清林朵的S型性感线条。

我摸黑跑了趟卫生间，一冲马桶，声响冲破了寂静的夜。回到床上，林朵已经睡得像个死猪。我推了她几下，她没动，感觉她的身子冰得吓人。我正想打开床头灯，却发现客厅突然亮起了一束灯光。我光着脚走出了大卧室，看到小卧室的门半掩着，一束光线静落在客厅的地板上。我悄悄摸了过去，发现林朵蹲在地上正在梳理一堆毛发。她将毛发用皮筋扎成两小束，然后用纸分别包起来，放入了一双沾满泥的鞋子。我吓了一跳。我的鞋子怎么会在这里？

这双泥鞋，是她拿捏我的证物，也许这双鞋上沾着老周身上的某些东西。老周死了，可稀里糊涂跑到老周脚上的这双泥鞋还在，想到这些我就会不寒而栗，有时会吓出一身冷汗。

我不知道她又在玩什么花样，看她整理完这一切就要站起来，我转身溜回了床上。可她分明还睡在床上，身子冰凉冰凉的。

我说林朵你醒醒，林朵不动。这时，我的手机响了，又是那个来自地狱的女人，声音哀怨而悲凉：帮帮我吧，还我手机……

一觉睡醒，天已大亮。

也不知是几点，反正太阳老高了，林朵早已不见了影子。我跑进卫生间冲澡，突然发现我的阴毛不明不白地被人剃得精光。

奇耻大辱。这是对男人尊严的公然挑衅。我猛然想起昨夜林朵偷偷梳理毛发的情境，不由又气又恨，立马打电话过去。她似乎很得意，轻描淡写地说，不就几根毛嘛，有什么大惊小怪的！野火烧不尽，春风吹又生——我收藏了。

你小子肯定没安好心

肥罗打电话给我，要我帮他摆平一档子事。我说你别再恶心我了，算我求你。他说你又哪根筋不对劲了。我说你真是狗改不了吃屎，撬走高利的二老婆，现在又打胡青的主意。他说，别哪壶不开提哪壶，再说，这与你有一毛钱关系吗？我说，要不是看在朋友的情分上，我才懒得管这破事呢。他笑了，很开心，说，这话我爱听，既然是朋友，那就过来吧。我说，到底什么破事，有没有铜板。肥罗说，你来吧，保你不后悔。我说，老唐今天走马上任，要开全社大会。他说，老唐是什么人，我又不是不清楚，再说了，老唐上任与你有屁关系。我说，你养我啊？到底什么事，我可忙着呢。他说，你这人真不地道，邓冲的事我都办妥了，还在这儿跟我要铜板，想要就来九〇九拿吧。

我急了：邓冲这杂碎怎么你了，让你老人家费神？

他笑了：好事，他已经是我的保安队长了，月薪三千。

我说，你没搞错吧，你这不是变相贿赂吗？

他说，别胡扯，纯属朋友帮忙。不是你求我帮他找工作嘛。

我说，不行，得让他回来。

他惊讶，说，你脑残啊，这等好事打着灯笼都难找，你居然让他回来？邓冲屁股一颠一颠的，高兴都来不及呢。再说，合同已经签了，回来也行，你砸五千块违约金给我。

我说，你小子肯定没安好心。

他说，你还别说，真有事找你。快过来吧。

肥罗喊我，有事没事我都得去。况且这次他给邓冲找工作，起码我也得当面说声谢谢。我就邓冲这一个弟，总不能看着他整天跟着小片警满大街捉贼吧，而且这玩意儿保险系数小，西都又是有名的贼城，万一弄出个乱子，我怎么向父亲交代。

肥罗把巢穴布置得比较温馨，比起以前，更有了家的味道。胡青见我进来，端茶倒水，上烟点火，很是勤快。她现在已经让肥罗调教成了一个地道的家庭主妇。

肥罗看着我不说话，只抿着嘴笑。

我说，非常感谢罗董，能为邓冲找这么一个好工作。晚上兄弟设宴答谢，你可一定得给面子。

肥罗说，你也别急着谢我，哥们儿之间老这么客气，让人别扭，我是真有事求你。

我说，说吧，到底什么事这么火急火燎的？

肥罗说，帮我教训教训高利，这小子太狂妄了，一直对胡青不怀好意。

我说，怎么教训？没理由啊。

说了半天我才明白，他是想让我写篇报道，揭揭高利的老底。说高利帮胡青圆梦是假，真正的罪恶目的是想包二奶。

肥罗理直气壮地说，对于这种色狼，你们媒体人士应该捍卫正义，彻底揭露他道貌岸然的嘴脸，让女同胞们提高警惕，谨防上当受骗。

我说，要说到色，你们两个彼此彼此吧。再说，这种事没有证据，仅靠猜测，让我怎么报道？会惹上官司的。

肥罗说，你还有没有职业精神，等到变成事实，我还找你干吗？

我说，你也是做过新闻的，总不能让我道听途说就随便写吧。

肥罗咧咧嘴说，别唱高调了，抛开伸张正义不说，就当是帮老哥一把吧。说着，他将两叠钞票扔到我跟前说，这是一点润笔费，事成之后，另有厚报。

我将钱推回去说，你可别吓我。

坐在一旁的胡青这时候泪水涟涟地说，川哥，求你了，你就全当是帮我吧！我不想夹在他们两人当中过这种提心吊胆的日子，我只想跟着罗哥干点事情。

肥罗说，看到了吧，小青日子也不好过，整天以泪洗面，你不可怜我，也得可怜可怜小青吧？

我起身走到门口，回头对肥罗说，你真不是个东西。

那只手要掏空我的心

唐老鸭已名正言顺、趾高气扬地做起了代理社长。不过他没有搬进原社长老周的办公室,他嫌那房子晦气。

下午的时候,高利给我打电话,说他正在高尔夫球场与几个朋友打球,六点前就能返回,晚上想跟我聊聊,地方他已经订好了,北五路的中菜皇酒店。我知道那里装饰得高雅、安谧、舒适,是家新开不久但很上档次的星级酒店。

高利很精干,只身前来。我保持着少有的冷静,没有喝酒,只喝茶。高利喝闷酒,喝得量比较大,到后来舌头都打转了。整个晚上,高利除了不停数落他的第二任前妻,那个银行行长的千金是金玉其外、徒有虚名之外,就是大谈他的"圆梦行动"。他说那个农村来的打工女胡青在他眼里不过是一个普通村姑,他并没有霸占她的想法,只是觉得这女孩不易,有上进心,所以真心想帮她。高利说了半天,给人感觉理由都比较苍白。他总是有意无意地想从我嘴里探听肥罗的一些信息,他唯一在乎的只是他与肥罗在这场较量中的成败,胡青只不过是他和肥罗对抗的工具而已,换成李青、张青、赵青、罗青、N青,他同样会这么做。他看从我嘴里探不到肥罗的任何信息,就干脆一把拉住我,硬要把五万元钞票塞给我,让我写几篇报道为他出出气,还说事后另有重谢。他说,为了打压肥罗的嚣张气焰,哪怕倾家荡产,在所不惜,他这辈子不缺钱,不缺美女,却被别人戴了绿帽子,他要出了这口气。

我推开了他的手。那只手把我的灵魂交给金钱,要掏空我的心。我在愤然中感到了一丝从未有过的悲凉。纵然天下富豪各有各的不同,但"买凶杀人"时的嘴脸好像克隆出来的一样,一个德性。

我说,你与罗董同住一座城市,又都是新贵,是西都商界有头有脸的人物,这样一个损一个,会不会被别人当成笑柄?写稿子是我的职业,我有我的底线,写稿子得有根据,绝不能胡编乱造,更不搞任何交易,请您理解我。

可他并没有理解我的意思,微笑着又一次把钞票郑重地推到了我面前。看我不动心,又承诺:以后我们公司一年一百万元的广告业务，全交给你做。

说实话，这对我来说，不是不可以做，也不是做不了。他拿这么丰厚的条件诱惑我，我要不动心，绝对脑残。想想我他妈整天东游西逛，像个空虚的幽灵，四处奔波就挣几个维持贫民生活水准的钱，采访遭人白眼，写稿点灯熬油，耗尽脑细胞无数，还屡遭唐老鸭打压和刁难，前途无望，赚钱没门，以后还要在老唐手底下当马仔，看他脸色，听他调遣，还能有什么好日子过啊。我这人是懒，虽然起得比鸡晚了点，起码干得比驴要多吧。一百万元的广告投入全给我，是个什么概念，按社里规定个人百分之二十的提成，我一年就可坐收二十万啊！一年二十万，N年后就会累加成一个天文数字。从此我就可以咸鱼翻身，摆脱贫困，走上小康。到那时，老子就可哼着小曲儿、名正言顺地脱离"蜗居"族，鸟枪换炮，搞套像样的小洋房，买台差不多的四轮小轿车，漂亮姑娘们肯定屁颠屁颠地跟在我后面排成长龙。到时要谁不要谁，全看老子高兴不高兴。有钱就是爷，老子我就当回爷，让林朵这个荡妇看看。再想想报社广告部那帮人，成天四处奔波拉关系，削尖了头揽广告，可到头来，能拉到的赞助商总是凤毛麟角，想发财苦于没门，财富梦屡屡破灭。

他看我迟疑不决，问，怎么，你不信？我们公司在西都市场一年投入的广告费起码上千万，区区百万投你们不成问题。当然，为了诚信起见，我们可以签个合同。

我虽然是个没有任何积蓄的穷光蛋，但为了坚守住心灵深处的一块净土，还是将手有点羞涩地收了回来。我说，恕我直言，你们都把金钱和女人看得太重。

"一石三鸟"的杰作

西都的夜晚正处在热浪的包围中，不透一丝清凉。我沿人行道漫步，给杂碎邓冲打电话，问他找工作的事为什么不跟我商量。这杂碎好像还很委屈：哥，你脑子进水了啊！多好的事啊，多少人想进还进不去呢，用得着商量吗。我说你懂个屁啊，肥罗这小子没安好心。邓冲说，你老把人往坏想。咱感谢人家罗哥还来不及呢。我说，做人得有点骨气，你明天给我把保安的工作辞了，违约金我给你掏。邓冲说，哥，我的事不用你管。

我为自己能够顶住高利的金钱诱惑感到光荣和自豪，又为杂碎邓冲这事，感觉无限沮丧。

我在北郊的街边溜达，想找个地方喝闷酒，屁股还没坐稳，林朵来电话找我。她很得意地说，过来吧，有好酒、好菜等着你。我说，又有什么破事烦我。她说，好事。

我想，过就过去吧，正郁闷呢，有免费的晚餐为什么不享用。可这一去，差点把我气晕过去。林朵并不爽快也不直白，她为我设酒局，是为了让我在这里得到一丝可怜的快意。

在我们频频碰杯的近一个小时里，她始终不肯告诉请我来她家的本意，她是想把好戏留在后面。想想动物界中"弱肉强食"的生存链，也是相当适用于人类生存学的。有能耐的是爷，没能耐的就得甘当孙子，随便让爷拿下。在我看来，人这种灵长类动物，之所以比一般动物聪明，主要是坏事干得太多。干坏事挖坑，使绊子，就得动脑子，所谓刀不磨不利，枪不擦不亮，脑袋就在这种不断算计别人的过程中被磨练得格外灵光、出类拔萃、鹤立鸡群。

我发现，林朵把有关生存的知识发挥到了极致，她最喜欢老赵同志主持的《动物世界》，还经常买光碟回来不断体味其中的奥秘。在她面前，她聪明绝顶，我傻啦吧唧，她是老虎，我是小鸡。等哪天她把我玩腻了，可随时收拾我，做顿美餐。

她还在喝酒，但嘴巴压根没停止过咀嚼苹果。她的脑瓜在算计别人的过程中被磨练了出来，牙齿也因不停嚼苹果而练得尖利无比。她对于苹果的恨，在我看来是人类凶残的本性。她欲擒故纵，不愿主动告诉我，而我也不打算问她。我没想让她从我身上博取任何快感。

一瓶酒干了,我上了趟卫生间,假借要回去,想道别后就走。她将正在咀嚼的苹果一口吐在茶几上,怔怔地盯着我说,怎么,这就要走?

我说,酒足饭饱了,我也该走了,谢谢你的美餐。

她说,你这人怎么这么不地道,不能陪我说会儿话吗?

我伸了个懒腰说,累了,改天吧。

她说,别搞得跟真的似的。

林朵说这话的时候,眼光时不时地扫向我,看得我心惊肉跳。

我说,邓冲有事找我,我得拜拜了。

她看我脱开她的手就要出门,面目立马狰狞起来:有件事我得告诉你呢,想必你会感兴趣。她终于摊牌了。

我说,有事就早说嘛。

她又打开一瓶白酒,倒了两满杯说,来,为我的成功策划小庆一下。

我说,你又干什么坏事了?

她说,你这人真不会说话。那晚在立言酒楼,师姐与"大背头"对酒的情境你不会忘记了吧?

我一惊,说,这"杰作"是你一手策划的?

她笑得很得意:没错,这的确是个杰作,可谓"一石三鸟"。一可给春风得意即将走马上任的唐老鸭当头一棒,杀杀他的威风,帮我出口恶气;二可给你师姐光彩夺目的脸上抹点黑;三可让老唐把"泼酒"的账记在你那个自命不凡的师姐头上。怎么样,够精彩吧!

我说,你他妈真不是人。

她自饮了一杯,说,与天斗,其情可嘉,与人斗,其乐无穷嘛。

我说,你纯粹就是一个无赖和恶魔,你是靠什么办法将师姐引入老唐那场酒局的?

她斜看我一眼,用食指指着她的脑袋说,智慧,懂吗?我早就知道老唐他们那晚要设酒局请那帮人,就提前让刘干事打入老唐的阵营，从中给我传递信息。我中途回了几个短信，都是刘干事请示我什么时候将师姐"请"过去。我假装醉酒，其实一点没喝多，正想要脱身出去与刘干事商量，你多管闲事，恰好遇上了老唐，老唐让师姐过去，正中我的下怀，我何乐而不为！

我一惊，原来我们的一举一动，全在她的掌控之中。

我说，刘干事与老唐可谓不共戴天，老唐凭什么要听他个小白脸的？

她笑了笑说，我早知道老唐有后台，报社早晚是他的天下，就给小白脸略施小计，让他根据老唐的爱好，带老唐去了几次浴场玩特殊服务，就彻底将老唐拿下了。小白脸也不是傻蛋，老唐一旦掌控大权，对他也不会差到哪儿去，以最小的投入赚取最大的回报，他感谢我还来不及呢。

看来，她已经将白脸刘干事拿下，让他任听她的摆布。在这点上，我和刘干事一样，不过是她手中的棋子。

我说，你和小白脸这对狗男女都不是省油的灯。

她撇了下嘴：男人没一个好东西，你也好不到哪儿去。

我说，师姐与你没有任何恩怨，为什么要把她扯进来？我们共同的敌人应该是老唐，懂吗？

她"切"了一声：谁是朋友，谁是敌人，这我清楚，不用你教我。再说，我用不着你帮我，因为我有这个实力。我与老唐的恩怨，是私人之间的，而你们与他作对，是因为看不上他的能力和人品，完全是工作上的。所以，我和他的恩怨，我会自己了断，用不着任何人帮我。

她的脑瓜如此犀利，让我刮目相看。看我有点急躁，她说，凡事沉着点，都多大了还这么不成熟，以后怎么跟人打交道啊？本来这事可以不告诉你，可事后一想，告诉你也没什么坏处啊。好了，现在你可以走也可以不走。不过，我建议你最好还是别走。

看我迟疑，她又说，不要不理姐，姐会让你吐血。

争当伴郎

晚上,我打电话问师姐什么时候搞结婚仪式。师姐说快了,正收拾新房呢。

我说,布置婚房需要帮忙,尽管吭声。

师姐说,新房布置得差不多了,你过来帮忙验收一下。

师姐的新房离我不远,也就一站路,我溜达着就过去了。为我开门的是杂碎邓冲。

新房布置得有点像宫殿,富丽典雅。看着师姐即将成为别人的新娘,我有点难过。

师姐辛欣打开两瓶冰镇啤酒让我和邓冲享用。我昂头一口气吹了一瓶,师姐回身又要拿,我说不用了。师姐就扔过一支"心"牌香烟,坐在沙发上和我聊天。我感觉师姐的气息打在我脸上,痒痒的,很亲切。我望了师姐一眼,搓了搓手心的汗,郑重地说,师姐,我想给向东当伴郎。

我想,能在师姐结婚时当回伴郎,留份美好的回忆,也算是我和她之间缘分的见证。

我说,师姐行不行啊?我可是真心的。师姐笑了:当然可以,可向东已经答应别人了啊。

我一下蔫了,心里却翻江倒海,很是纠结。这是一种苦涩的难过,说不清,道不明。

没坐多久,我打算离开了。出门时,杂碎邓冲还在低头喝他的啤酒,看都不看我一眼。我不甘心,追问师姐,那个伴郎是谁?师姐看我严肃,向我努努嘴。我顺着师姐嘴的方向找了半天,没找到别人。

师姐说,就是邓冲。

我没想到与我争做伴郎的人,会是杂碎邓冲。我重重地甩上门,没坐电梯,就顺着楼梯往下跑。师姐追出来在后面喊,我没有回头。

出单元门的时候,我看到一个熟悉的女孩儿身影从楼门口闪了过去。我说,胡青你出来!胡青慢慢露出害羞的小脸,叫了我一声"川哥"。我说你为什么躲我?胡青不好意思地捋了捋棕色的长发,眼光有点闪烁:我找辛姐,想看看她的新房。我说,你就不怕肥罗揍你?胡青说,我请了假的,一会儿就回去。

可我担心的事,还是发生了。当然,这是后话。

我的小阴谋

几天后,师姐要在富丽堂皇的中菜皇大酒店举行婚礼,师姐让我和邓冲第二天早点过去。

第二天一大早,我给师姐打电话说,邓冲不能来了。

师姐急了,这怎么行,都这时候了,咋能说不来就不来了?他人呢?

我说,上吐下泻,还在床上躺着呢。

其实这是我的一个小阴谋。我不能让邓冲这杂碎就这么顺当地去做伴郎,这个重要的角色应该由我来扮演。我暗自为自己昨晚的小阴谋能顺利得逞而感到沾沾自喜。

杂碎邓冲昨晚冒着热浪从外面一回来,就仰起脑袋对着一瓶矿泉水猛吹,他绝对不会相信这瓶矿泉水里面会有我放的泻药。夜半的时候,我在蒙眬中听到杂碎邓冲一趟趟往厕所跑,感到无比幸福。我想着自己穿上笔挺的西服,扎上领带,站在喜气洋洋、光彩夺目的师姐身旁的婚庆情境,不由地感到激动。

由此看来,人在万不得已的时候偶尔还得做点手脚,所谓求人不如求己。林朵就是最好的例子,她可算得上是一个大阴谋家,算计别人的本事可以加到五颗星。

师姐在电话那头说,胡青都来了,他怎么偏偏这个时候病了。

听师姐这么说,我才意识到,杂碎邓冲原来要和胡青一起做伴郎伴娘。我说，可能昨晚吃的有问题。师姐说，那你赶快送他上医院吧。我答应了师姐，然后又说，看来闹肚子一时半会儿是治不好了，要不，就让我来做伴郎吧。师姐说，你赶紧带邓冲去看病，我再想办法。

一听这话，我跳楼的心都有了。我怎么就这么倒霉啊。我的小阴谋就这样流产了。我对着还躺在床上的杂碎邓冲大喊，让他马上跟我上医院。可这杂碎提着裤子就往厕所跑，头都没回。

我骑车上附近的百姓大药房买回一把止泻药让他服下，扔下他就要上婚礼现场。这时师姐突然打来电话，说婚礼改时间了，让我立马代她通知来宾，婚礼时间改为晚上六点整。

我心里咯噔一下：怎么回事啊师姐？

师姐说，老唐要召集全社开会，宣布对中层干部的调整，点名要我必须到会。

我说，你不是请婚假了吗？都上午九点了，各界名流、亲朋好友一会儿就到了。

师姐说，唐老鸭是有意冲我来的，本来对我就有看法，这次婚礼我又没请他出席露脸，加上上次给"大背头"泼酒的事，新账老账全算我头上了。你现在尽快与向东联系，除几个名家和主要来宾我通知外，其余来宾都由你们通知。

我说，晚上举行婚礼不吉利，不如改天。

师姐说，也许是我与向东无缘，两次婚礼都被搅局。就晚上吧，赶紧通知来宾。

据说，全社大会一直持续到中午十二点多，其他部主任已经明确职责，只有师姐是临时负责。唐老鸭会后特意留住师姐，装出一副歉意的表情，假惺惺地希望师姐以大局为重，说摄影部主任的位子他是有意空岗的，只要师姐好好干，机会还是有的。师姐长发一甩，留给唐老鸭一个极富退想空间的背影。

师姐的婚礼被迫改期，任命的摄影部主任还是个临时职位。这让我感到很郁闷，但我没有时间去考虑这些细枝末节，眼下最大的任务就是帮助师姐做好婚礼的一切工作。

晚上六点，师姐与向东的婚礼，在富丽堂皇的中菜皇大酒店正式举行。各路来宾如期前来，热闹非凡。新闻界、摄影界应邀的来宾大都到了。林朵、白脸刘干事也来了，两个人坐在席间窃窃私语，偶尔还放肆地大笑出来。让我大感意外的是，很多师姐的"粉丝"和师姐曾经帮助过的人都自发地前来，手捧鲜花，在酒店门前站成了人墙，向师姐祝福。一些媒体记者也早早地守候在婚礼现场，不失时机地将镜头对准身着一袭婚纱的师姐一阵猛拍，并进行随机采访。这些，都将成为西都市各大媒体娱乐版的头条。

需要特别指出的是，我如愿当上了伴郎，此刻，幸福像花儿一样绽放。

但伴娘胡青对我不大友好，时不时很阴冷地瞪我几眼。

"躲猫猫"

　　从胡青不满的脸上，我没有悟到更深一层的情绪，毕竟，她这张脸还有点稚嫩。但我却从林朵的眼里读出了两个字——怨恨。因为我无意中挫败了她的计划。

　　师姐辛欣婚礼后的第二天，我去南郊为"圆梦行动"采访另外几个赞助商，还没结束，林朵就火急火燎地打来电话，开口就骂：妈操你！

　　显然，她是来专门找事的。

　　我狼狈地从老板办公室跑到走廊问她：谁又招惹你了？

　　她说，少装。

　　我说，你能不能积点口德？

　　她反问：凭什么要我对你这种人积口德。

　　我一头雾水：到底什么事？

　　她说，你坏了姑奶奶的好事，这事你得负全责。

　　我说，见过不讲理的，没见过你这么不讲理的，我这正忙呢。

　　我压了电话，心里有点犯毛，不知道这荡妇又要玩什么花招。

　　正要进老板办公室，林朵又肆无忌惮地打了过来：妈操你，想找死啊？我说，你有完没完，我正采访呢。她说，那你就等着后悔吧。

　　我感觉事情有点不妙，于是收了相机、录音机、采访本，向老板说了声对不起，拦了辆出租车，就往回跑。

　　一小时后，我上到九楼，直奔林朵家，她却不在。我在客厅的茶几上发现了一样东西，吓得半死。这是几张男女亲密照，主人公不是别人，正是杂碎邓冲和胡青。一起散步、吃饭、搂抱、戏闹，夸张的嘟嘴特写、做作的造型，让我作呕。有张照片尤其让人冒火，杂碎邓冲搂着胡青，胡青微闭双眼，满脸陶醉，杂碎邓冲的一张臭嘴伸了过去，做出一副亲吻的姿态。但明眼人一看，就知道照片是摆拍的。

这个杂碎，成心要气死我。"圆梦行动"高潮在即，两个富豪为了胡青明争暗斗，狼烟滚滚，不可开交，这个杂碎却在这时候横插一脚。我不知道他和胡青是不是真心，也不知道他俩处到了什么程度。这一刻，我也不在乎胡青是不是处女，这都已经不那么重要了。

如果仅仅是手拉手或亲亲嘴，或许邓冲还有救，如果已经上床，那他这条横插进来的腿，迟早会让肥罗剁掉不可。

我不由又埋怨起我的父亲，他把一个高考落榜生就这么轻易地踢给我，同时我也对自己没有严格管束这个小杂碎而感到内疚。

很明显，这些照片是林朵有意留给我的。我不知道她想干什么，她又是如何知道杂碎邓冲与胡青的秘密的。我给林朵打了一晚上电话，都是关机。她与我玩起了"躲猫猫"。

我与杂碎邓冲联系，问他是不是与胡青在一起。他迟疑了一下说，哥，你就别插手了，我的事我自己会解决好的。

我说，不是我要插手，是别人要插手，你要明白，再这样与胡青纠缠下去，肥罗会断了你的腿。

他说，我和小胡是真心的，她单纯、善良、漂亮，罗董仗着自己有钱，明显在玩她，哥你总不能眼看着羊入狼口吧？

不得不承认，杂碎邓冲的话有几分道理，可我担心的是他如何从情感漩涡中摆脱出来，而不至于受到伤害。我说，你懂什么叫爱情。

他说，哥，你是不是妒嫉我啊！遇见好女人，哪个男人不动心啊！

我说，你有什么可以让我妒嫉的？林朵手里为什么会有你与胡青在一起的照片。

他倒很平静地说，这很正常啊，林姐约我和小胡出去玩，一起拍个照，有什么不对吗？

我说，她为什么要插手你们的事，你想过没有？

他说，林姐是我和小胡的牵线人，哥，你别把人想太坏行不行。

我突然明白了，林朵在下套。我说，事情没你想的那么简单，总之你必须离开胡青。

他说，哥你烦不烦啊，我都是大人了，我说过，我的事不用你管。

我还想问他与胡青到底上没上床。他说，哥，我正夜巡呢，你早点睡。随后，他压了电话。

杂碎邓冲自从当了肥罗的保安队长后，早出晚归，搞得人不像人，鬼不像鬼。他趁着肥罗晚上经常外出应酬，挖走肥罗"圈养"的女人，这件事一旦被林朵捅到肥罗那里，一场凶险的拼杀肯定在所难免。

我又将电话打给肥罗，想从他那里探探口气。

肥罗说，正招呼客人呢，说吧，啥事？想喝酒，就立马过来，要是缺钱，明天来拿。

一听这口气，我踏实多了。我突然明白，这是林朵故意策划的一个阴谋，想以此要挟我。她想把我掌控在她的手里，呼来唤去。

我说，狗屁，你就知道钱，林朵在不在你那儿？

他笑得很爽快：你这不是找骂吗，半夜三更打电话问我要你的女人？

我突然感到我这话问得很愚蠢。

我从柜子里取出一瓶酒，把自己灌得大醉。蒙眬中林朵将我从床上拖起来，怒目而视，眼里深藏着怨恨。我一下清醒了大半。

我说，你到底想干吗？拍那些照片什么意思？

她目光冷冰冰地扫过来：怕了？知道我晚上为什么躲你吗？我就是要让你着急、害怕、不安，然后求我。告诉你，我不光有照片，还有录像呢。你要不要欣赏？

我怒火中烧，一把揪住她的衣领：你这个魔鬼，到底想害多少人?你害我,我认了,可你为什么要把邓冲扯进来?

她的目光寒冷如冬夜,将我的手慢慢地从衣领处拉开:请注意你的用词和行为!我是在干一件超乎寻常的大好事,你不觉得他俩才是天生的一对吗?再说,胡青落入狼窝,作为一个有良知的记者,我不应该帮她吗?不过我得提醒你,你必须全力配合我,促成你弟弟与胡青的好事。否则,你就等着罗董卸那个保安小队长的腿吧。

我说,你要敢胡来,我就将所有内幕统统告诉肥罗。肥罗要是知道是你有意给邓冲和小胡牵线,会拧了你的脑袋。

她笑了:真是头笨猪!有证据吗?到时候,我把影像资料往罗董那儿一搁,罗董更会相信谁呢?好好想想吧,这问题傻子都明白。

我说,我求你了,你放过我弟弟。你在毁他,知道吗?

她故作傲慢地仰了下脖子说,你总算求我了!不过你又错了,两情相悦,一个愿打,一个愿挨,我是在成全他们,你应该夸我才对啊。我没有找你兴师问罪,你倒责问起我来了。你打破了我的周密计划,最初让邓冲与胡青当伴郎伴娘,在公众场合正式亮相,是我整体策划的一个重要环节,却让你这个蠢猪给临时替补了。

她给人挖坑,从来不动声色。我敢说,她要是生在古代,再好的国相也得甘拜下风。

我说,就为你的一个阴谋流产,你大动肝火把我从采访现场喊回来?

她说,这还不重要吗?请问,我的计划什么时候失败过,你见过吗?我的计划向来都是天衣无缝,只有成功,没有失败,绝对不允许任何人从中作梗!谁要是从中捣乱,只能有一个结果——死路一条。

我说,直说,你到底想干什么?

她说,实话告诉你,我计划的唯一目的就是把胡青从狼窝里解救出来。信不信由你。

我说,就这些?你有这么好心?

她说,我说得还不够明确吗?不过,你要是还想知道些什么,我无可奉告。

欧式倒装句

下午,整座办公楼停电检修,闷热无聊之际,工会白脸刘干事约我去喝上岛咖啡。

这小白脸多日不见,像换了个人,白里透红,与众不同,很是神气。他现在是老唐的红人,整天与老唐等一帮旁门左道、无所事事者出入酒店、歌厅,胡吃海喝,跳舞K歌。他就像个跟屁虫,"唐哥唐哥"地叫着,大包小包地提着,俨然成了老唐的小秘书。他在工会虽然是个小干事,却一直享受着副科待遇。他现在虎视眈眈地盯着师姐辛欣那把交椅,一门心思想进我们摄影部。但以他的能力、人品和影响力,又怎能与师姐相提并论呢?

这小子一向很吝啬,只进不出,就像一毛不拔的"铁公鸡"。他请我喝咖啡,必有事求我。

小人不可得罪。这种平庸之辈、小人之流,我一向敬而远之。这次既然是他主动约我,又那么盛情,我想去探个究竟。

我自顾自点了支香烟,要了壶龙井,他点了杯咖啡。

我说,不再点些什么?

他有点诧异地笑了一下,将酒水簿推到我跟前说,你点吧。

我没客气,又点了三瓶冰镇啤酒。

没有开场白,我们直接碰杯。也许,像我与他这样的场合,人对人,事对事,根本用不着什么开场白。虽然我猜不透他请我的目的,但我看出了他眼中的喜悦。

他不说话,我也不吭声。反正,是他掏腰包。我有的是时间,在这样的"蒸笼"时节,能坐在这么清静、凉爽、高雅的地方,喝酒、品茶、抽烟,看临街匆匆而过的美女,是种享受。

三瓶冰镇啤酒喝完的时候,他问我要不要再来一瓶。我说要啊,为什么不要,再来三瓶。最终,我们喝光了八瓶啤酒、两壶茶水、一壶咖啡。我的一包香烟也耗得差不多了。要不是林朵来电话找我,搞不好再喝个两三瓶也没问题。整个过程中,只有杯碰杯的声音伴随着缭绕的香烟烟雾,而他的脸上、眼里除了喜悦还是喜悦。

临走时,他握住我的手说,兄弟,没有别的意思,就是好久没见,随便坐坐,以后还望兄弟多多关照啊。

这是一个典型的欧式倒装句。他把开场白放在了最后,害得我猜了半天,不知道他葫芦里卖的什么药。我突然想起,他在大学时学的专业就是欧美文学,这与林朵发明的"妈操你"的倒装用法有异曲同工之妙。

不过,我隐隐觉得,他不会只是专门找我来喝咖啡的。

英雄救美

林朵找我,是要我与她喝酒。

她这次打扮得非常精致,长发披肩,一件淡雅的半袖衫下摆塞进下垂感很强的甩裤里,腰身显得柔软纤细,脖子上系着一条红色的丝带,飘逸而浪漫。

在她家楼下,我远远就看到她打着一把淡蓝色的太阳伞。

我问,就我们俩?

她笑笑说,好心情只能两个人分享,难道你还希望有别人吗?我闻到了淡淡的草莓清香洋溢在她的身上。

她这次没有请我去她家,而是选择了去酒吧。既然是去酒吧,自然不能开她那辆卡罗拉。她拦了一辆出租车,我们直奔城北的未央湖。

都说未央湖是西都最容易产生爱情的地方,而酒吧则是摩擦出爱情火花的最佳场所,所以酒吧业当仁不让地就成了城北发展最迅速的行业。仅在未央湖的中心地带,大大小小就开了几十家酒吧。夜幕降临,湖水两岸灯影摇曳,酒吧里的人们相互对歌、畅饮,让人沉醉。

酒吧外游人如织,我随林朵沿着酒吧一条街傍水而行,尽管林朵凭着上次来未央湖泡过酒吧的经验,信心十足地充当导游,但当她再次踏入这灯红酒绿的酒吧街时,还是迷失了方向,一时不知落座何处。各色酒吧,应有尽有,家家精彩,处处浪漫。林朵想起网上有个帖子说"杏花吧"不错,拉着我就奔那儿去。谁知我们刚到门口,服务生就冲林朵喊:"美女,想艳遇吗?二楼有帅哥。"林朵拉起我扭头就逃。

我俩选择了一家相对安静点的酒吧入座。酒吧的 Disco 音乐似乎有点老掉牙了,但这丝毫没有影响生意,客人们神情各异,有狂饮买醉的,有肆意跳舞的,有轻松谈笑的……的确,在西都唯一的湖边酒吧街,可以任意挥洒忧伤,尽情释放昔日的爱恨情仇。但我还是有点怀疑,这个连微风拂过柳枝都能打动神经末梢的沉醉之地真能疗伤吗?

林朵点了啤酒和爆米花,我们开始畅饮。

我说,为什么选择来这里?你不觉得太闹吗?

她说,你不觉得这里是谈情说爱的好地方吗?叙叙旧,聊聊天儿,放松一下心情,不好吗?

她真虚伪。我说,你觉得我们有爱可言吗?

她瞪我一眼说,你觉得呢?

她自顾自喝起了啤酒。我觉得再这样探讨下去,只能影响本来就郁闷的心情,就主动与她碰杯。

我说,发横财了?

她没看我,而是看着夜色中摇曳在湖面上灯红酒绿的倒影:我他妈比发横财还开心。

我一愣,问,有这种好事?怎么好事都让你占着,我从来就沾不上边啊?

她说,你该知足了,好事还少啊!像我这种美女,能上我的人有几个啊！撒泡尿照照，要不是我可怜你，你连美女她妈都沾不着。

她被酒精浸润得楚楚动人，与往日的狰狞相比，还真有点小可爱。我有意挑逗她说，那你是有喜了？谁的啊？

我想她定会愤怒地将酒泼我脸上，可我错了，她从鼻孔里透出一丝细微的笑：谁的都行，只要不是你的。

我说，我可告诉你啊，真要是有了，可别找我麻烦。

她说，别高估自己了，我就是找要饭的，也犯不着找你。

我说，小时候妈妈吓唬说，狼来了；上学后，同学吓唬说，老师来了；结婚后，朋友吓唬说，你老婆来了；工作后，同事吓唬说，领导来了；当领导后，上级吓唬说，检查组来了；刚弄点事，下级吓唬说，纪检委来了；总算熬过去了，情人又跑来吓唬说，这个月没来！你说，做男人容易吗？

她一口气将半瓶啤酒吹完，将酒瓶"咚"地甩在桌上说，放屁！姑奶奶我要是不三天两头地敲打你，你早就从地球消失了。

搞了半天，她成了我的救命恩人。我知道这是个软硬不吃、刀枪不入的主儿，索性换个话题。我说，你与刘干事又有了什么重大收获了？

她反问，你是真不知道还是装疯卖傻？

我发愣。

她笑了：也是，你整天睡得像头猪，东南西北都搞不清，怎么可能知道。

我和林朵就这样你来我去地斗着嘴，没想接下来却发生了一件不愉快的事。我与一个喝得有点飘摇的"刀疤男"打了一架，还来了个"英雄救美"，是为林朵。

"刀疤男"本在几桌之外的一个角落里独自喝酒，突然出现在我们面前，想强行亲吻林朵，还要拉着林朵跟他去"开房"。林朵花容失色，一个劲儿往我这边躲，并用眼睛发出求救的信息。这场面我哪里经历过，影视剧里的情节都是胡编乱造的，现在身临其境，让我有点不知所措。我面对的是一个高大威猛的男人，是个重量级的家伙，我的脑顶最多也就刚刚到他耳朵。但只过了不到十秒钟，我的思维就"接电"了。我尽管瘦弱，但也算玉树临风，算得上是个文化人。我有尊严，有人格，他不能无视我的存在，在我眼皮底下，公然调戏我的女伴，尽管林朵算不上什么好鸟儿。

一股无名之火直钻心头。我咬牙切齿，出其不意地转至"刀疤男"的身后，轮起酒瓶就砸向他的脑壳。酒瓶在他的后脑壳上裂成了明亮的碎片，稀里哗啦地散落在了地上。他没有喊叫，像只笨重的狗熊，闷声闷气地倒在了地上。

也许是酒吧过于嘈杂，还没等店老板和周围的人反应过来，我已拉着林朵跑出酒吧，混入了红男绿女的人流中。后来我才知道，"刀疤男"是高利手下的打手，是他从省体工队挖过来的。

这个晚上，我与林朵没有产生爱情，只是到她家发生了一场性爱。在床上的时候，她睁大眼睛告诉我，老周的尸体在殡仪馆冷藏了好多天后，警方突然有了结果——老周是自杀。

这又是一个典型的欧式"倒装句"。

我说，是不是自杀，你心里最清楚。

她有点恼羞成怒，蹬我一脚说，妈操你！你为什么总盼着我倒霉？我要是犯了事，对你有什么好处？别忘了，你那双泥鞋是怎么跑到老周脚上去的。

她这话一说，我瞬间软了一截儿。

但我还是想不明白，老周为什么要自杀，难道白脸刘干事就那么清白，一点关系没有？

上卫生间冲洗的时候，我还在想，为什么是突然有了结果？我想这至少说明她心虚，是她期待得太久，现在终于解脱了。

难怪白脸刘干事下午请我去上岛咖啡，明显抑制不住心中的喜悦。他们一前一后地请我，是认为我与他们是一伙的，还是纯粹为了让我分享他们的喜悦？

自杀这个结果，会不会让老周瞑目，只有鬼知道。

为一个女孩儿失眠

这天下午，西都大雨。雷声霹雳，闪电如箭，城市一片汪洋。我和林朵紧急出动，驱车赶赴南二环的郭家村现场采访报道一起"激情杀人"案。这是我和林朵第一次合作，毕竟我们不是同一个部门。

杀人者是西都一所大学的在校生。他酒驾一辆银色奥迪轿车将一名打工女孩撞倒后，又将车子倒回来，非常残忍地从打工女身上碾轧而过，导致打工女当场死亡。场面血腥，手段残忍，情节恶劣。

采访结束的时候，大雨终止，可我们已经成了落汤鸡。我们从头到脚，从里到外，几乎都被雨水浇透了。

回来的路上，到处可见抛锚的车子。人行道上，行人匆匆，偶尔能看到被大雨从树上砸下的小鸟。它们蠕动着湿热的翅膀，半张着小嘴，发出微弱的叫声。

好在我们有经验，坐的是越野车。

西都人有种奇怪的传统，出行大多都选择公交车，而很少有人去坐地铁。由于四周被古城墙封闭，市区土地资源有限，房价太高，大量市民都迁到北部城郊生活，那里的房价比较便宜。每天上班时，大量上班族从北部城郊潮水般涌向市内；下班时，上班族又开始潮水般返回郊区的家。整个西都市区公交车经常人满为患，人只能如同蜗牛般艰难移动。如今，汽油暴涨，公交票价上涨，很多人决定"低碳"一把，出行基本靠骑自行车，出门大多靠走路。站在西都城内最高的帝国大厦楼顶上往下俯瞰，大街小巷被蚂蚁大小的市民挤满，看到一个个为了生存而奔波的身影，很惨很真切。

市民埋怨政府，政府又推责任给三大石油巨头。为缓解交通压力，从5月1日起，西都交警将聪明才智发挥到了极致，来了个路人限行。单眼皮单日出行，双眼皮双日出行，一单一双夜间出行，戴墨镜出行者按故意遮挡号牌处理，对盲人出行者按无牌号处理，对割双眼皮出行者按套牌处理。刚实行几天，这套鬼点子的始作俑者即在网民的强烈抗议下，被撤职查办。

我接过司机递过的一条毛巾，胡乱在头上抹了几下，然后递给林朵。林朵白我一眼，没吭声，也没接手，而是从包里掏出一包纸巾，又摸出一个精致的小镜子，收拾脸上被汗水晕染了的美妆。

新闻抢的是时间。"激情杀人"案属重大社会新闻，社里来电话要求我们一回去就交稿。林朵似乎很兴奋，从包里掏出个苹果一边咀嚼，一边利索地打开设备，将我们在现场拍摄的照片从相机迅速下载到笔记本电脑，开始筛选照片。我打开另一台笔记本电脑，开始写简讯和图片说明。

大地经大雨浇灌后，一时还难以凉快下来，好在我们赶回报社的时候，已经快下班了，身上被雨水打湿的衣服已被体温烘干，皮肤有点黏潮，还飘着一股雨水味儿和汗味儿。

我和林朵都庆幸没被这场大雨淋感冒。我庆幸是因为，虽然每天无节制地吃喝没营养的食物，瘦干的身体还能经得起风雨的侵蚀，而林朵，我想她应该庆幸的是我给了她滋润。

稿件审核异常顺利，但结束时也已过了晚饭时间。此时我唯一想做的事，就是立马跑回我的出租屋，在离巷子不远的公用澡堂，痛快淋漓地冲个凉，换身干净衣服，然后上街边夜市充饥，最后舒舒服服地睡大觉。可林朵兴奋异常，非拉我一起去外面喝酒。不知她是看到"激情杀人"现场后兴奋得有点过头，还是出于对死者的同情。

我建议叫上师姐，可她不点头。

她没有动用她的卡罗拉，我们直接打车去了芦花私房菜馆。芦花私房菜在北城八路，离我们报社就三四站路。我本想去本地的特色馆子，可她极力推荐芦花，说这家菜馆有道菜叫黄辣丁，是她的最爱。

她是这里的常客，刚进大厅，服务员远远地就开始喊她"林记者"。一个三十出头的女老板穿身干练的职业装，一条长辫子在细腰处荡来晃去，迎上来跟她格外热情地打招呼：林记者，今天带客人来啦。随后给了我一个温暖的笑。

不难想象，在她们的心目中，林朵可是个了不起的大人物，能跟林记者打声招呼，那是荣幸。

女老板给我和林朵特意留了个小包间，还让专人服务。这要在平时，绝对是妄想。

给我们提供包间服务的是个清纯的花季女孩儿，高挑个儿，亭亭玉立，扎着马尾辫。在她侧身倒茶的那一瞬间，我感受到了她清纯的气息，抬头时正好与她清纯的目光对上，我心里咯噔一下，触电了。她淡淡一笑，鹅蛋脸上泛起一层红晕。

这是一张似曾相识的脸，一双清澈见底的大眼睛透出无法掩饰的纯净，水灵、生动、亲切，令人神清气爽，为之一振。

林朵对黄辣丁的偏爱，远远超过了酒精。她在不到半小时的时间里，竟将一锅热气腾腾的黄辣丁消灭得所剩无几，只剩下一堆小鱼骨。她将这些尸骨秩序井然地堆积起来，像检查战利品一样清点着数量，露出一脸的满足。

她拿过纸巾擦拭嘴巴，接着与我碰杯，豪饮而尽。我以为接下来她应该和我说说别的事了，比方说老周、老唐、白脸刘干事、肥罗、高利，还有胡青、师姐辛欣和我那杂碎弟弟邓冲等，随便挑个人说说都行，可她没有，她把目光再次聚焦到了眼前的黄辣丁上。她不厌其烦、口若悬河地开始给我上课，从黄辣丁鱼的生长地、生长环境、生长特点，一直讲到它的烹饪工艺。她非常陶醉地强调了两点：一是黄辣丁背鳍和胸鳍具有发达的硬刺，硬刺在活动时能发声；二是宰杀黄辣丁时必须撕去腮及内脏，用清水洗净后才能烹饪。

她强调的两点，反映出黄辣丁深藏尖锐的利器和不动声色的威胁。发达的硬刺，是为了防范，也可能是为了攻击，而这硬刺在活动时还能发声，或许是为了迷惑或震慑敌人。还有，宰杀自然需要动刀，而用手撕去内脏，则与剖尸没有两样，都是非常残忍和血淋淋的举动。这些,都让我心里发悚。

还有,她竖起一根指头看着我强调,宰杀时一定要注意它背鳍和胸鳍锋利的硬刺,不要被硬刺活动时发出的美妙声音所迷惑,以致遭受攻击,指头被夹掉。

我还真是小瞧了这个女人。她对动物的习性、特别是对动物的凶猛特性研究得如此透彻,估计老赵的《动物世界》功不可没。但再凶猛的动物,包括人,都会像苹果一样,成为她咀嚼的对象。

她消灭黄辣丁的状态,让我大开眼界。她的吃相异常贪婪和陶醉,动作纯熟,干净利落,两眼透着一股阴森。她似乎对鱼有某种仇恨,能在咀嚼中获得报仇的快感。

这让我想起了师姐辛欣请我吃"鱼宴"的景象。

趁林朵出门上洗手间的工夫,我与那个花季女孩儿有过简单的几句对话,知道她来自南部农村。

这天夜里,我躺在闷热的出租屋里,一遍遍看着芦花私房菜馆的名片失眠了,因为这个花季女孩儿。

这是除师姐辛欣之外,我第一次为一个女孩子失眠。

名片的背面印着一首诗:

> 芦花白,芦花美
>
> 花絮满天飞
>
> 千丝万缕意绵绵
>
> 路上彩云追
>
> 追过山,追过水
>
> 花飞为了谁
>
> 大雁成行人成群
>
> 相聚花为媒
>
> 情意花相随
>
> 风尘万里芦花陪

花季女孩儿毛小兔

　　第二天晚上，我在百无聊赖中给邓冲打了个电话，让他值班结束后一块出去吃顿饭。邓冲说，哥，我和朋友已经开吃了。我说，你是不是又和胡青在一起。他说，哥，你以后能不能问点别的？我还想继续追问，他已经挂了。

　　郁闷中，我走出清寂的出租屋到大街上闲逛，下意识走到了芦花私房菜馆。老远就看到菜馆门口顾客如织，络绎不绝。走进大厅，一片嘈杂，每张餐桌前都有一副副无限生动的表情，或窃窃私语，或高谈阔论，或相互吹捧，或不言不语，或举杯畅饮，或东倒西歪，或开怀大笑，或黯然神伤，所有的一切，都是由于酒精对情绪的放大。

　　一切都与我想象的情景大相径庭，没有了昨日的清静，少了老板娘和服务员们的热情，也没看到那个花季女孩儿。我踌躇在大厅，东张西望，左顾右盼，像个被冷落的流浪汉找不到落脚的地方。我在失望中挪动着脚步，准备返身退出，这时，一个亭亭玉立的身影走了过来，是那个花季女孩儿。我猝不及防，虽然表现得镇定自若，却难以掩饰心里的慌乱、羞怯和不安。

　　她温柔地笑着，露出一口洁白的牙齿说，林记者没来啊？

　　我说，没有。

　　她说，她可是经常来的。

　　我搓揉着手说，哦，我也是昨天才知道她喜欢来这里。

　　她向收银台跑了过去，马尾辫跳跃起来。她从收银员手中抢过一支笔，飞快地在一张卡片纸上写着什么，然后兴冲冲地跑过来说，这是我的电话，以后就叫我小兔子吧。

　　小兔子？我接过卡片一看，只见卡片上潦草地写着毛小兔。看我迟疑，她又补充一句说，这里的人都叫我小兔子。

我不怀好意地说，好，以后就是朋友了。

她笑了：林记者的朋友，就是我的朋友。

我补充说，林记者是我同事。我觉得这个补充非常重要。

她有点惊讶和激动地说，你也是记者？我可羡慕会写文章的人了。

我谦虚了一把：闹着玩的。

她用手理了下刘海儿，有点羞怯地说，你怎么称呼，能留个电话吗？

正中下怀，我心里有只小兔子在跳，难怪大清早喜鹊就在出租屋外叽叽喳喳叫个不停。

我要过她的手机，输入我的手机号后又还给她：以后就叫我邓川吧。

她有点羞涩地说了声好，然后喊来一个女服务员给临窗坐着的几位客人结了账，重新收拾好桌子，低头一笑说，你慢慢用餐，我得进包间给客人服务了，然后轻快地从我眼前飞走了。

我喝了三瓶啤酒，吃了两个菜，一碗米饭。过了一个多小时，直到我出门，再没见她的身影。

我是他的种子

师姐辛欣最近忙得够呛，明说是去度蜜月，暗中却比上班还忙。我不知道师姐在忙什么，她没告诉我，我也不好问。

有天，父亲从老家来电话说他患了尿毒症，要换肾，需要三十多万元。他把我这个儿子看成了取款机。

在我的印象中，父亲一直很硬朗，很健康，走路像风。退休这几年，父亲虽然苍老了许多，但精力旺盛，整天与一帮退休的老头儿、老太太打麻将、进茶馆、上酒场，很是逍遥。他说要换肾，让我倍感意外。

他以为我在西都这座大都市从事一份令人羡慕的好工作,既体面,又赚钱。他一脚将杂碎邓冲从四川老家踢给我,现在又把他自己交给我,让我来保障他的健康。这让我觉得自己的角色很尴尬,我稀里糊涂地成了这个家里的经济支柱和灵魂依靠。

马兰花盛开在西都的北郊。这种北部山区特有的植物被移植到这个傲慢的都市,在充满钢筋水泥和尾气的环境里,竟然会绽放得如此灿烂夺目。

夜晚,我来到北二环立交桥,呆呆地看着脚下川流不息的往来车辆,感觉这个充满遐想的世界随着空中层层叠叠的乌云,回旋升腾起来。利君药业的"A"型摩天大楼挺立在距离二环立交桥不远的东北角,蓝色玻璃镶嵌的大厦让人心生敬畏。在暴躁的乌云中,它的姿势仍然伟岸、挺拔,像这座城市的桅杆。

忽然间暴雨如注,城市成了水的世界。一时间,天地一片混沌,我在寻找那座以产药起家的大厦,却迷失了方向。

我看到好多轿车在一片水声中抛锚熄火,滞留在了我的脚下。它们不再演绎城市的流动,我也成了落汤鸡。

我在经过几个晚上的精神煎熬后,还是决定帮父亲一把。我虽算不上他的种,但毕竟是他将我的生命延续了下来。没有他,就没有我。

可要延续他的生命,就意味着我必须承担一笔巨债。这笔债,对我来说,极有可能就是我后半辈子的命。我可以做蚁族,当房奴,忍辱负重,但我不能把这笔债带进坟墓,让人耻笑和辱骂,让我的种子接着去偿还。

我所有的积蓄不过几万元,邓冲刚来西都没有工作,整天捉小偷,搞得我入不敷出,捉襟见肘。以我的经济能力,想要买回父亲一条命,简直是杯水车薪。我拿什么拯救他的生命呢?

邓冲这杂碎,总把我的话当狗屁,这些天神出鬼没,暗中与胡青打得火热,我不由得替他捏把汗。父亲生病这事,我也懒得告诉他。

肥罗打电话找我说，你他妈还活着啊，给哥哥我玩起失踪来了，请你吃顿饭就这么难。我说，你猪啊，就知道吃，能不能进化一下，给社会做点贡献啊。其实，我是不敢见肥罗。

有天半夜，邓冲一把推醒我说，哥，我梦见老爸了。我说，他老人家说什么了？邓冲说，他指着我们两个大骂不孝，说他住的房子都被雨水泡了，两个儿子一个也靠不住。

我说，你来西都也有些日子了，是不是想他了？邓冲说，哥，你说他会不会是生病了？我说，那你就回去看看吧。

我让邓冲收拾东西先回家照顾父亲，我筹到换肾钱就回去。邓冲一听父亲要换肾，说他过两天就回老家。

人生就是茶几

我买了箱啤酒,坐在出租屋里,打开风扇,将手机挂在墙上,开着从旧货摊上买来的二手电视,一直从晚上坐到天亮,喝得大醉,烟蒂扔了满地。杂碎邓冲晚上回来与我对饮了几瓶,然后说了声"哥你早点睡"就躺下了,鼾声大作,睡得像个死猪。

我在为父亲的救命钱发愁。我想找师姐,可最后还是放弃了这个想法。如果我开口,不管多少,师姐都会想办法凑一些的,可我不能,她刚刚买完婚房,又置办了婚礼,基本没有什么积蓄了。

第二天,我厚着脸皮约高利,说晚上想跟他聊聊,他爽快地答应了。我想跟他签订那个曾经拒绝过的广告合同。一百万元的广告费按社里的提成标准,我可以捡回父亲的大半条命。我终究还是没能坚守住心灵深处的那块净土。

当你自称视金钱如粪土、把金钱当孙子的时候,那是因为你没遇到苦难,都说世上无难事,只要有干爹,可我不是美女,傍不着干爹。

高利依然很精干,只身前来。我们相约在老地方,北郊的中菜皇酒店里的高雅、静谧的包间。不同的是,这次我喝酒,而高利借故开车没有喝,只喝茶。高利不知道我在摆鸿门宴,但他绝对不笨,看我大谈"圆梦行动",谈了很多如何对他做后续报道的设想并违心称赞他的为人,十有八九猜出我有事求他,但聊至兴奋处也只用茶水碰杯,滴酒不沾,只字不提广告投入的事。他是在窥探我的心事,等待我摊牌。

我酒足饭饱,满脑子发热,高利却异常冷静,偶尔接听个电话或是发个短信,总是要说声对不起,显得谦和有礼,颇有分寸。他在等待我的底牌,而我他妈张了半天嘴,就是说不出口。

气氛变得有点凝固,我心一横,干脆明说父亲手术需要一大笔钱,请他一定帮忙。

他苦笑了一下说,兄弟,你晚了一步!那笔广告费我已经投出去了,昨天刚刚签了合同。

我这时候才明白,笑比哭难看。

我说,是老唐吧。

他说,算是吧。

我说,高总,你能不能帮我再想想别的办法,我父亲快不行了,躺在医院里就等着换肾呢。

他叹了口气:你这人太清高了!这世道,谁跟钱有仇啊?这事要放别人,想方设法抢都要把广告抢了去,可你……

我说,是我太年轻,不懂事。

他喝了口茶,用湿巾在光亮的额头上象征性地擦了擦说,你是这次"圆梦行动"的主策划和具体实施者,我原本想投你,那是感觉我们有合作的价值和空间,可现在我一下子投进去三百万,你还让我怎么帮你啊。

话到了这个份儿上,我说什么都多余了。都说沉默是金,可它就是不能消费。

"圆梦行动"的报道趋向及调子,十有八九已在高利与唐老鸭的这笔交易中定好了。谁是赢家,已不是什么秘密了。等待肥罗的只有一个结果,输给高利。

当然,肥罗不是拿不出三百万元与老唐交易,他是想不到高利下手会这么快、这么狠。高利为达目的可以不惜一切,而肥罗这头猪只是小打小闹,隔靴搔痒。

高利既然已经胜券在握，他也就不会在乎我这个小记者会不会按他既定的方针行事，到时候老唐会替他说的。自然，他也就用不着在我身上破费了。

无论从哪方面讲，高利都是老手，而我除了年轻，就剩下稚嫩了。多年商战，已将他磨炼成一个精明、算计、老练、世故的商人。他只用了一个轻微的小动作，就打破了僵硬的气氛。他从随身携带的皮包里掏出两叠捆扎好的整钱，推到我跟前说，这点润笔费请一定收下。

我笑了，但没出声。我把两叠钞票，原封不动地推了回去。高利要买单，我没给他机会，一顿饭我还买得起。

人生就是茶几，上面放满了杯具。

晚上约她看"泰片"

我又一次光顾了芦花私房菜馆。我想请毛小兔看场经典爱情电影，由詹姆斯·卡梅隆亲自监制的《泰坦尼克号》3D版，夜场的。

这片子，在世界上任何一个角落都比不上在中国火爆。即便遭遇"冰山的撞击"，仍然无法阻挡这艘巨轮在中国航行。观众毫不吝惜眼泪，为男女主角伟大的爱情而心动，发自内心随着影片同唱《我心依旧》。

我没给毛小兔打电话，径直去了芦花私房菜馆。我讲究缘分，想在那里与她相遇。这些天来，父亲的病情不时让我揪心，唯一能让我在夜晚有点念想的，就是毛小兔了。如果今晚能约她出来，看场"泰片"，意味着我的爱情有着落了。

可我在芦花私房菜馆并没有与毛小兔相遇，我在焦虑和忐忑中喝得飘摇，几次给她打电话，却是关机。到底她是跳槽了，还是发生了什么不测，我不敢想。买单的时候，我向服务员打听她的去向，得到的答复是，她请假了。

一切都是天算。我的美梦转眼就破灭了，灭得如此神速，让我始料未及。

我在郁郁寡欢中回到闷热的出租屋，没开电视，也没玩手机，将自己脱得只剩一条裤头，跑到一楼男女公用的冲澡间，插上门，冲了个凉水澡，回来倒头就睡。半夜里，我醒来喝水，坐在靠椅上吸烟时，猛然发现出租屋里一片狼藉。我的第一反应是，遭贼了。我立马起身检查证件、钱物、笔记本电脑、照相机，似乎什么也没少。这时候，我发现杂碎邓冲还没回来，立马打电话给他。我说，都什么时候了，还不回来？

他好像睡得有点迷糊：哥，你怎么老深更半夜打电话啊？我不回去了。

我这才反应过来：你是不是搬外面去住了？

他很不耐烦地说，是啊，怎么了？

我有点来气：怎么也不跟我商量一下啊？

他说，哥，多大点事啊，用得着商量吗？

看来，他的外搬计划蓄意已久。我听不惯他这种轻描淡写、满不在乎的口气，训斥道：你的事我以后可以不管，但有一点你必须给我记住，放弃胡青，永远别与她有瓜葛！

他说，哥，你又喝多了吧？以后还是少喝点。这事我会处理好的。

我突然想起一件事，问他，你不是要回老家吗，怎么还在西都？

他说，这不跟人家户主谈租房的事吗。人家说了，过些天租金要涨。我明晚的火车。

他像匹脱缰的野马，不辞而别，就这样逃出了我的视线，而我的责任却并没有因此而减轻。他越是远离我，我就越是担心。

封口费

第二天，周六。我睡了个自然醒，然后跑到街边小店吃了碗羊肉泡馍，骑辆破车沿文景路向南，走走停停，拿相机胡乱拍着。然后穿进了一条小巷，巷子不大，但比较细长，两边是当地村民建造的两三层楼房，大都用来出租，一楼临街的房子都做了店铺，多是小吃店、建材店、小商店和理发屋。人来车往，很是热闹。这一带，离我居住的出租屋有三站路，都属于城中村。

我在一棵高大的老槐树下停了下来。树下几个老头老太在喝茶纳凉，还有几个围在一起打牌。槐树的旁边是一栋三层高的白楼，围了院墙。没记错的话，杂碎邓冲就住在这栋白楼里。

我正要推门入院，一声轰隆巨响从头顶划过，我感到大地出现了几秒钟的晃动。小巷的居民惊慌失色，吱哇乱叫，四处奔跑。可紧接着，奔跑的人又都停了下来，因为大地突然停止了晃动，只见几百米开外浓烟四起，火光冲天。

我的第一反应是，化工厂爆炸了。

我骑破车，冒烟尘，背相机，直奔而去。现场一片狼藉，支离破碎。爆炸和大火引起的浓烟有十几层楼高。爆炸地点一百米范围内的建筑物毁坏严重，在距离爆炸点五十米处的公路上，一辆公交车的玻璃也被震碎，多名乘客受伤。我通过一个当班员工了解到，距离喷火点大概一百米有一栋两层厂房被震塌，估计有人员被埋在倒塌的废墟下。事故原因可能是因施工挖断了丙烯管道造成丙烯泄漏，旁边的一辆私家车启动时产生明火引发爆炸。

不一会儿，公安、消防迅速拉起了警戒线，并组织灭火救援。有关部门领导和化工厂领导以及一些媒体记者也陆续赶到现场，而我则成了第一个到达事故现场的媒体记者和目击者，同时也是第一手资料掌握最全的记者。

这是一条惊天动地的新闻，必须在第一时间发稿。我只需要告诉市民这里发生了什么、是怎么发生的、进展如何就可以了。后续报道，即使我不去，也会有大量记者去的，大同小异，没什么新鲜，而我看到的、拍到的都是别人没有的，我是最权威的。

现场一片狼藉，火势一时难以控制，随时都有可能发生次生爆炸事故。我想给师姐辛欣打个电话，掏出手机一看，八个未接来电：六个是肥罗的，两个是杂碎邓冲的。

我给邓冲打电话说，我在事故现场采访，晚上就不送你上火车了，一路保重。

邓冲说，哥，你要多加小心，不要离爆炸现场太近，危险！我打电话就是想提醒你，到家了我会告诉你的，挂了。

邓冲这杂碎平时对我不理不睬，关键时刻还知道疼我，我有些感动，毕竟是一起长大的兄弟啊。

我一边答应着邓冲，一边准备从人群中抽身走人。正想给师姐打电话，一个瘦高的眼镜男热情地过来打招呼，然后非常谦和地递上一张名片，边自我介绍边将我拉到没人处。

这人姓马，是这家化工厂的宣传部部长。看着他干瘦的身子和一头努力向后背着的长发，我差点"扑哧"笑出声来。我突然想起了"马瘦毛长"这个词，暗地里给他安了个名字叫瘦马。瘦马滔滔不绝地说了半天我才明白，他是想跟我做笔交易，希望大事化小、小事化了，而我可以得到两万块的封口费。

我说，马部长，你提的条件我可能没法答应，我们领导已经安排好了，就等着上稿呢。

瘦马掀了掀眼镜说，我知道你是大报记者，也是第一个到现场的记者，出了这么大的事，不让人知道是不可能的，压是压不住的，你不报道，总会有人报道的。但我要告诉你的是，你通过当班员工所了解的情况可能有出入，比方说，估计有人员被埋在倒塌的两层厂房的废墟下，有私家车主启动车辆时产生明火引发爆炸等，这都是猜测，没有证据,一旦发出去,那就等于认定这一切都是事实,就可能会造成社会的不稳定。目前,稳定是大局,稳定压倒一切,所以我的建议是你最好慎重,再慎重。

我说,谢谢你的提醒,我们会慎重的。

听我这么一说,他板着的面孔马上更新成可掬的笑容,很利索地将两万块现金硬往我包里塞。

我将身子扭向一旁说,请别这样,我们有我们的规矩;再说,我也帮不了你。

他又掀了掀眼镜说,其实很简单,你的稿子能淡化处理就行,比方说:第一,别做吸人眼球、哗众取宠的标题,标题可以不提具体单位,只笼统地说"北郊一化工厂发生爆炸事故";第二,篇幅上可以短点,两三百字的消息就行了,就别搞什么专题和组照了;第三,内容上不要涉及太细、太复杂的事,千万别提废墟下埋人的事;第四,不要上图片,非要上,就上些无关紧要的;第五,事故原因绝对不能提私家车启动引爆的事,只说原因正在进一步调查中。

瘦马一口气说了五条,期待着我的反应。说实话,我对眼前这位企业宣传部负责人有点刮目相看,他对于新闻媒体操作的娴熟程度,绝不亚于一个专职记者。

我说,这可能有点难度,但你放心,我会做出纯客观的报道,绝不会搞虚假新闻;再说,稿子怎么写,怎么发,也不是我说了算的。

瘦马将脸凑上来说,小兄弟,不瞒你说,我也做过记者。可惜我天生不是干这行的料,只能改行了。但我还是清楚这一行的,稿子怎么写,怎么发,全在记者采写得怎么样,只要你睁只眼闭只眼,也不过是在社会新闻里少一篇头条的事嘛,我没说错吧?

我闻到了他嘴里的酒气。他说的没错,记者采写的质量,确实决定着稿件所发的位置和篇幅,也决定着这篇稿子能打多少考核分,能拿多少奖金。按常规,好的头条,可拿到五千块奖励,如果年底能获个什么省部新闻奖,还可再拿个八千块的奖励。但这是我该拿的,可一旦我接受了他的封口费，那就等于自掘坟墓。

我说，马部长，你说的没错，不愧是内行啊。不过，这事太重大，我真做不了主，还望你谅解。

正说着，瘦马的手机响了，他应了几句，将手机递给我说，一个朋友。

是肥罗。我说罗董你怎么什么事都要插上一手啊？

肥罗说：你小子他妈少废话，马部长是我大学同学，好哥们儿，论私交，不比你差。前些年在《西都晚报》可是响当当的王牌记者，当过记者部主任。这几年他事业干得风生水起，蒸蒸日上，也不容易。你小子可给我听好了，这事，你帮得了也要帮，帮不了也得帮。就这样，友情后补。

肥罗不等我说明情况，狠压了电话；再打，关机了。

我想到了杂碎邓冲和胡青，肥罗这个人情我要是不给，后果可能很严重。

瘦马有了肥罗的电话撑腰，立马兴奋起来，说，都是好兄弟，就请高抬贵手了。

我还没来得及表态，邓冲电话就过来了：哥，我给家里打电话了，说爸住院费花完了，医院催着交费，要是交不上，医院就要赶人出院。哥，你赶紧想想办法吧！

几头都在逼，我快要疯了。面对瘦马，我再也说不起硬气的话。

我跑回办公室，坐在"牙齿"里对稿子做"淡化处理"。这时候，白脸刘干事打来电话，火急火燎地说他一个发小在《西都晚报》当记者，想高价从我手里买下化工厂爆炸的第一手资料。

这小子的信息如此灵通，着实吓我一跳。我说，我没什么第一手资料；就是有，也不可能出卖。

他冷笑中带有嘲讽：是吗？咱俩谁跟谁啊，你就别给我兜圈子了，反正你写了也不会上头条，还白白浪费素材，不如成全了我这位发小，让他搞个头条。他现在正处在提拔记者部副主任的关键时刻，竞争惨烈，想突出表现一下，你就成人之美，好不好？

我吓出一身冷汗。这小子不仅是消息灵通，而且话里有话，暗藏着威逼和利诱，看来我的"淡化处理"全在他的掌握之中。如果他要使坏，给唐老鸭稍稍透点儿底，绝对够我受的。

出卖资料，我不能碰，也不敢碰。我只能给他的发小提供些所谓的"第一手资料"，至于他能不能搞个头条出来，就不关我什么事了。

最具杀伤力的游戏

与肥罗吃饭，是在两天后的一个晚上。这天，无风无雨，闷热得要死。就餐地和就餐人，都是他亲定的。肥罗不缺钱，缺的是真心朋友，所以就餐地点不能随便，得上档次，够气派，与他这个大老板的身份相匹配，离得最近的，就是立言酒店了。

我是在阴郁中度过这个晚上的。我的父亲还躺在医院里等我救命，而我却在这里大吃大喝。

肥罗说是请我，去了之后我才发现，我不过是个陪衬，真正的主角是瘦马。与我一起做陪衬的还有林朵、胡青。

肥罗请我，又叫上瘦马，目的显而易见，是为了感谢我对稿件的"淡化处理"。其实，肥罗是聪明人，他知道我与瘦马已经扯平了，并不存在谁欠谁的。化工厂爆炸事件，虽然已成西都市最吸引公众眼球的新闻，三死八伤也已确凿无疑，但媒体对死伤的真正原因都含糊其辞，隔靴搔痒，没挖出实质，包括白脸刘干事的那位发小。这点，我不得不佩服瘦马的"灭火"能力和对媒体的引导才干。

酒是少不了要喝的，但每个人的心里都暗藏着诡计。瘦马的目光得意中有点苦涩，肥罗呢，目光多疑而复杂，一直盯着胡青玩弄的手机。林朵的目光犀利中含杂着多情，总是在肥罗、胡青和我三个人的脸上游来移去。而我，从头至尾，我说过的话不超过十句，有的只是忧郁而无奈。肥罗的茅台，我却喝出了"猫尿"味儿。

肥罗说，你小子他妈能不能男人一回？邓冲已经回去照看老人了，你在这苦大仇深、闷头苦脸，能解决什么问题？今朝有酒今朝醉，快乐一天是一天，你何苦要跟自己过不去？

一帮人都开始劝我。瘦马凑到我跟前，端起一小杯酒说：来，兄弟，不打不相识！咱们现在可是朋友了，以后有什么事用得着哥哥的，尽管开口。

林朵也趁机出动，提起半口杯酒说，是男人，就痛快点！

我在她和肥罗眼里，都不像个男人。我提起半口杯酒，一饮而尽。四周响起了掌声。

喝到后来，还是林朵独揽了酒桌大权，她手舞足蹈，开始制定酒场规矩，要用扑克牌开始一种"梦幻金花"的喝酒游戏。这种游戏我以前玩过几次，是酒场最具杀伤力的游戏之一。一般酒量的，绝对撑不过三轮就会倒下。肥罗显然深谙这种游戏的厉害，提议胡青的酒由他代劳，其他人，自行解决，不代不赖不卖。

林朵说"好"，眉飞色舞地发表体验式演说：喝酒，就要喝出记忆，让我们过上十年、二十年，还能想起今晚聚会的情景，岂不是一桩美事？酒场顿时喝彩声震天。瘦马掀了掀眼镜鼓动说，我提议，酒后一起去 K 歌。肥罗鼓掌说，好，马部长既然说了，那大家都得给面子，一个都不能少。林朵像吃了兴奋剂一样：好，为马部长和罗董的美好提议干杯！

游戏在看似秩序井然中顺畅地进行着，但我发现，胡青似乎并不领肥罗的情，输酒之后不由肥罗分说，抓起半口杯酒就吹了个精光，让在场的人大开眼界。一阵掌声过后，胡青双颊飞起了两片红云。瘦马开玩笑说，罗董，我看小胡的酒就不用你代劳了吧？肥罗有些尴尬地干笑了两声，没有吭声。令我意外的是，胡青后来竟主动为我代劳了半口杯酒，这让大家都深感意外和妒忌，特别是肥罗。我不知道胡青这样做是故意让肥罗难堪还是基于别的考虑，比方说她与邓冲之间的某种关系。但我真不希望她惹出什么事端。

有些事，你越是担心，它就越要发生，拦也拦不住。就在游戏进行到第二轮的时候，胡青的手机响了，她正要起身到外面去接，被坐在身旁的肥罗拦住了。肥罗说，就在这儿接。

酒场忽然静了下来，大家的目光都盯向了胡青。我看林朵的目光有点杂乱，像是兴奋，又像是警惕，真不知道这小婊子是想让我出丑还是嫌事情搞得不够大。我坐立不安，满脑子乱麻，如果这电话真是杂碎邓冲打来的，胡青会怎么解释，肥罗会做出什么反应，这个坐我身边等着出事的林朵会不会火上浇油？而我又如何向肥罗解释清楚？

她在揣摩我的心思

空气在冷场中加速凝固，这个时候，我相信每个人的心里都有一个"小我"，有自己的小算盘，只是每个人的思维不同，看问题的角度不同，结果也会不同而已。

几个人的目光还聚焦在胡青身上，只见她接了手机后一脸幸福，很温柔地一直"嗯"着，并不多说什么。

我试探着给杂碎邓冲拨电话，占线，我的血一下涌上了大脑，而林朵却满脸兴奋，似乎在揣摩我的心思。肥罗则耸起一对大耳，目不转睛地探寻着胡青的表情。瘦马似乎感觉气氛有点僵硬，提起酒对肥罗说，罗董，咱哥俩润润嗓子！K歌可是你的拿手好戏，一会儿我们可都等着欣赏呢。

就在瘦马与肥罗对饮的时候，胡青在电话里说，还好，我们正与罗董、林姐还有几个朋友吃饭呢，有空再联系，拜拜。说完，就压了手机。一个乡下打工妹能拿出最新款的苹果手机，明眼人一看就知道是肥罗的手笔。肥罗满脸疑惑地从胡青手上拿过自己花钱买的手机，眯起眼睛看了看，笑着又将手机还给胡青：你辛姐对你不错啊，还三天两头地亲自打电话关心你。

胡青也笑了：那当然！没有辛姐，哪来我呀？

我悬着的一颗心终于回归了平静。但我总觉得肥罗像是话里有话，而且以我的感觉，胡青接的那个电话绝对不会是师姐辛欣打的。

这时候，瘦马急了，掀掀眼镜对我说，兄弟，听说你那位师姐可是摄影界的大姐大，人也漂亮，什么时候引见引见，也让哥哥我开开眼！

林朵抢了我的话说，马部长要是想见谁，那还不是一句话。

肥罗用筷子夹了一块肉送进大嘴里，没等嚼完下咽就说，是啊，老马可是高帅富，谁能不给你面子？

瘦马笑了，老罗啊，你就别取笑我了，老同学里我就最佩服你这张嘴。

"梦幻金花"游戏刚过三轮，大家都不想喝了，想去K歌。我没音乐细胞，也提不起兴致，就借故有事，提出失陪回家。瘦马一个劲儿为我遗憾。肥罗说，都是自家人，既然有事，就别拦了。

出了酒楼，已是华灯齐放。肥罗搭着我的肩膀借故与我说事，随即将一个信封硬塞进我手里，说是为了酬谢这次化工厂稿件"淡化处理"的事。我这人优点不多，但绝对不贪。我说这事与马部长已经两清了，怎么又来了？他说这是两码事，老马是老马，我是我。看我还不明白，死活不接手，他急了：实话告诉你吧，那个在现场启动打火惹出麻烦的私家车是我公司的。看我还不明白，肥罗说，我与老马合伙做化工厂那个施工项目，明白了？

他这么一说，我脑子突然开了窍，难怪肥罗如此上心。

看肥罗和瘦马一行人兴致勃勃地去K歌，我立马打电话给师姐，问她晚上是不是给胡青打过电话。师姐被问得云里雾里，什么电话？怎么了？我说，没事，随便问问。师姐说，你小子是不是又喝大了？听着，做好你的"圆梦行动"，少掺和别人的事，明白吗？我说，明白。我又打给邓冲，问了父亲的病况。邓冲说，哥，幸亏你那笔钱打得及时。我说你晚上给胡青打电话了，邓冲说，打了。

看来，胡青这个打工妹着实有心计。我说，你是不是找抽啊？晚上我们与肥罗、胡青一起吃饭，你那个电话差点露馅儿。邓冲说，哥，我们正大光明地谈恋爱不行啊？这事你就别操心了。我说，我可以不管，到时候你就等着被人家卸腿吧。

爱情就像醒酒剂

　　一股酒劲从胃里翻出，我蹲在街边树坑旁吐得颠三倒四，走路是不行了。我一连招手拦了几辆出租车，都载有客人。又过来一辆，我刚伸手去拦，司机一脚油门，车子"嗖"地擦身就过去了。我从来没有醉成过这样。这座庞大的城市，夜里出租车的生意很好，谁愿意拉载一个神志不清、连家都找不到的人呢？郁闷中，一辆出租却停了下来，后门打开，走下一个女孩儿，迅速向我跑来：川哥，你怎么喝成这样啊？是毛小兔，她搀扶住了我的胳膊，蓬松的马尾辫在夜风中摆动。

　　我惊喜交加，打着酒嗝说，小兔子，我可找到你了！

　　她愣了一会说，你找我？怎么不打电话啊？你上哪儿？

　　我说，我不知道。

　　司机按喇叭在催，毛小兔一把拉过我，边走边说，哥，这不是说话的地方，先上车。

　　这晚，毛小兔把我送回了出租屋，引来了楼上不少羡慕的目光。上楼时，她一手搀着我，一手提着包东西，是她刚才在巷口买的瓶装苏打水、果粒橙、袋装锅巴、火腿肠、方便面。这是她为我准备的，她说，苏打水能解酒，吃点东西对胃好。

　　她说，她是从酒店下班后约好和她姐去看夜场电影，为了赶点就打了辆出租车，没想就遇到了我。

　　我说，你在西都还有个姐？

　　毛小兔说，跟我一样打工的，离得不远，都在北郊，但平时各忙各的很少见面，有事打个电话就完了。

我说，林记者知道你们是俩姐妹吗？

她略加思索地说，应该不知道吧，从没听林姐问起过。

我说，小兔子，咱俩有缘，叫上你姐，咱仨一块去看卡梅隆的《泰坦尼克号》3D版，算是我对你的感谢。

她说，算了，你都醉成这样了，改天吧。再说，票已经买了，我姐一个人去看了。

她从走进出租屋起，就没闲着。先是扶我躺上床，用热毛巾给我擦脸，给我喂苏打水喝，又忙着烧水，泡方便面。

她看我吃了方便面，酒醒得差不多了，拉把椅子坐旁边说，哥，以后少喝点酒，心里越烦越容易醉，喝醉多伤身体啊。我说，好，我听你的。她站起来说，哥，不早了，已经12点多了，我该回去了，你也早点休息。

我有点失落，起床要送她。她按住我的肩膀说，哥，你就别客气了，好好休息吧。她转身出门的时候，我突然喊住她问，小兔子，你有男朋友吗？她羞涩地低下了头，慢慢回过身，不敢看我。我坐起来，屏声静气地等着她开口。感觉过了好长时间，她才悄声说，还没有。

我兴奋得一下子站到了地上说，好，没有就好。毛小兔笑了笑说，我看你和林姐挺般配呢。我说，配什么配，她是离过婚的女人。

毛小兔扑哧一笑，脸红了：哥，晚安！我回了！

我又喊住她说，小兔子，改天我请你去看《泰坦尼克号》。这可是经典爱情片，不容错过。

她说，就咱俩？

我说，没错，就咱俩。

她乐了：嗯，好吧。

我说，小兔子，不许变卦哦！

她说，不变卦，变卦就不叫毛小兔。

爱情就像醒酒剂。这天夜里，我在极度兴奋中给毛小兔发了条短信：小兔子，我想我是爱上你了！

等到天亮，我也没看到毛小兔回复。清早，我打开窗户，晨风扑面而来，小鸟唱着婉转清亮的歌，在晴空里飞行。

现实版的爱情片

我在万分期待中约上了毛小兔,说好周末晚上请她去看爱情大片。这是我第一次与一个心仪的女孩子约会,兴奋、焦急、紧张、忐忑的情绪,一直缠绕着我。那只小兔子在我心里不停乱跳,痒痒的。

眼看第二天就是周末了,可肚子不争气,上吐下泻,几分钟就得跑一趟厕所,浑身乏力,无精打采,班也没法上了。

我不能对不起毛小兔。我知道,第一次约会就食言在一个女孩子心里会留下什么样的影响。我不能让我的美梦破灭。

我冒雨赶到就近一家医院,挂号,抽血,化验,又来回穿梭于厕所和走廊之间,等待结果。

走廊的一侧是两排长长的单座靠椅,右手是采光率极高的落地式玻璃幕墙,幕墙外是一片绿地,在那片自由的土地上长着一人多高的芭蕉树、银杏树、垂柳,树下是一簇簇的花团。芭蕉叶像一把被撑起的大伞,晶莹剔透的水珠从肥大的叶沿上滑落,我不知道它那把永远张开的伞究竟为谁而撑。

我正凝望,走廊深处忽然传来一阵撕心裂肺的恸哭声。一个穿着白大褂的大夫推着一辆平板床从走廊深处缓缓而来,平板床上躺着一个人,被白布盖着,后面跟着五六个哭天喊地的家属。

仅仅一墙之隔,一边是欣欣向荣,一边是地狱之门。我突然感到了生命的极其可贵。这一刻,我做出了一个令自己吃惊和感动的决定,我要捐肾救父。这样,我可以省去很多债务,用不着低三下四地给别人当孙子，可以活得自在、洒脱。

化验终于有结果了。医生说我是吃了不该吃的东西，饮食无规律，工作压力大，患了"肠胃感冒"。我说我晚上有重要活动，什么药能立个竿儿就能见到影儿？医生说立竿见影的药，医学还没研制出来呢。我说，"泻立停"行不行？医生说，牛头不对马嘴！你这是感冒，我建议你喝点"藿香正气水"。记住，不许喝酒，不许抽烟，不许吃辛辣和油腻的食品，要保证足够的睡眠，静养，不许乱跑。

我掏钱却买了个"紧箍咒"，大夫是唐僧，我成了孙悟空。可我满脑子都是毛小兔，我必须摘掉"紧箍咒"，带毛小兔去看夜场大片。这是我脑中唯一的选择。我又跑到百姓药房，自作主张地买回一堆西药片，凡是与上吐下泻沾边的，我都通吃，强行控制，彻底堵漏。

我的霉运来了，聋子被治成了哑巴。傍晚，雨水收敛、天色放晴的时候，我躺进了医院的急救室。这个时候正是芦花私房菜馆一天当中生意最火爆的黄金时间，可毛小兔在收到我的道歉短信后还是穷追不舍地在第一时间赶到了医院。她抓住我的手，眼里打着泪花花，不停地埋怨我说，哥，你怎么这么傻啊！今天看不成，以后还有机会啊，干吗把自己逼成这样？你知道这有多危险吗？医生说了，药物中毒，会要人命的。

她趴伏在床边，陪我输液，待了一晚上。第二天一早我醒来，发现毛小兔伏在床边睡着了。我抚摸着她蓬松的马尾辫自言自语：小兔子，对不起，我食言了，还让你跟着受罪。毛小兔抬起头来，揉揉眼睛说，哥，你醒了？其实，她并没有睡实，赶忙起身倒了杯水放在床头：哥，一夜了，喝点水。我说，我不喝，你喝。毛小兔说，看你嘴唇都起皮了，还说不喝。她拿起水杯，放在小嘴边吹了吹，扶我起来说，喝吧。

她带我到附近吃了早餐，又拎着大包小包将我送回了出租屋，又一次引来楼上不少羡慕的目光。

爱情大片没看成，我和毛小兔却上演了一部现实版的爱情片。

预测神秘死亡

我身体恢复后上班的第一天,在楼道里碰上了工会白脸刘干事。他手里提个精致的棕色小包,正蹦蹦跳跳地吹着口哨下楼。看到我,他突然收住口哨,挡住我的去路,两眼在我脸上扫来扫去。我说,你欢天喜地的,有喜事吧?他说,算是吧。我说好事多了都眼红,出门要小心,别让狗咬上一口。他有点不乐意,说,你这话什么意思?我说,没什么意思,我是好心。他气呼呼地下楼了,刚下两个台阶又站住,回身盯住我说,别神气,还是小心点好。我说,为人不做亏心事,还怕半夜鬼敲门?他笑了,那就好,可你别忘了,明天是什么日子?我说,管他什么日子,关我屁事。他笑得有点狰狞:看来你这脑子还真是有点毛病,那我告诉你,明天是老周去世一个月的日子,小心他半夜找你要那双泥鞋。

我的脑袋突然像触电一样,一阵麻木,身子不由地打了个寒战,像个瓷锤,一下愣在了楼道。他又吹着口哨蹦蹦跳跳下楼了。

5月9日,杜亚苹跳楼;6月9日,老周离奇死亡;明天就是7月9日了,难道我们中又有人要神秘地死去?这个人又会是谁呢?

我回到"牙齿"里,一帮"本报讯"们早已无心工作,扔掉手头的稿子,通过QQ聊天的隐秘方式,猜测明天可能将要上演的神秘死亡案。之所以采用这种方式,大家都心照不宣,怕事后引起同事或者上下级间的矛盾。但这种方式毕竟没有开放性,越猜测越郁闷,感觉像钻进了死胡同,没法引起共鸣。后来有人买来成箱的冰镇啤酒,说是天热解暑,让大家敞开肚皮喝,喝着喝着,都压抑不住了,从网上私聊变成了公开讨论。

大家锁定的目标都集中在了社领导身上,不说名,也不说姓,只说姓氏的声母。声母是写在每个人的手心里的,说声一二三,大家齐刷刷地伸开手掌,亮出自己猜测的声母,最终结果八比三,声母"t"

胜出，这个"t"就是老唐。

如果老唐能神秘"献身"，那将是全社为之欢呼雀跃的好事。

我一直在等待林朵的出现。这个女人有着非凡的预测能力和众多不为人知的信息。如果她有这方面的信息，必定会请我吃饭，大张旗鼓地搞个欢庆会。我知道，她比我更痛恨老唐，可一个晚上都没有她的任何信息。

第二天，太阳照常升起，天空晴朗得一塌糊涂。我幸灾乐祸，兴奋得像个孩子，起了个大早，早餐都没顾得上吃，就骑上破车往报社跑。空气新鲜，和风扑面，大街小巷一派欣欣向荣。我急切地想看场好戏，看老唐惨死的样子。我设想老唐的头部已在报社楼下的水泥地上摔成开裂的西瓜，现场人山人海，人们交头接耳，窃窃私语，公安拉上警戒线，法医正在验尸……

可当我进入报社大院才发现，一切井然有序，并没有发生任何神秘死亡案。期望很快成了失望。是我的惯性思维少了哪个环节还是根本就没有什么规律可循？思来想去，我怀疑是因为没有梦到赶着马车的无头男人，"9"这个神秘数字，也没有在合适的时间出现。

山穷水尽

我接到杂碎邓冲电话，说父亲正在接受保守治疗，但病情仍在恶化，问我父亲治病的钱凑够没有。我说我不是银行，几十万巨款，哪能说凑就能凑够。邓冲说，哥，得快啊，晚了父亲怕是难逃一劫了。我说你别急，我很快就回去，把肾捐给父亲。邓冲说，哥，你傻啊！我也有肾啊，可有了肾有什么用啊，光手术费就得三十多万呢。

又一个天文数字砸得我心惊肉跳。我把问题想简单了。

我四处求助同学、朋友，仅凑到五万多，只够手术费的零头。我山穷水尽，想找林朵试试。林朵倒是愿意借我三万，但我最终还是没敢要。见到白脸刘干事时，他有点阴阳怪气，我还没张口，就被他堵了回来：想借钱吧？那我只能给你俩字：没有。老周倒是有钱，可惜进地狱了。

妈操你！我张口就骂了白脸刘干事一句，感觉非常过瘾，骂得他愣在了一边。

他盯着我看了半天说，跟林朵学的吧？

我说，还受用吧？看来你也没少享用林朵的骂。

他咧咧嘴，想回骂我，但最终还是压住了火。我是图得了一时痛快，骂完了，我又后悔了。这小子手里捏有我"淡化处理"新闻的把柄，就像一根导火索，我担心哪天会被他点燃引爆。

其实，还有两个人可以借钱，肥罗和瘦马。可面对这两人的时候，我思前想后还是没张嘴。

我去找老唐，想通过媒体发起捐助活动，救我父亲。老唐不假思索地就拒绝了，他说，全国一年有那么多无钱医治的重病患者，是不是媒体都得发动爱心捐款。我说不知道。他说，媒体不是慈善机构，得讲政治，得讲新闻规律，得讲新闻由头。你父亲要是个劳模或者英雄人物，或许我们还能找到切入点，可你父亲只是个普通得不能再普通的人，又不在本城，这种跨地域的活动做起来难度很大，你知道吗？我说不知道。他说，再说就是做了，就一定能做成功吗？它对提升我们媒体的公信力和美誉度，究竟有多少价值？

我碰了一鼻子灰，正要出门，老唐却毫不留情地给我安排起了工作，要求我围绕"圆梦行动"，针对高利公司的特点尽快拿出一套周密的报道方案。

这是一步险棋

周日，我把自己封闭在闷热的出租屋里，关了手机，从上午一直躺到下午。父亲躺在医院里等着换肾，我哪有心情做什么狗屁方案。

记得有年暑假，我与大学同舍苏胖子几个人上丽江游玩，观看过一场演出。演出里说在纳西族,人们都崇尚人头蛇身的自然之神。此神掌管着自然万物,只要你心里有这尊神,凡遇到困境,都会叫天天答应,叫地地灵验,没有过不去的坎。可我现在的境况,简直是走投无路,叫什么都不灵。

我无奈和烦躁到了极点,一整天没有进食,饥肠辘辘。我离开出租屋,在盛夏的傍晚,百无聊赖地转悠在张家堡大街上,寻思着晚饭的着落。我想到了毛小兔,可这几天我把自己折腾得人鬼不像,首次约会也惨淡收场,哪有脸再见她。

北城现在成了西都的中心,市政府也不失时机地迁了过来,餐饮业、娱乐业迅速扩张,开元、金花等大型购物中心也抢占商机,占据繁华地段。这里高楼林立,灯红酒绿,房价也跟狗尿苔一样疯涨。但房地产商人却隔三岔五地在媒体平台叫唤:西都的楼市与全国其他城市比充其量算中等价位,升值空间还很巨大。

我游荡在车水马龙的大街上,瞄准了一家拉面馆正准备进去。可就在这个时候,我眼睛很不争气地看见了林朵,她在道旁的斜阳里正向我招手。她穿了身下垂感很好的碎花裙,把身材勾勒得起伏有致,身边停着她那辆卡罗拉。

我说你千万别说又请我吃饭啊,你那饭我可吃不起,搞不好又给我挖一个大坑。

她看起来状态不错,笑容可掬地说,瞧你那德行,想玩儿失踪啊,也不接电话,害得我满世界找。

我打开手机一看,九个未接来电,其中五个是肥罗的。

我说你们俩找我能有什么好事,我还是吃我的拉面好了。

她脸一绷,别给脸不要脸。别以为你不接受我的钱,就能逃出我的掌心!告诉你,摆在你面前有两大任务,一是尽力配合我,让邓冲与胡青正大光明地谈恋爱;二是与罗董联手,彻底打败高利,不给他任何喘息之机。

我说你把邓冲与胡青的事告诉肥罗了?她笑了,当我是白痴啊!

再说，告诉不告诉，还不全在于你怎么表现了。

我脑子突然闪过一个阴谋：我给肥罗提供"圆梦行动"的情报，他给我借钱救父，双赢。这是一步险棋，但要是走好了，也许可以从中看到柳暗花明的胜境。

看我发愣，林朵催我上车。我感觉她和肥罗不怀好意，于是说，你们聚吧，我想回出租屋。

她说，别想逃出我的视线！我就是掘地三尺，也能把你从出租屋里翻出来。

我说，这一片全是城中村，天南海北的，坏人多，小心奸了你。

她阴笑说，就你那破地方，不就是四楼顶上一间独屋嘛，姐姐我去过N次了。想奸我？小心姑奶奶砍了他！

我一惊：你去过我的出租屋？！

她一脸不屑地说，别说去过，连你什么睡相，晚上撒几泡尿，姐我都了如指掌。

我后背一阵冰冷。这婊子的那双眼睛，就像两个随时监控我的摄像头，无孔不入。

我说，你跟踪我？

她"切"了一声：你谁啊，用得着我费这种神？别废话了，上车。

林朵将她的卡罗拉径直开进了我们报社楼下的场院。我一下车，发现肥罗钻出他的宝马，在向我招手。

他破口就来：妈的发了点儿小财，就不认哥哥了？你真要玩儿失踪，玩儿点高水平的行不。

我说，我穷途末路，都快郁闷死了，哪有什么心情玩儿失踪啊。

肥罗大嘴一咧：穷了好，穷则思变嘛！让我说，你不是没钱，是不想要钱。

我说，你站着说话不腰疼，又想给我洗脑啊！

肥罗大手一挥，说，你啊，一句话，就穷在观念上。

网络"炸弹"

与N次聚会一样,林朵掌控了酒桌上的话语权。她口若悬河,情绪激动,大骂高利不是东西,然后提议大家连喝三杯,同心协力打造组合拳,彻底打败高利。

胡青几乎不说话,替代了服务员,为我们添茶斟酒,偶尔用一种让人捉摸不透的眼神瞄我们一眼。

"圆梦行动"最终谁是胜出者,谁就有资格帮助胡青圆梦。目前看,当然是高利占上风,几百万元广告费不是白砸的,多少得有点响声。为这事,师姐辛欣私下也没少与我分析过。

师姐的分析切中要害。师姐说,谁是胜出者,一方面要靠连续报道的引导,另一方面要靠网民在我们报纸网站去投票,当然还有另一个重要元素,就是主办方也就是我们报社的意见。这三大因素中,前两个因素相互作用。连续报道的目的在于引导网民投票。当然,也不排除几大富豪之间为了获得资助权而与胡青私下交易,将媒体扔在一边,让我们干瞪眼。但富豪们不是傻蛋,不可能为资助一个普通的打工妹扔出几百万元甚至更多去打水漂,他们的终极目标就是通过媒体提高品牌或商家的美誉度,以争取更多的用户,获取最大的利益。所以,媒体和商家从来都是一根绳上的蚂蚱,你给我钱,我给你话语权。谁离了谁,日子都不好过。

我问师姐,话语权的多少,是用什么来衡量的?

师姐说,当然是钱。比方说:给你一个整版的话语权,至少得掏三十万元;如果套彩,四十万元也不算多;如果你搞系列报道,对不起,我得拿字数来折算版面;如果你只是单篇文章,那就按所占版面面积算账,有些时候是要拿尺子量的。版面有限,"寸土寸金,寸土必争"。这就是当今的现实。

"圆梦行动"到了这步,其实已经成为商家在实力上的一种较量。

什么是实力,除了美誉度之外,就是拼钱。

我把唐老鸭与高利为"圆梦行动"达成的交易内幕透露给了肥罗。如果这个时候,肥罗能够拿出四百万元广告费来做,也许他与高利谁成谁败还不一定呢,而且我还可以拿到一笔丰厚的提成。

林朵在微醉中猛砸酒桌,妈的高利这杂种敢跟我斗!

我说,你拿什么跟人家斗?明摆着,现在是砸钱的时候了。

肥罗嘴一抿:妈的这杂种真够阴的。

我说,高利是有钱,可咱也不是穷光蛋啊!

肥罗叹气说,水涨船高,这么玩,什么时候是个头啊。不过你小子提供的信息很重要。至少我们还有时间扭转目前的被动局面。

我说,还扭个屁啊!现在就他妈钱说了算!钱是风向标,老唐这龟孙子就认钱。要不你拿出四百万元投放广告,我保证老唐的风向立马转向你,信不信?

肥罗搔起了头。我说,你他妈就这点出息,还想跟高利拼。人家可说了,只要能让你惨败,哪怕倾家荡产在所不惜。知道啥叫在所不惜不?

我继续煽风点火:人家还说了,最痛恨你这种给他戴绿帽子的人了,恨不得能对你动刀动枪。

我自斟自饮,有意装出一副满不在乎的样子说,我看你就是一孬种,根本不配做高利的对手。你还是放弃算了,全当我刚才多嘴。

肥罗满脸横相,抓起酒杯往桌上一砸,杯中酒溅在了他那只胖手上。他放话道,放屁!他要敢动胡青,老子宰了他!不就四百万嘛,我掏!

我给他伸了个大拇指:有胆识!如此一来,战胜高利就指日可待了。

肥罗如此在意胡青,让我意外,也让我后怕。

胡青扑闪着一对毛眼睛,在一边冷不防说了句:罗哥,你们这样斗来争去的,听得人心里发怵!有那么多钱,你直接给我投资不就得了。

肥罗很严肃地瞥了她一眼：这是钱的事吗？要是这么简单，还用得着费这工夫吗？这叫有我没他，有他没我，叫商战，懂吗？

林朵啃着苹果，一脸轻蔑的表情。我说你能不能不吃，满桌好酒好菜堵不住你的嘴？她没吭声，一直冷冷地盯着我，盯得我发怵。我突然冒出个主意，对肥罗说，要不让林朵找高利做做工作，兴许柳暗花明也说不定。林朵突然将正在吃的苹果砸我脸上：妈操你！找死啊！

肥罗一挥手说，行了行了，都别添乱了，喝酒。

林朵嘴不饶人：瞧你们一个个的熊样儿，半天拿不出个像样的谋略。就这点本事还想跟高利拼？知己知彼，方能百战不殆！这点道理你们不懂？高利能用金钱提高他的美誉度，我们就不能找准他的软肋，搞他个身败名裂？他投三百万又能怎么样？就是投三千万，还不照样打水漂。

肥罗一拍脑门，说，对啊，我们干吗老跟钱过不去，动不动就砸钱！他不停抬价，难道我们就得一直被他牵着走？水涨船高，什么时候是个头啊？

肥罗随即拉住林朵的手说，还是妹妹你有才，哥哥我就服你，喝酒。

受到肥罗的口头表扬，林朵不知天高地厚地又扯出一段话来进一步证明她的观点是何等的正确和伟大。她说，软肋是什么？就是弱点。古希腊神话中有一位伟大的英雄阿喀琉斯，他有着超乎普通人的神力和刀枪不入的身体，百战百胜。但后来在攻占特洛伊城时，面对太阳神阿波罗，他为什么会在哀叹中倒下去呢？就是因为阿波罗的箭射中了他的脚后跟，而脚后跟正是他全身唯一的弱点。

肥罗一对猪眼大放光彩，高声赞美道，妹妹啊，我这一生就服三个人：一个是比尔·盖茨，一个是本·拉登，另一个就是妹妹你了。

我说，浅薄！现在的问题是，话语权掌握在老唐手里，岂是你想左右就能左右了的？

林朵说，幼稚！老唐也就掌握个《西都时报》这一平面媒体，还能左右得了网民？

肥罗说，没错，老唐也就那点能耐。现在能左右形势的就是网民，连政府都下文要求倾听网民的呼声了。

我说，你们要找高利的软肋，那就找去吧，我走了。

肥罗一把拉住我说，想开溜啊？现在是关键时刻，你要是想帮我就给我坐下。

林朵目光犀利，慢悠悠地喝了口茶说，你别忘了我提醒过你的事，可别怪我太狠。

肥罗愣了一下，问林朵，你们不会有啥事瞒着我吧？

林朵看我一眼，对肥罗说，你问他吧。

肥罗又将脑袋瓜子拧向我，一脸的疑惑。

我说，我们能有什么事？不就上床那点事嘛，这你都知道。

林朵眼睛里浮过一丝轻蔑，我只好乖乖地坐回了原位。

这晚的酒会进行到十点多，形成了分工有序、协同作战、严守秘密的重大决策：由林朵执笔，炮制一枚极具威力的"炸弹"，然后由我将"炸弹"扔进网络世界，再由肥罗找网络水军满世界跟帖、转帖。我做炮灰，冲锋在前，他们做幕后策划，或者说叫主谋。

陷入这种怪局，我跳楼的心都有了。从肥罗身上一分钱广告费没拉到，反倒被他"逼良为娼"。这事要让老唐知道，我算是彻底完了——给我扣顶损公肥私的大帽子，然后将我绳之以法。

酒会结束后，肥罗背着林朵塞给我一张银行卡，说里面存了十万元。这既可看作对我的报酬，也可认为是封口费。至于他给没给林朵报酬，给了多少，我不知道，也不想知道。

师姐，你还好吗

我给毛小兔发了条短信，说家里有事，要回去一趟。然后闷在出租屋里喝啤酒，收拾行李，准备乘坐夜里的火车回四川老家。邓冲一天打几个电话，发N条短信，催我尽快回去，说父亲的病再拖就彻底没治了。

待在西都这座城市，我过着神魂颠倒的日子。老唐、林朵、肥罗搅得我心烦意乱，噩梦缠眠。想想，我还是离开一段时间吧。

接到师姐辛欣的电话，我倍感温馨，一时间胡思乱想，产生了许多不正经的思绪。

我说，师姐，你还好吗？师姐说，你小子整天忙什么呢，鬼影子都不见。我说，背得一塌糊涂。师姐说，你小子又怎么了？

我告诉师姐，高利为"圆梦行动"赞助了三百万元广告费，老唐让我针对高利公司特意做了一套宣传策划方案。肥罗为这事很上火，正打别的主意呢。师姐说，这我都知道。老唐想干什么，你别管，你也管不了。我看他是想把"圆梦行动"搞成大把敛财的平台，这与活动的初衷南辕北辙，他会为此付出代价的。

我说，老唐没准会栽大跟头的。师姐说，迟早的事。我"哦"了一声，咕噜咕噜一口吹尽半瓶啤酒说，师姐你保重，老唐这人鬼得很，你多提防着点，过些天回来见。师姐问，你要上哪儿？我说父亲病重，我得回趟老家，今晚的火车。师姐忙说，我给你拿些钱过去。我说不用。师姐说，我就来，等我。

师姐辛欣开着她的红色私家车，在夏日灼热的夜色里，一路从北城四路穿过三条街，在北城八路城运公园大转盘向右一拐，进入一个小巷子，将车停在了我出租屋的楼下，打电话让我下去。

师姐亲自送我上火车站，并把三万元现金硬塞给我，说没有多的，一点小心意。下车后，我双眼一时模糊，突然产生了一种倾吐欲，想把"炸弹"和十万元的事通通告诉师姐，求得师姐宽恕。可我张了半天嘴，话还是没说出来。师姐问怎么了？我说没事，就是想抱下你。师姐就将身子凑过来说，抱吧。

师姐拍拍我的背说，好了，该进站了，需要钱尽管说。

我突然感觉我这人特别恶心、猥琐，也特别懦弱。

火车的隆隆声划破夏日的黑夜，向久别的家乡驶去，而我却难以入眠。

昨天我给邓冲打电话，说已经买好火车票，很快就回去，不过换肾的钱只凑够了一半。邓冲说，钱的事你别管，赶紧回来就行。我没听懂他的话，没钱拿什么换肾？他说，钱我昨天通过朋友已经凑够了，快回来吧！爸每天都在惦记你。我说，什么朋友。他说，哥你就别问了，以后慢慢告诉你！爸等着手术呢。爸说你有文化，你同意手术，他才让医生做手术。

我没想到，邓冲这杂碎会如此神通广大，我四处求人，才凑到一半费用，他竟通过朋友一次性凑够了。是什么朋友，会如此慷慨？

出门好几年了，我又一次回到了故乡。一切如旧，只是父亲的身体一天不如一天，他看到我，就像看到了救命稻草。

手术前的准备环节复杂而紧张。我和邓冲在捐肾问题上发生了分歧。我们都想尽孝，互不相让。最后还是父亲发话，才平息了争执。父亲平静地说，你们都是我的儿子，能为我捐肾，我很高兴，但邓冲年轻力壮，也没啥正式工作，就让邓冲捐吧。事实证明，父亲的眼光很独到，经过医院的体检配型，邓冲的各项指标合乎要求。

上午8点多，邓冲和父亲做好了肾移植手术前的一切准备。中午一点多，邓冲手术完毕，手术平板车载着他回到了病房。大夫说，手术很成功，一个星期后伤口就可拆线，十几天后就可出院。

下午2点多，邓冲健康的肾脏被成功地移植到了父亲体内。

时间是爱情最大的敌人

夜里，我陪护在父亲身边，闲着无聊翻读一本叫《霍乱时期的爱情》的书。这本书我在大学时看过，作者加西亚·马尔克斯是哥伦比亚作家，凭借《百年孤独》获得过诺贝尔文学奖，也是记者出身。

《霍乱时期的爱情》出版的年头，比我的年纪还大。在这部书里，上演着一个男人执著一生守候他的爱情的史诗般的故事。其中，"我对死亡感到唯一的痛苦，是没能为爱而死"，可谓经典独白。男主人公阿里萨有过六百二十三个女人，但他的心依然可以为女主人公费尔米纳保持童贞。咀嚼这部小说，我得出的结论就是，时间是爱情最大的敌人。

我正沉醉在这部书里，清脆的手机铃声在寂静的病房里响起。怕惊扰父亲，我起身走出了病房。

妈操你！是林朵，她阴魂不散，对我穷追不舍。

我说，谁又惹你了，姑奶奶。

她说，那本破书很好看是吧？想躲是吧？告诉你，你就是孙大圣，也别想逃出我的视线，想都别想。

我倒吸一口凉气。自从她与肥罗熟识后，我基本摆脱了她对我身体的摧残和折磨。至于她与肥罗有没有上床，我懒得知道。但不管怎么说，肥罗都算是我的救星，是他解放了我的身体。但我的精神始终没有摆脱她，我像只小狗，被她整天牵着。

我说，我真的很忙，说事吧。

她在电话那头吼道，我再次提醒你，咱们可是"三位一体"的同盟，别忘了你的任务！你胆敢胡来，我会让你很惨。

拿了肥罗的钱，就得替肥罗消灾，这我懂。我说，你把"炸弹"给我就是了。

她说，算你识相。

窗外漆黑一片，风声大作，偶尔有一两声炸雷从头顶滚过。病房里四壁洁白，输液管里的液体很有节奏地流淌着，药味和消毒剂的气味充斥着整个房间。

我浑身冒汗，而父亲还在"享受"着冬天的棉被。

又一个炸雷随闪电滚过，一场罕见的大暴雨来了。

"我是西门庆"

在老家广元这个降临雷电和暴雨的夜晚，我经历着一场灵魂和命运的煎熬。我几次抓起手机，想把我的罪恶坦白给师姐辛欣，可我最终还是犹豫不决。

我来到楼道里，靠在走廊的长条椅上，吸着香烟，喝完了两瓶啤酒。

如果我坦白了，丢了工作倒是次要，关键是林朵一定不会放过我。退一步说，肥罗也不会放过我。纵使我退了他的十万元"封口费"，杂碎邓冲的命运也不会好到哪儿去；关系一旦搞砸，邓冲缺胳膊少腿儿，也是迟早的事。

我打开手提电脑，以"我是西门庆"的网名将"炸弹"准确无误地投进了天涯社区。我只扔不说，至于后续怎么跟帖、转帖，能不能在网络世界掀起风云变化，搞个"蘑菇云"出来，就不是我的事了。当然，真要搞个"蘑菇云"出来，也不是不可能。一是要看这"炸弹"制作的质量如何，够不够威力；二是要把握时机；三是要有一定的网络炒作技巧。

不得不说,林朵制作"炸弹"的功夫了得,令我佩服。她懂得怎样吸引网民的眼球,知道用什么"配料"能让"炸弹"的威力发挥到极致。这颗"炸弹"以"日记体"的形式,载以美色、暴力等吸引眼球之元素,曝出了许多"鲜为人知"的猛料。

我打电话给林朵说,这哪里是高利的软肋?你这是在诬陷。林朵说,少废话,做好你该做的,别的事你少操心。

靠"日记"砸人,林朵不是始作俑者。在此之前,广西来宾烟草局局长的香艳日记曾轰动一时。与之相比,这个"富商日记"时间跨度更大,内容更全面,笔调更文艺,细节更劲爆。

这是她的"杀手锏",估计比较致命。

"蘑菇云"冒出来了

我在暗地里"扔炸弹",实属无奈。

我忐忑地熬了一夜,一到家倒头就睡。在广元潮热的夏天,我关掉手机,在昏睡中度过了一天一夜。醒来后已经是又一个上午,我大汗淋漓,像虚脱了一样,走路都没劲。

所有人都轮守在医院,照看着术后的父亲和杂碎邓冲,家里只有我。我冲了包方便面,又喝了两瓶冰镇啤酒,四脚朝天地回躺到床上,想着如何在这个山清水秀的地方多待些时日,享受久违的清闲自在的生活。

我在无聊中打开手机,看到一条短信,是肥罗三小时前发来的:"威力无比,势如破竹,如原子弹爆炸;天翻地覆,雷声滚滚,堪比九级地震。革命尚未成功,同志仍需努力!同祝初战告捷!"

我一下从床上跃起,打开了手提电脑。

果然,新浪、搜狐、腾讯、天涯等各大论坛一篇名为《西都一富商"性爱日记":与上百女性有染》的帖子迅速蹿红。短时间内点击量即冲破五十万人次,跟帖数千余条。

林朵在"炸弹"炮制中尽管对关键地名均用缩写字母代替,仍很快被网友们"人肉"搜索出主人公——疑似在西都建材业生意做得风生水起的高利集团董事长高利。

我担心的"蘑菇云"真的冒出来了!我在这朵威猛无比的云朵下缩成了一颗可怜的白菜,随时都有可能成为别人的盘中菜。

我没有给肥罗回短信,肥罗所说的"初战告捷"只能让我更加压抑。西都城被闹得天翻地覆,而我身处广元,也并没得到片刻宁静。

"初战告捷"之后,肥罗他们到底还想搞什么名堂,我已经没有精力去了解,也不想掺和了。这是我与他们划清界限的最佳时机。我扔"炸弹"的任务已经完成。

我在忐忑中度日如年。不管怎么说,网络"炸弹"是我扔的,一旦露馅,我也跑不了。别说老唐会对我怎样,高利也不会放过我。听说高利手下有一帮打手,都是从省体校挖过来的,个个人高马大,凶神恶煞,功夫了得,卸胳膊断腿儿、搞个伤残什么的,都是拿手好戏。因此,在西都商界很少有人敢得罪高利。当然,对高利来说,不到万不得已,绝对不会出此下策!万一搞出个命案,对他也没什么好处。

帖子发布后的第三天,我从网上看到西都的各大媒体几乎一窝蜂似的将富商"性爱日记"等字眼打在了娱乐版的显要位置。几天后,日记的真伪成为关注的焦点。"日记"中的男主角高利居然现身接受采访,证实日记中他出现的场景均是真实的,但他从未写过相关内容的日记。他表示,这明显是有人栽赃陷害,故意策划了所谓的"日记门"事件。高利说,他的公开活动比较多,很可能是别有用心的人将这些信息串联起来编撰的故事。他表示,必要的时候,他会动用法律手段,揪出幕后"枪手"。作为"圆梦行动"的主办方,老唐也公开回应媒体,日记中所谓的受高利集团贿赂和权色交易,都是莫须有的编造和诬陷。

"日记门"事件迅速引起网民围观,他们似乎更关注"日记"中的香艳故事：主人公步步为营，将女下属及多个提及姓氏的少妇发展为情人。按照"日记"中的线索，经一位权威媒体记者调查，2009年9月至今，高利集团旗下和高利本人所接触过的女性并没有"日记"中提到的这些有姓无名的人物。至于"我是西门庆"，只是发帖时用的一个临时网名，但也同样遭到了搜索和围观。不少网民分析，"日记"的出现肯定是经过精心策划的，背后一定有网络推手。

林朵打电话来警告我说，关键时刻，胜负全在于能不能保守秘密！谁出卖了大家，就等着让人收尸吧！

我说，我现在只是围观者，不转帖，不发表言论，只隔岸观火。

她说，算你聪明！不过我得提醒你，别聪明过头就好！还有，立马将你网上发的原帖删了。

我说，我没听错吧，干吗删掉？

她说，跟你这人说话怎么就这么费劲呢？原帖早已被转发得满世界都是，现在保留原帖还有意义吗？你是不是想留下证据，等着让公安来抓你啊？你记住了，公安要破获这件事，首先要查的就是原帖。而要查原贴唯一的线索就是电信运营商存留的日志，根据中国目前的法规，电信运营商存留的日志只有两个月。也就是说，只要我们再坚持四十多天，公安也就束手无策了。到时我们就成了赢家，明白不？

她懂得还真多，我不服都不行。

这些天，师姐也打来电话，问我知不知道"日记门"的事。我说不知道。她问，你确定？我说确定。师姐还不放心：你小子千万别干傻事！一旦陷进去，老姐可救不了你。我张了半天嘴说，请师姐放心，我不会有事。

眼下舆论的焦点已转移到了谁是"枪手"的问题上。"枪手"是谁？与发帖者"我是西门庆"会不会是同一个人？既然"日记门"事件中的多名女主角在现实中并不存在，这就意味着，肥罗们炮制的"炸弹"，不但没有给高利脸上泼成脏水，反而让高利的正面形象更高大了。但负面影响还是有的，一些网民受仇富心理的驱使，发表了不少过激言论,说像高利这种勾结官员、投机钻营的暴发户根本不配参与"圆梦行动",他的参与只能让"圆梦行动"变成"噩梦行动",强烈要求高利集团退出活动。至于这些过激言论,是不是肥罗指使水军干的,只有鬼知道。

这事让我心惊肉跳

夜里,我在医院收到毛小兔的手机短信:哥,家里的事咋样了?你啥时回来?

我回她:小兔子,你还好吗?家里事处理得差不多了,我过几天就回去。

毛小兔:哥,你要照顾好自己,别累着!早点回来哦,我还等着看夜场电影呢。

我内心涌入一股暖流,迅速回复:小兔子,哥也盼着早点回去见你,多保重!

第二天上午,我走进邓冲的病房,邓冲恢复得红光满面,已经能下地走动了。我把他叫出病房说,爸这次多亏你了。他说,哥,一家人不说两家话。我说,我想知道那个借给你钱的朋友是干什么的?他顿了一下说,哥,能不说吗?我说,做人得有良心,人家帮咱们这么大的忙,我总得知道是谁吧。他说,其实这人你认识。我说,肥罗?他说,罗董是对我好,但不是他。我说,师姐?他摇头。我有点急,说,那谁啊,这么慷慨?他说,是胡青。

我脑袋里嗡嗡直响。

他说,哥,你别说了,我知道你要说啥。罗董对我好,我记得他的好,可这跟胡青对我好,是两码事。

我说,你和胡青感情上的事还没撇清,现在又染指这么一大笔钱,你就不考虑后果吗?

他说,没有爱情的婚姻,我宁可不要。

我说，你这是飞蛾扑火，你就等着一棵树上吊死吧。

他说，哥，你累不累啊？人就不能活得真实一些，纯粹一些，简单一些吗？为什么总是瞻前顾后的？为了爱情，我可以不顾一切，哪怕是刀山火海。

我说，好，你会为你所谓的爱情付出沉重代价的。

他说，哥，我不会放弃的，我不后悔。

说实话，杂碎邓冲的话让我想起了毛小兔。我不得不承认，他的话是对的。

可我不明白，胡青一个乡下孩子从哪儿弄的这么一大笔款。邓冲说，胡青听到父亲病重，急需手术费，就向肥罗撒谎，说她乡下的舅舅病重，需要一笔钱，然后把这笔钱打到了我的卡上。

这事让我心惊肉跳。

没招的时候就摆谱

邓冲和父亲出院后没多久，我和邓冲一起返回了西都。西都阳光充足，最高气温已达三十九度。邓冲本想多陪父亲几天，却经不住胡青的甜言蜜语，执意要早一些回来。

回来之前，我已约好与毛小兔当晚一聚，可拗不过肥罗的死缠硬磨，说他已在立言酒店摆好了酒宴，为我们接风。我找借口说老唐找我有事，要连夜赶写东西。肥罗有点生气：你他妈回趟老家，谱摆大了是不？你是哪级领导，老唐会直接找你？我说不就是"圆梦行动"那点事嘛。他说，放屁，来不来你自己看着办。

我知道，肥罗是故意装出生气的样子来吓唬我。他这人没招的时候就喜欢摆谱。可林朵就不一样了，这小婊子电话里就两句，我就得屁颠屁颠地乖乖参加。她说，怎么，耍个性是不？告诉你，在别人跟前可以，在我这儿，想都别想。我说，别说了，我去还不行吗？

可一想到邓冲也参加，我就心跳加速。因为凡肥罗张罗的酒席，胡青必定参加。这两人许久不见，万一在酒桌上搞出个什么眉目，那就完了。我打电话提醒他，你刚做了手术，不能喝酒，就别参加了。可这小子跑得比兔子还快，反问道，我是罗董的保安队长，罗董接风，咋能不给面子？

神秘藏刀

我们先聚在肥罗的九〇九巢穴喝茶。我看林朵、邓冲、胡青还有瘦马，个个精神抖擞，像吃了兴奋剂一样，就对肥罗说，走吧，上桌吧，想饿死我们呀。其实，我是想早点吃了饭，去会我的小兔子。肥罗说，不急，还有一个朋友在路上。我说，电话催呀。瘦马说，我问问。瘦马打完电话回头对我们说，马上就到。

看来，这个朋友与肥罗和瘦马很熟，一定又是他们生意场上的狐朋狗友。

一伙人走出肥罗的巢穴，乘观光电梯，直入三楼用餐。进了包间，大堂经理很热情地叫了声罗董，先让服务生送来一盘水果，让大家坐在沙发上享用。果盘内容比较丰富——香蕉、荔枝、桂圆、葡萄、西瓜，每人跟前放一小盘，配把小叉子，放杯上好的午子仙毫。我说，罗董，上桌吧，都快七点了。瘦马不好意思地说，老董，上桌吧！不等了，都是自己人，别客气。肥罗说，老马，做人啊要厚道，大家可都是我邀请的贵客啊。再说了，这两年请人的是孙子，被请的都是爷。我呀，谁都不敢怠慢不是！林朵也不失时机地挖苦我说，瞧你那样儿，晚吃一会儿，会死啊。林朵这话让我相当不舒服，正想发作，包间的门被服务生推开了，大摇大摆地走进来一个虎背熊腰的大汉，一张刀疤脸，手里提着一个纸箱。我和林朵不由一惊，相互对望了一下。妈的，这不是那个在北城未央湖酒吧街，头上挨了我一酒瓶的色鬼吗？

瘦马起身，迎上去介绍说，这是我弟弟，现在一家公司做董事长

178

助理。我和林朵又是一惊。这两兄弟,一个瘦如猴,一个壮如牛,一个文质彬彬,一个凶神恶煞,一个白白净净,一个又粗又黑,站一块儿还真是滑稽。刀疤脸用冰冷的目光扫视全场,我担心这杂种会认出我和林朵。其实即使认出,也没什么大不了的,当初是他对林朵动手动脚,理亏在先,但如果真要放到桌面上来说,毕竟是件尴尬的事儿。他的目光在林朵脸上稍稍停留了一下,很快就移过去了。扫完全场之后,刀疤脸就说上了,刚上邮局取了趟包裹,来晚了,请多多包涵。说着,他将手里的纸箱轻轻举过头顶,然后又放下,双手抱拳:以后还仰仗各位多多关照。肥罗上前拍了拍刀疤脸的肩膀说,好了,兄弟!能来就好,正好也为你西藏归来接风洗尘。入座吧,今天放开了喝。

刀疤脸说,那就谢谢罗哥了。我这次从西藏带回很多小玩意儿,每人一份。说着,就从身上取出一把瑞士军刀,明晃晃的,很耀眼,唰唰几声就将脚下的纸箱打开了。

这饭吃得值,男的每人一把藏刀,女的每人一件绿松石饰品或藏银饰品。每个男人得到的藏刀,外形和制作工艺都略有不同。

刀疤脸一落座,让服务生打开他从西藏特意带来的上等青稞酒,并在每人面前放个分酒器,将酒满上,让大家品尝。大家一时来了兴致,对刀疤脸送的礼物都爱不释手,评头论足。

刀疤脸黑着脸说,喜欢就好。西藏这地方,一个字,那叫神秘。

我心想,妈的明明是两个字,硬说一个字,典型的哗众取宠。

刀疤脸又说,这次出去,还真长了见识。就说这藏刀吧,其实是腰刀,藏语叫"结刺",长度在十厘米到四十厘米之间。藏刀的刀鞘,有木质的、铜质的,也有铁质或银皮镶包的。刀鞘上常刻有龙、凤、虎、狮和花卉等图案。有的图案上还点缀着宝石、玛瑙等贵重物品。藏刀的正式名字叫"折刀"。传说在遥远的年代,西藏草原上的牧民大都拥有藏刀。可是牧主和头人为了保持自己的权威,威逼牧民交刀。许多牧民因拒交藏刀而被抓走。消息传到英雄折勒干布耳中,他为了搭救自己的同胞，就跃马提刀杀向牧主、头人。只因寡不敌众，折勒干布流尽了最后一滴血。牧民们为了纪念他，就将藏刀改名为"折勒干布刀"，简称"折刀"。藏刀已有一千六百多年的生产历史，精美的藏刀大都出自能工巧匠之手。特别是朋友结婚或喜生孩子时，送把藏刀会使主人感到高兴。

听刀疤脸这么一讲，大家都啧啧称奇，拿起藏刀细细品味起来。我仔细看了看我得到的这把藏刀，与肥罗、瘦马、邓冲的都不一样，叫玉树藏刀。外观造型笔直，柄尾为云朵形。除华丽的外观镶饰外，纹样还有法轮和几何形图案，在柄尾金属饰物中部，嵌有一颗珊瑚珠，看起来异常醒目。

林朵看上了我这把刀，一把从我手里抢了过去。我说，你干啥？她有点狰狞，将刀在手里挥舞着：这叫慧眼识神兵，宝刀配英雄，你配吗？我想起了她家木门后深深的九道刀痕说，你这不是强取豪夺，夺人所爱吗？连声招呼也不打，上手就抢——土匪！林朵说，既然是抢，干吗还要打招呼？我这人就这样，没心没肺，只要我喜欢的，就别想从我手中溜掉。我说，你就是一无赖。刀疤脸趁机讨好林朵说，美女如果喜欢，我这把就归你了。林朵接过刀疤脸的藏刀，欣喜若狂，连说谢谢，然后又白我一眼说，看看人家马哥，这才叫男人。

刀疤脸受到林朵的口头表扬，显然有些激动，又讲了个插曲，说他这次在去西藏的路上，碰到一个喇嘛。这喇嘛老远一见他，就乐开了花，走到他跟前，二话没说，一把拽下了他脖子上的玉佛，说早算好了他今天要路过此地，等候多时了。他正要走，喇嘛送他一块手表，说这表砸不烂。看半天，没发现这表有什么特别之处。前天回西都后，石头、斧子并用，果然砸不烂。后来派出所一哥们儿用枪打，也只在表面留下一道小印儿，奇了。找了个表店老板评估，老板只是惊叹"好表啊"。问到底是什么表，老板说，是一款进口高级表，至少价值五万元。老板反问这表的来历，他只说了砸表的经过，老板说，脑子进水哩！

这故事，惹得一桌人笑得前仰后合，我却在心里暗骂。

林朵将刀疤脸送她的那把藏刀拿在手里琢磨了半天，然后摘去华丽的刀柄，用手指抚摸明亮的刀刃，像是在欣赏，又像是在探秘。看完后，又想趁机抢走我那把玉树藏刀。偷袭不成，她提出要与我换刀，看来她是真看上了我这把刀。我顺口胡说，这可是有讲究的，不能乱换。一旦换了，刀就会失去灵性，会带来厄运。她用一种大人不计小人过的口气说，算了，不跟你这种人计较。

林朵和刀疤脸，无意间成了这个晚上的主角。两人不仅酒量超群，而且异常兴奋，雷语不断，眼睛还时不时暗送秋波。接风酒宴搞成了赠刀仪式，满桌子"刀光剑影"。我中间出去上了趟洗手间回来，发现我与林朵紧挨的座位，已经被刀疤脸强占了。

邓冲和胡青开始还算安分，后来喝了点酒，又受了林朵和刀疤脸的感染，眉来眼去的，也有点蠢蠢欲动。我的心又悬到了嗓子眼儿。我的目光在肥罗、邓冲和胡青之间不停地跳转。林朵这个荡妇，我已经不在乎了。而肥罗，在看似醉眼蒙眬中却保持着清醒和警觉，眼神始终没有离开过胡青。幸好瘦马在一旁时不时与肥罗对饮几杯，聊上几句，分散了他的注意力。

眼神移动大战要是持续下去，必会引发大乱。我将邓冲叫出包间，让他赶紧滚蛋，离开这里。可邓冲说，哥，凭什么呀！这不好好的吗？我说，你不走，我走。

你懂个屁

可我没有走成,肥罗说饭后有要事商量。

我说,我还有事,不想再掺和了。

他说,兄弟,不能啊,你可是关键人物,这中间掉链子的事,想来你是做不出来的。再说了,咱可是一根绳上的蚂蚱,所谓有福同享,有难同当,是吧?

我说,你是不是想害我呀!如果还认我是你兄弟,就让我走;我再掺和下去,会搭上小命的。

肥罗不高兴了,他打了个手势让服务生出去,红着脸说,你小子这话我就不爱听了。正因为当你是好兄弟,才让你搭伙儿的。你傻呀,跟钱有仇啊!我要是害你,那我还是人吗?

我说,罗董,你放我一马吧,算我求你了。我真不想掺和你们这破事了,你们爱怎么的怎么的,都与我无关。

肥罗真生气了,不再搭理我。被混乱和嘈杂充斥的酒场,立马清静了,大家都在看着我和肥罗。

瘦马掀掀眼镜,拉我坐下,拍拍我的肩膀说,兄弟,都是自己人,别说两家话。咱们的合作项目马上就接近尾声了,黎明前的黑暗已经过去,曙光就在前头。就要分享胜利的果实了,你这突然来个抽身走人,可有点不够义气啊。想想谁没难处啊,你有难处,大家都有难处,有难处才更需要朋友嘛,一个好汉还九个帮呢。你说是不。

瘦马不愧是宣传部部长,善做思想工作。我没理他,抓起酒杯一口喝了个干净。瘦马趁机鼓励,喊了声"好",说,这就对了嘛。

显然,他误解了我,我喝酒并不是答应他们,而是抗议。我看林朵一直冷冷地盯着我,时不时拿出刀疤脸送她的那把藏刀在手里玩弄着,刀锋在灯光下折射出冰冷的光。

这时,我收到毛小兔的短信:哥,我昨晚都梦见你了,你老拉个脸不搭理我,你没事吧?我晚上下了班去看你,好吗?

我回复:小兔子,哥今天刚回。我这边办完事了联系你。

小兔子立马发来一张开心的笑脸。

场面又恢复了平静。就在我起身再次告辞时,杂碎邓冲说了句话,差点气晕我。他说,哥,多大点事!罗哥对你多好啊,你就答应得了,还犹豫个啥呀?

我说,你懂个屁!这儿没你说话的份儿,滚出去。

刀疤脸这时候阴着脸上阵了:兄弟,怎么着,想当叛徒啊?罗哥是谁,那就是我亲哥!谁要跟罗哥过不去,那就是跟我过不去。你可听好了,罗哥对你好,那是厚道,我可没罗哥这么客气。我这人,就一大老粗,没文化,没素质,但有的是力气,有的是功夫。我打小就认一个道理,做人要讲义气。谁要当叛徒,别怪老子心狠手辣。刀疤脸说着,将手捏成拳头,青筋暴露,骨节嘎巴作响,一双恶毒的眼睛死盯住我,像要挖出我的五脏六腑。

我这人长的是瘦弱,却是个吃软不吃硬的主儿。我说,想要我小命还是想卸胳膊断腿儿,随你便。

刀疤脸一拳砸桌,忽地站了起来,桌上的茶碗、酒杯被震得乱滚。我看胡青吓得缩在一旁,瞟了一眼邓冲,然后又怯怯地看了眼肥罗。肥罗又开始摆谱,双手环抱胸前,一副死猪不怕开水烫的姿态。

杂碎邓冲也忽地站了起来,握着藏刀,盯着刀疤脸和我。胡青的眼神很紧张,飞快地看了眼杂碎邓冲,两手不由地捏成了拳头。

瘦马说,好了,都别激动了,坐下。既然小兄弟今天有事,那就改天再谈吧,大家虽说不是一个行道的,但毕竟是合作多年的好兄弟,不要伤了和气。

我说,感谢马部长,那我告辞了。这时,一直不吭声的小婊子林朵不依了,将手里的藏刀往桌上"啪"地一砸,吼道:妈操你!想走是不,这容易,你可别后悔。我早说过,没人要你的小命,你的小命就掌握在你自己手里。

又是一个典型的欧式倒装句。这小婊子今晚一直在看我表演,等我到了高潮的时候,她才出场,以加重她的分量,让人注目。

林朵手里毕竟有我太多的把柄,一旦跟她闹翻,大家都不好过。这里面也有邓冲的份儿。

杂碎邓冲一脸疑惑:林姐,我怎么越听越糊涂了!我哥他怎么了?他可是我亲哥,就一小记者,能把你们怎么样?

林朵讥讽说,你哥可不是一般的记者,能耐大着呢!他要是不守规矩,祸害的可不是一两个人。

杂碎邓冲说,林姐,我就这一个哥,你们可要手下留情,不能找他的事儿。

我对邓冲说,别听她胡说,我没事。

嫁祸于人

肥罗所说的要事,其实就是如何应对网络"炸弹"引发的负面影响。比方说:如果高利报案,要求公安部门查处,我们能有几分胜算;一旦水落石出,到底如何应对。这些都需要做最坏的打算。

一桌人除杂碎邓冲离场外,全部集中在肥罗的九○九巢穴。胡青忙里忙外地给大家服务,泡茶、洗茶、倒茶,上水果,给肥罗点香烟,还打开音响,放上了轻音乐。大家喝着茶,就着水果,听着音乐,在悠闲中互通情报,有一句没一句地发言,都试图拿出个应对的策略。

林朵在九○九巢穴非常自信地跷着二郎腿,将自己置身于女主人的地位，与肥罗同坐于大厅中央的主座，随音乐点动着脚，听大家发言，不时点头，偶尔指点，还不厌其烦地啃着苹果。那对黑白分明的马姓兄弟窝在一旁，一个品茶，一个吸烟，偶尔插上几句，表示对事件的关注和对某个点子的认可或否定。我则一言不发，左耳进，右耳出，不做任何评论，也没任何情报可提供。

我的心在毛小兔身上。从酒席转场到九〇九巢穴的途中，我想给毛小兔打电话告诉她今晚有事，明天去找她。可当我拿出手机时，才发现我的手机早没电了。我又气又恨，恨自己不争气，一不小心又踏上了贼船。

林朵看我半天不吭声，问我原帖删干净没有。我说，原帖不删干净，我能这样安稳吗？我可告诉你们，如果高利报案，第一个暴露的就是我，到那时，谁都跑不掉。

肥罗吐了口烟说，你小子别扯这没用的，有什么点子尽管拿出来。

我说，如果非要我说，我只有一个保全之策，采用不采用，你们看着办。

林朵说，有屁就放。

我说，现在需要尽快做的是：一、得知道高利对于这件事情的想法，他到底报不报案；二、花钱直接找电信运营商消除日志痕迹，这样的话，即使高利报了案，公安也无线索可查；三、如果高利非要报案，消除日志痕迹又无法搞定，那就必须考虑最坏的打算了。

肥罗一激动，扔过来一根香烟，让胡青给我点上。

我说，四个字，嫁祸于人。

肥罗竖起大拇指说，好点子，好点子。

林朵冷言冷语道，好个屁啊！你那猪脑子都能想出的办法，我能想不出来吗？日志是那么轻易能消除的吗？那是钱的问题吗？再说了，嫁祸于人，你想嫁祸于谁啊？

我说，消除日志的事，只要罗董肯花钱就可轻松搞定。至于嫁祸于人，这可是你的强项。

林朵立马扔过来一句狠话：放屁！这怎么着就成了我的强项了？

我说：大家都是朋友，我有啥说啥。以上只是我的一点思路，采纳不采纳在你们。至于怎么实施，那就不是我的事了。总之，要让这件事顺利摆平，就需要发挥每个人的力量和长处。

瘦马放下手里的茶杯说，罗董，我觉得这个建议很值得一试。

刀疤脸将香烟掐灭，阴阳怪气地说：大家是不是太高看高利了。多大点事啊，用得着在这儿兴师动众地研究对策吗？再说，这建议有什么好的啊，没啥新鲜，全他妈老套。我跟随高利多年，高利是什么人我比你们都清楚。他这人只认钱，只认面子，满足了这两点，其他都不是问题。

我心里一惊，原来刀疤脸是肥罗和瘦马安插在高利身边的卧底。在场的人除我和小婊子林朵有点意外，其他人都见怪不怪，包括胡青。刀疤脸能隐藏得这么深，说明他道行不浅，由此也可断定，这人够阴险。

刀疤脸还在非常得意地发表高见说：对于这次的"日记门"事件，高利只是怀疑是我们一手策划的，但并没有确定。他要是报案，一旦彻查起来，结果只能是两败俱伤。你们想想，他这些年经商，与高官、权贵、美女、金钱能少接触吗？屁股就能擦那么干净吗？不说别的，光我手里就捏有他与多名美女到宾馆开房的证据。高利既然爱面子，就不会轻易去报案。因为这是把双刃剑，对谁都没好处。这叫什么？叫知彼知己，百战不殆。

肥罗张开大嘴笑了起来，说，精彩，兄弟分析得有理有据，为我们正确决策提供了重要依据，果然是人才啊。

小婊子林朵也在第一时间响应道：所以说，什么叫高人，马哥这就叫高人。一大帮人半晚上在这儿讨论来讨论去，也没讨论出个高招来，有了马哥的高见，我们还讨论个屁啊。就这么办得了。

大家相互交换了眼色。肥罗说，那就这么定了。

我的建议纯属放屁。管不了那么多，由他们去吧。

但让我没想到的是，他们这是对我演的戏。其实，他们暗地里还是按我的建议开始实施了。这至少说明，他们开始不信任我了。这对我，却是好事一桩。

后来我听说日志消除并没有搞定。这是违法的，运营商没胆做这事，而且服务器既然能自动记录发帖痕迹，自然也会记录删帖痕迹。至于林朵要嫁祸给谁，这个真不清楚。

我从肥罗的巢穴回到出租屋的时候，已经是夜里十一点多了。楼顶上已经没了纳凉和看星星的男女，他们早已进入了梦乡，只是偶尔从某个房间还传来嬉闹的声音。

我在踏上楼顶、进入出租屋的那一瞬间，看见了毛小兔。她坐在门前，将头埋进双膝，那束曾经跳跃的马尾辫耷拉在她白净的后脖颈上。我心里一酸，一把拉起她，发现她的眼里满含泪水。我将她拥进怀里说，傻丫头，这么晚了你怎么还在这儿？一股热泪顺着她的小脸一泻而下，我用手擦去她的泪水。她看我一眼，害羞地笑了：人家是担心你嘛，手机又关机，也不知道你在哪儿，只能在这里等了。

她是从餐馆一下班就跑过来找我的，还没吃晚饭。我拉她出门，她说太晚了，有方便面就行。我说，那不行，太便宜我了。

那晚，我带着毛小兔上附近的三路夜市吃烧烤，喝啤酒，将所见所闻。跟她说了一箩筐。毛小兔总是手撑下巴，专心地看着我，偶尔发出爽朗的笑声，很甜，很温柔，脸上总是挂着幸福。她说，哥，你咋懂这么多！你人真好，跟你在一起我很开心。

神秘数据

我决定找杂碎邓冲好好谈一次，主要关于他与胡青的关系以及由此可能带来的一系列麻烦。谈话的最终目的是要让他悬崖勒马，放手才能一片海阔天空,何必在一棵树上吊死。

虽然我知道这对他很难,但我必须这样做,为他好,也为大家好。我们在关于什么叫真爱的问题上,发生了严重的分歧和争执。他就扔给我一句话——非胡青不娶!哪怕刀山火海,也无怨无悔。

我说,胡青已经是肥罗的人了,整天同居在一起,生米早他妈煮成熟饭了。他说,哥,都什么年代了,你这观点早过时了!现在是煮熟的鸭子,照飞。况且,罗董还没把她煮熟呢。我说,胡青的话你也信?他说,我们两情相悦,真诚相待,怎么就不能信?哥,你整天疑神疑鬼,在你眼里好像就没有好人。你这心态得改改了。

我说,肥罗是什么人,我比你了解。别再天真了,醒醒吧。

他说,胡青说了,他们只是同居,但不是同床。罗董答应她,如果圆不了她当老板的梦,决不与她同床。她也发誓,要为我守身如玉。

我说,既然你非要走你的独木桥,那我今天就把话放这儿了:你的事你自己看着办吧,哥也帮不了你。如果发生什么事,可别说哥没提醒过你。

我和毛小兔请了半天假,冒雨上世园会疯玩了一把,回到出租屋已经很晚了。洗漱完毕,我拿过相机,正躺床上翻看给毛小兔拍的照片,林朵电话找我,说她想跟我换那把藏刀。我说别说换,看都不行。她诅咒我说,那你就留着等死吧。

我不知道林朵为什么会对这把玉树藏刀抱以如此浓厚的兴趣。夜深人静的时候,我提了把靠椅,走出闷热的出租屋,仔细揣摩和研究刀柄上的图案,想从中找出些秘密。

我将香烟和啤酒放在小石桌上,抽着烟,喝着酒,仰头看着天空。下午一场雨,给夜晚呈送了一个清凉、洁净、透亮的天空。深蓝色的天空,几朵白云低游,圆月当空,好一个难得的夏夜。

这样好的夜色,让我想起了毛小兔。如果毛小兔能跟我坐在这儿赏月、聊天、对酒、相望，那将是一个多么美妙而深刻的夜晚。我一时兴起，有点心焦，真想给她打个电话。想想毛小兔小小年纪就跑到城里来打工，整天在餐馆忙里忙外、跑来跑去，一个月就挣一千多块钱，真不容易。这么想，心里就有些隐隐作痛了。算了，还是等着和她一起看个爱情大片吧，这样也能给我们的恋爱平添点浪漫气息。

爱是一种难以戒除的瘾，一旦尝到爱情的甜蜜，就会一天天上瘾，不管它是上帝还是魔鬼。

我边喝酒，边玩起了藏刀。我将藏刀拿在手里胡乱翻转着，突然，一丝光线从眼前穿过，藏刀的柄尾嵌着的那颗珊瑚珠瞬间灵动起来，在月光下华丽生辉，发出异光。我被这神奇的一幕吓了一跳，正在不知所措时，刀柄处的图案在珊瑚珠的照耀下呈现出了一轮圆月和一朵飘动的白云，一组数据在图案中不断闪现。我立马用手机记下了这组神秘数据：197989。

谁是下一个目标

好奇心让我在这个月圆之夜辗转反侧，夜不能眠。这组神秘数据在月光如水的午夜反复出现了三次，在我的大脑深处，刻下了神秘的印象，似乎赋予了我某种特殊意义。

藏族素有崇九之风，以九为神数，天上有九头曜神，人祖有九兄弟，神话里更有许多以九为尊的事例。这把藏刀所呈现的数据中，有三个九。是魔咒，还是吉数？

一连几天，我都会在午夜时分坐在楼顶的石桌旁，拿着藏刀看来看去，但那组神秘数据却再没有出现，是因为阴天多云还是另有他因？

对这组神秘数字的解读，进行得艰难而有趣。我有一种不祥的预感，这组神秘数据一定与神秘死亡有关。我认为自己是在做一件非常有意义、有价值的大事，我将还原悲剧真相，让谜团走到前台。

又一个夜晚,我被尿憋醒,上完厕所我在昏暗的台灯下打开一本落满灰尘的怪书:《魔鬼寓言》。书中详尽介绍了几个世界著名的离奇死亡之谜的经典案例。这些主角大多是著名科学家、好莱坞明星、体育明星等,他们的死正好印证了他们的出生年月日。通过一种简单的数学运算,都与9这个数字有着某种神秘的关系。我的心抽搐起来,为这个惊人的发现既兴奋,又沮丧,还有点担忧和后怕。

后来,我在林朵有意无意的刁难中,拐弯抹角地找到杜亚苹、杜亚苹的老公以及老周的出生年月日和死亡时间,通过数学运算,都得到了9这个神秘数。我又试着找来老唐的出生年月日来验证,结果却不怎么理想。我一直没搞清,他为什么在7月9日那天没有消失。还有,既然世界上只有极少数人才会在劫难逃,为什么短期内在我们小小的报社竟频繁上演?

这也许就是巧合。天地间几乎每天都有巧合的故事在上演。有些离奇"巧合"的发生,早已不再属于"概率"的范畴。那么,又有谁能对它做出令人满意的解释呢?或许,只有命理这把钥匙才能打开"巧合"这一神秘的大门。

我又想起了杜亚苹死后手里捏着的那张神秘纸条。

这个1979年8月9日出生的人究竟是谁呢?我拐弯抹角地苦苦寻求,从我熟识的人当中,并没有发现这个即将遭到灭顶之灾的人。

我按《魔鬼寓言》案例中提供的数学运算法,进行分步验证:

第一步:将197989这个数字进行重新排序,任意构成一个不同的数:979819。

第二步:用979819这个大数,减去197989,即 $979819 - 197989 = 781830$

第三步:将781830的所有数字相加。如果是二位数,就再把它的两个数字加起来,最后的结果果然是9,即 $7+8+1+8+3+0=27$,$2+7=9$。

我纠结起来,谁会是下一个死亡目标呢?

"西都美丽妹"

就在我煞费苦心地钻研和破解神秘数字的时候,毛小兔因为在街头救助受伤的老人,一夜之间成了网民热捧的"西都美丽妹"。

其实,整个事件非常简单。

一天上午,毛小兔乘坐公交车去看病。她所搭乘的公交车与一辆面包车发生碰撞,一位蹬三轮车的大爷被面包车撞倒,面包车肇事后随即向北开溜。

毛小兔从公交车上下来,进入围观的人群,看到大爷倒在地上呻吟不止,头部鲜血直流,就迅速掏出包里的纸巾,蹲下来一边按住老人的伤口,一边打120急救电话,并一直陪伴老人直到医护人员赶到现场,最后将老人抬上急救车。整个过程被网友拍下来,发到了微博上。文中说等老人上了急救车,大家回头寻找女孩儿的时候,女孩儿早已悄悄离开了现场。大家都感到遗憾,觉得应该对这位素不相识的美丽女孩儿说声谢谢。

世风日下,冷漠几乎成为这个社会的代名词。毛小兔突然这么跳出来,正好迎合了眼下正在大力推行的公民道德宣传主题活动。"日行一善,关爱行动,感恩父母"正是这次活动的主题。作为记者,我有责任、有义务对事件进行追踪。我兴奋得睡不着觉,半夜三更忍不住给毛小兔打电话。

我说,小兔子,你真了不起!你做好准备,我们会随时来采访你。她说,哥,我不想接受采访。就这么点事,有啥好说的啊。我说,我是奉命采访,你可得配合我哦。再说了,你这事可不小,一个健康和谐的社会离不开你这样的热心人。要说意义,可大了去了,网民强烈呼吁要向你学习呢。毛小兔说,哥,这事要放在我们乡下,不管认识不认识,碰上了,谁都会帮一把的。你要把这写到报纸上,会让我们村里人笑话的。

第二天，师姐辛欣专门做了要求，要我扎实采访，稳定跟进，形成系列报道，时效性要强，力度要大，影响要广，争取在全社的月考中夺"优"。

师姐的赞扬让我热情高涨，信心百倍。就在这个时候，林朵插了进来，说芦花私房菜馆的女老板芦花专门打电话邀请她，她想与我一起参与追踪采访。我不知道她是惦记着她的黄辣丁，还是真心被毛小兔的事情感动，抑或还有别的图谋。我说，你参与我不反对，但有一条必须遵守，绝对不能搅局，要做就得做好。

林朵明显很生气：你这人怎么那么阴暗啊，尽把人往坏处想。让我说，你这就叫不成熟——人在你眼里就两种，要么好得要死，完美得没了肚脐眼儿；要不坏得流脓，全身没块儿好的。告诉你，我这人坏是够坏，但做人起码的正义感和同情心还有。

我说，你这人恨不得从每个人身上都获得一种满足才肯罢手。从外表看，你是够强势，够好强，其实你骨子里很脆弱，经不起失败，也始终摆脱不了失败的阴影。你好面子，怕别人看不起你，总是有意无意地搞点破坏，以引起别人对你的关注。我没说错吧？

林朵反驳道，妈操你！姑奶奶还没可怜到让你操心的地步。我告诉你，你要再胆敢胡说八道，我劈了你。

我知道我说到了她的痛处，赶紧和稀泥说，好了我玩不过你，我同意行不。咱可说好了，咱俩是一同采访，是一个小团体，得讲大局，讲团结，圆满完成任务是第一。我承认我这人看问题片面，不够成熟，信口开河，嘴巴没上锁，我向你道歉，行了吧？

林朵"哼"了一声，算是对我的原谅。

去采访的路上，林朵说，实话说，我挺喜欢毛小兔，这不仅仅是我熟悉她，更主要的原因是我喜欢她身上散发的乡下女孩的纯朴、善良、单纯、热情。

我不相信这话是从林朵嘴里说出来的，怔怔地看着她。

她说，没见过美女？

我说，是没见过这么有见解的美女。

林朵说，你少油腔滑调。跟毛小兔比，你就狗屎一坨。

我说，让你这么一说，她倒成鲜花了。

林朵说，你看看人家毛小兔，一个乡村小姑娘，往这么大个城市一放，像朵鲜花，绽放得生动、精彩、绚丽，把多少达官贵人、名人志士都比下去了，真让人惭愧啊！

我乐了：你今天怎么了，一个毛小兔让你发表这么多感慨。

她说，我是自愧不如啊！其实，毛小兔的故事很简单，事件经过前后不到二十分钟，难度也不大，就是举手之劳。但正是这个举手之劳，许多人却做不到，反倒成了冷漠的围观者，最终酿成了悲剧。毛小兔的可贵之处，就在于拒绝冷漠。

我说，真心话？发自肺腑的？

她反问，你说呢？

看来，每个人都有柔软的地方，我以前对林朵有偏见。

我说，你真让我刮目相看。这样吧，采访完，午饭我请了，黄辣丁和酒，你尽情享用。

她笑了，扬起手，与我手对手"啪"地击掌：一言为定。

我向她跷了个大拇指

快到芦花私房菜馆时，我和林朵傻眼了。虽然还不到中午营业时间，但餐馆门口彩球高悬，横幅高挂，热闹非凡，一派喜气洋洋的盛典场面。走近细看，二十多个员工穿着华丽的盛装，面带笑容，分成两排，站立于店门两侧。毛小兔身披绶带，英姿飒爽。漂亮的女老板长辫及腰，站在门口台阶下，笑脸让人如沐春风。看到我们，女老板老远就热情地上前来打招呼：林记者，欢迎光临！两侧的店员随之向我们献花、鼓掌。看我和林朵一脸莫名其妙的样子，女老板说，我们特意以这种方式欢迎媒体朋友们前来指导工作，我们餐馆能出一个助人为乐的好员工,也是我们的光荣啊。今天特意为媒体朋友们准备了饭菜,全部免单。你们宣传爱心、弘扬善事,我们有责任和义务支持你们。

我这才抬头看到店门上面的横幅:向我店"西都美丽妹毛小兔"学习,欢迎各大媒体朋友前来指导!

我与毛小兔的眼光碰撞在了一起,她小脸红红的,洋溢着羞涩的笑容。绶带上写着:西都美丽妹毛小兔。我向她跷了个大拇指,她还了我一个温柔的微笑。

我对长辫子说,你就是这儿的老板啊?

她笑笑说,对,我叫芦花。还请你们多多指导。

这个女老板绝非凡人,有着超乎常人的政治嗅觉和精明的广告眼光。

整个上午,毛小兔被多家媒体记者层层包围。采访进行得比较艰难,毛小兔面对媒体,一直红着小脸,始终硬着头皮接受采访,表现得过于紧张,额头和鼻尖上渗出了细密的汗珠,总是有一句没一句的。到了最后,她明显感到烦躁,最终以一句话收尾:我没啥说的,你们就别再问了。还有几个记者不死心,问了几个比较刁钻的问题,以显示自己不同于一般,结果毛小兔一个都没说上来,最后竟抹起了眼泪。

对毛小兔的初次采访结束了,我连夜赶稿,并写下了一段采访手记:

毛小兔的故事,让我们再次看到了这个社会对爱心的传递。她像一缕阳光,温暖并照亮了人们的心。毛小兔的故事很简单,但它蕴含的意义和价值却非同一般,它让我们懂得如何拒绝冷漠。她用善良、热情和勇敢,在这座城市留下了一个美丽的身影。

我怕污染了她

我和林朵的系列追踪风生水起,几乎每篇报道都会引来无数读者和网友的热评,编辑部的热线电话几乎被打爆。同时,我与芦花私房菜馆的女老板芦花几经接触,也成了朋友。我帮她做了一个两全其美的宣传策划,就是借助目前有关"西都美丽妹"的舆论火候,做一顿提升芦花私房菜馆知名度和美誉度的大餐。

第一,对"西都美丽妹"进行包装,通过后续报道,让这个品牌的含金量不断提升。与省文明委、团省委取得联系,组织毛小兔参加一些公益活动或社会活动,如参与一些媒体互动节目、组织毛小兔上医院看望被救助的老人等。

第二,由芦花私房菜馆出资三万元,对"西都美丽妹"进行奖励,并邀请媒体参加。

第三,将"西都美丽妹"的大使形象印在订餐卡上。因为订餐卡既是订餐需要,更是形象窗口。

第四,针对近期不断有客人要求与"西都美丽妹"合影的情况,可将其作为菜馆的一项特色服务尽快推出,以此吸引客源,提升品牌。有两点必须注意:一是毛小兔不能化妆。毛小兔就是毛小兔,必须做到"原汁原味",天然雕饰。二是毛小兔目前的岗位不能变,还做她的服务生。

芦花是聪明人，看了我的策划，大加赞赏，并要给我送红包，被我谢绝了。

策划实施得非常顺利，每一步实施都取得了"双丰收"，菜馆人气飙升，宾客盈门。令人意外的是，毛小兔不仅走进了电视台的"都市女孩"栏目，还成功晋级市文明委、团市委与媒体联手组织的"在阳光下·都市关爱大使"总决赛，从十大候选人中以绝对优势胜出，成为"都市关爱大使"。

毛小兔火了。她格外忙，各种应酬和约访不断。我几次约她，她不是在接受专访，就是在参加公益活动。我听得出她的无奈，这多少也让她感到煎熬和纠结。她不习惯抛头露面，也不善言辞，她就是她，一只在乡间田野里自由蹦跳的小兔子，一个进城打工的乡村女孩儿。

有天夜里我刚刚睡下，毛小兔给我打电话诉苦，说她刚从电视台录完节目回来，这些天她都快崩溃了。我说媒体不是单纯宣传你个人，而是在弘扬正义。她说，就指甲大点事情，一下宣传得天花乱坠，好像有多伟大似的，可我就是一凡人，再这样下去，芦老板会不高兴，我会丢掉工作的。我说，哪能呢，芦老板感谢你还来不及呢。

林朵这些天跟着我跑来跑去，也没少混吃混喝。每次总是把黄辣丁吃得一干二净，随身携带的苹果也被她尖利的牙齿咀嚼得支离破碎。芦花嘴角上翘，乐得不识南北，见我就说，川子，你和林记者可是我们的神啊，就是不知怎么感谢你们。我说，芦总客气了，都是应该的。芦花盯住我笑了，说，该不是看上我们的"美丽妹"了吧？

我说，惭愧啊芦总，我倒是想，可我不配啊。

芦花说，你堂堂大记者，才华横溢，还有什么配不配的。

我说，我是怕我污染了她，她太纯了。

芦花笑着说，她现在可是名人，又是"大使"，长那么可爱，你要是下手晚了，怕是要后悔的哦。

我说，我有一个更大胆的设想，想让她的梦想飞扬。

你小子别走歪门邪道

肥罗约我吃饭，我这才想起有多少天没见到他了。

肥罗的处境和近况，我间接知道一些。自从上次他为我和邓冲接风之后，我再没见过他。说实话，我懒得理他。

肥罗请我，据我分析，一是基于多年哥们儿关系，二是很多天不见了，三是又有事要我帮忙，四是想委婉向我道歉。

综合分析，第三种可能性较大。"日记门"事件的硝烟还未散尽，据林朵从刀疤脸那儿得到的信息，高利对此事虎视眈眈，有点不依不饶。肥罗为这事请我商议或帮忙，也是有可能的，但我更希望是第四种。那晚，刀疤脸和小婊子林朵煽风点火，一唱一和，滋事挑拨，场面几度失控，搞得大家很不愉快，也让我很难堪。肥罗借机摆酒道歉，也并不是没可能。

但不管是哪种可能，我都不能去，也不想去。为了毛小兔，我再也不想回到从前了。我想做一个全新的我，一个脱胎换骨的我，一个纯粹的我，一个有灵魂、有思想、有自由、有抱负的我。

肥罗的电话打了N个，我都说有紧急采访任务。肥罗不笨，知道我这是托词。我要的就是这种效果。让我意外的是，这次林朵并没有威胁我，如果她执意让我参加，我注定会动摇的。

晚上，我去了师姐家。她的新房依然温馨，她和外婆不停地给我递水果、开饮料，搞得我胃酸直流、冷气攻胸。师姐扔过一支"心"牌香烟说，看你个小样，吃块水果跟吃毒药似的。

我说，真要是毒药就好了。师姐张大了嘴巴说，你说什么？我意识到说漏了嘴：没啥，玩笑。

师姐说，你小子可别想什么歪门邪道，我认真看过你对"西都美丽妹"的追踪，很成功，社会反响不错，能看出来你小子下了狠功夫，思想也成熟多了。

我一兴奋，顺嘴告诉师姐说，我想好好包装毛小兔，让她在全国更大的舞台上亮相，帮她实现梦想。师姐说，你小子可别胡来，什么事都要有个度，做过了，会毁了人家。作为一个农村打工女孩，能走到这一步已经很不容易了，她现在的光环已经够了。

我不以为然，打岔说，对了，师姐，老唐最近又发疯了，动不动就处罚人，甚至敢把副总编叫进办公室骂他个狗血淋头。

师姐说，他那是权力和私欲膨胀。你一个小记者，管这么多事干什么？他的事，会有人操心。

晚上睡觉前，我给毛小兔发短信说：小兔子，我很忙，你很累，但都是为一个共同的目标，值！我们好好努力吧。过些天我会找你！

毛小兔回复说：哥，辛苦你了！你多保重身体，有空我找你！

有了这样的问候，我睡觉踏实。

出门前上了趟厕所，回来时，正好有手机短信发过来。我想，一定又是毛小兔参加完什么公益活动或录制完电视节目回来想跟我温柔几句，打开一看，是白脸刘干事发的一条荤段子：

先生发现妻子的手机上有一则陌生短信：赵兄托你帮我办点事。

某天晚上十点半，先生突然回家，一举将出轨的妻子和那个正在苟合的男人捉奸在床。

请问老公是如何知道妻子出轨的？

我回复：无聊。

他回复：我没那么无聊。功夫在诗外，你再仔细揣摩。

我抽了一根香烟，思索未果，回复他：请指教。

他回复：用谐音倒过来念，"十点半我帮你脱胸罩"。

我回复：无聊到家了。

他回复：提醒你一句，明天可是老周去世两个月的日子，但愿你别像他一样永远睡过去了。

我一惊，从床上坐了起来，急忙查日历，明天确实是 8 月 9 日。我回复他：你这孙子可真够狠的。

他回复：但愿你明天还醒着。晚安。

这孙子搞得我心里七上八下，一点睡意也没了。

我又拿出了那把玉树藏刀把玩起来。我在床头昏暗的灯光下正研究得入迷，师姐辛欣突然来电话问我，你小子没事吧？我说没事。她说，真的没事？我说真没事。她说，没事就好。我说，师姐，你深更半夜来电话，就问这事儿？她说，怎么，不行？我说，听你这话的意思，我好像非得有点什么事似的。师姐说，你小子好好安息吧。我感觉汗毛都竖了起来：安息？师姐平静地说，就是安心休息。

我心烦意乱，打开手提电脑想上网遛遛，林朵的电话又来了，开口就问，你还活着？

我说，拜托，你能不能吉利点儿，深更半夜的，瘆得慌。

她乐了，放肆地大笑：活着就好。

我说，看我活着，你是不是很郁闷啊？没事我挂了。

她说，别呀，睡不着，跟你聊聊。要不你过来陪我？

我说，林大记者，这都几点了，就省省心吧，让我清静清静。

她说，你不想知道明天会发生点什么吗？

我说，都是神马浮云，与我有屁关系。

她说，你可别不信，关系大了去了。

我说，不会又要发生什么离奇死亡案吧。

她说，这个真的可以有。

她听我半天不吭声，补充说，你只是个围观者，真正的主角是另一个男人。

我松了一口气说，你想嫁祸于谁？

她说，这个，杜亚苹会告诉你。

我感到恐惧正慢慢从骨头缝里往外渗，赶紧关了手机，看着屏幕最后一抹光亮在凄婉的关机音乐中消失。我下床打开一瓶啤酒，点了支香烟，想独自消磨夏夜这死一般的沉寂，可现代科技并没能阻挡鬼魂的神力，《两只蝴蝶》的手机铃声照常在午夜响起。我说过，庞哥这歌早已过时，我早就从手机中删除了，可身处另一个世界的杜亚苹偏偏喜欢，蝴蝶总是照样飞，声音仍然幽幽而深长。

她说，赵兄托你帮我办点事。

我立马愣了，问，杜姐，我听不明白。

她说，罪有应得，人算不如天算啊！

我说，你指的是谁？

那头已经没有了声音，手机恢复了黑屏。

午夜12点，月光很好，我将玉树藏刀拿到了出租屋外面的石桌上。藏刀柄尾嵌着的那颗珊瑚珠突然发出了异常光芒。刀柄处呈现出一轮圆月和一朵飘动的白云，一组197989的神秘数字开始闪现。

我研究了大半个晚上，最终的结论是，杜亚苹和林朵所暗指的人就是白脸刘干事。可白脸刘干事的出生年月日与那组神秘数字并不吻合，难道离奇惨案的主角另有其人？

刘干事"光荣献身"

第二天，我从林朵欢呼雀跃的声色中得知，白脸刘干事已经从人们的视线中离奇消失了。

白脸刘干事的死亡方式与前两人有点不同，他不是跳楼，也不像老周莫名死在床上，而是采用了极富传统色彩的古典式——悬梁自尽，做了吊死鬼。

死亡时间大约在8月9日午夜；死亡地点，社工会办公室。

令人费解的是，结束他最后一口气的竟是一条血红色的领带。这条领带曾在刘干事白嫩的脖子上招摇过几次，还残留着刘干事的汗味儿和体温。现在，它捆绑着它的主人一起"玩命"，显示出它对主人赴汤蹈火的高度忠诚和无私无畏的精神。

领带一头挂在木门上方的外角，另一头系在刘干事的脖子上。刘干事就这样在一个午夜为新闻事业光荣献身了。

《西都日报》社的办公室一般都装有两道门，外门统一安装的是铁门，内门都是木门。显然，白脸刘干事是进入办公室后，锁了铁门之后才玩的命。这一死法，将第二天上班的女同事吓得瘫在了地上。

这小子7月9日那天，和我在办公楼的楼梯上相遇，他下，我上，他拦住我，当时活蹦乱跳，吹着口哨，有点得意忘形；昨晚还意犹未尽地发短信警告我，别像老周一样睡过去醒不来。可这阵子他却永远地睡过去了，像一片盛夏饱含水分的绿叶转眼间成了秋天飘零的枯叶，开始腐烂。他手里握着的我的那些把柄也随风而去，不再复回了。我感到了一种不可言说的轻松。

老唐在人群中冰冷的眼神，让我猛然想起曾经的梦境。我在黑漆漆的乡间小路上流浪，那个无头男人赶着驴车走进了我的梦乡。他长在胸前的三角眼锋利无比，像要把我劈成两块儿似的。这样的梦境让人刻骨铭心，像严冬里的一簇腊梅给我慵懒而乏味的生活平添了无尽的乐趣和刺激。

师姐辛欣的尖叫发生在午夜。她的叫声依然性感和温暖，虽然是通过手机传递过来的。师姐告诉我，杜亚苹找她了，说向东出差外地，晚上她安顿外婆睡下，躺着看书，不想睡梦中被杜亚苹一把从床上拉了起来。这样的事发生在师姐身上，着实让我意外。我想，师姐一定是身体虚弱，产生了幻觉。我说，要不要我过去陪你？师姐说，还是算了吧，这大晚上的。我说，那你就放心睡吧，不会有事的。师姐惊魂未定，想了想说，川子，要不你还是过来吧。

这听起来让人浮想联翩，午夜陪伴一个性感美女，对方又是我垂涎已久的师姐，孤男寡女，天时、地利、人和，不去则已，去则顺理成章,水到渠成,真是老天有意。

这事要放给肥罗,一切都不是问题,但我不是肥罗,我不能乘人之危。我怕自己把持不住,会把事情弄大,没法跟单纯的毛小兔交代。

但师姐已答应让我陪她,我要不去,理由必须过硬。我撒谎自己晚饭时在小摊上吃坏了肚子,上吐下泻,有点不方便。

师姐一听,那就算了吧。

我说,那咋能行,我让邓冲过去陪你。

邓冲这小子对胡青很执著,不会对师姐动歪脑筋。听我说师姐受到了惊吓,立马就赶了过去。

一切都回归平静,就像午夜的街头。

我问师姐,杜亚苹没再找过你吧?

师姐说,找个鬼!她要敢再找我,我就拖她下水。

师姐这话让我毛骨悚然,撒尿的时候直打冷战。

相煎何太急

林朵的声音,在电话里像初秋跳跃的阳光,很灼热,也很清亮。

我说,是找我吃饭吧?

她扑哧一笑说,多天不吃荤,嘴馋了?

明显话里有话,我说,想我了吧?

她说,看你可怜,顺便给你播撒点爱心。

我说,太阳逆转了,黄鼠狼给鸡拜年了。

她说,你这臭毛病什么时候能改?别门缝里看人,把人一棍子打死。

我说,我是冷静分析,客观面对。走,蹦迪去。

她迟疑了一下,还真没看出来,你会蹦迪?

我说,去了就知道了。

她说，改天吧，今天就喝酒，哪儿也不想去。

我说，你还叫谁了？肥罗？瘦马？刀疤脸？

她说，你要想叫上他们，我也没意见。

我说，这几个王八蛋，我一个都不想见。

酒局就设在她家里。路过地摊时，我顺手买了半斤鸡手。以前她喊我吃饭，总要整上几个可口小菜，酒也不差。我就一蹭饭的，带张嘴就去了，反正是她请我。不说她那么心狠手辣，就凭我在她身上那么卖力，补补我，不但应该，而且必须。再说，她现在有房有车，而我还住在城中村破烂的出租屋里，开着"11号"环保车。跟她比，我就是穷光蛋。所以，只要她请吃请喝，不管在家还是下馆子，无论花钱多少，我就一铁公鸡。但后来，我开始怜悯她。看起来风光无限，住着高档的大房子，开着时尚的小车，可这都是她用青春换来的。她毕竟不是富婆，就一名普通记者，月薪不高，四千多点，扣除每月的三金之外，大部分都用在了零花上。年轻女人吃穿需要大笔开支，年轻且性感的单身女人，支出更大。所以有几次去她家吃饭，我不是提瓶白酒，就是整袋鸡手或猪蹄。她对我的这种变化，既不反对也没肯定。她对钱这东西好像不怎么敏感，也不像其他女人那么计较。

我们喝快酒。叮叮咣咣一阵碰杯，三下五除二，一瓶酒不到一小时就底儿朝天了。这种节奏没有任何人为的控制和计划，只因是多天没吃荤，"嘴馋了"，想早点与她上床；而她也与我一样，有着同样的渴望。说到底，是强烈的肉欲控制了喝酒的节奏。而这种欲望又是心照不宣的，它需要包装，或者需要一种氛围，喝酒过程中的醉话就是一种看似不经意实则精心设计的包装。

林朵的醉话直白而不失丰富。在她面前，我最多就是个听众。整个酒局，她向我透露了四个重要信息。而这四个信息，正是我一直苦苦期待或者探究的谜底。

一个是关于"日记门"事件的。林朵说，前几天她听刀疤脸向肥罗说过，高利已放弃投诉，正准备全力进军市政协，捞个政协委员的位子坐坐。因为高利明白,这是把"双刃剑",就是打赢了官司,他也光彩不到哪儿去。

我暗自松了口气,心里的石头终于落地了。

这也就是说,当初费尽一番周折精心策划的"日记门"事件,最终肥罗与高利只是打了个平手。

我说,还是刀疤脸高瞻远瞩,分析得透彻啊。到此,"我是西门庆"这个网名就此消失,结束使命。

第二个信息其实与第一个信息紧密相关,就是"日记门"的那颗"炸弹"(性爱日记)是谁炮制的?

我说,这还用问吗,当然是你的杰作。

林朵说,理论上是我炮制的,其实另有高人。

我一惊:怎么,留了一手?

她不出声地笑了:不怕一万,就怕万一嘛。

我说,你不会是为自己找了个替死鬼吧?

她跷起大拇指说,聪明!我要是不这样做,那就等于找死。

我说,谁会这么傻,而且这么有才呢?

她说,你就别问了,喝酒!这人已经永远闭嘴了。

我一拍脑袋说,刘干事?

她笑而不答,一双眼睛死盯住我。

《魔鬼辞典》说:人,一种动物,主要职责是消灭他的同类。这话好像就是专门为林朵量身总结的。

林朵说,这让我懂得了如何将一个人从单薄看到厚重,从侧面看到立体,从表面看到内心。

我说,我知道的不比刘干事少,你为什么没对我灭口呢?

她说,你不会对我构成威胁。

我说,关键是,我还算个好人,而他不是。

她从鼻孔里哼了一声说,你俩都不是什么好鸟儿,别五十步笑百步。

她透露的第三个信息，又与第二个信息紧密结合。

我问她，按我的预测，这次不应该轮到刘干事啊，他的出生年月日不吻合。

她反问，你以为他真的是个"八〇后"啊，其实他真正的出生年月日是一九七九年八月九日。

我如同拨云见日：他为什么要改真实年龄？

她说，没那么多为什么，反正他就是改了。

第四个信息又与白脸刘干事相关，就是杜亚苹死前身上有两个男人的精子，这里面到底有没有刘干事的事？

她说，人已经死了，就索性告诉你吧！反正我拿着你的把柄，也不怕你报案！你要敢胡来，就死翘翘，而且还得搭上你弟弟一块儿上路。

我说，你可别坏事做绝！老天不惩罚你，你的良心也不会安。

她笑了：凭良心，我比有些人要好得多，比方说高利、老唐、老周！我现在走到这一步，也是他们逼出来的。

我说，好像也不能全怪别人吧。对了，刘干事到底与杜亚苹有没有瓜葛？

她说，刘干事这人本质按说不坏，就是太势利，而且他知道得太多了。说到两个男人的精子，他和老唐都有份儿，你说有没有瓜葛？

又一个惊天秘密。公安机关点灯熬油几个月都没搞清，她却了然于心。

林朵在这个晚上还愤愤不平地告诉我，杜亚苹一直被这几个臭男人霸占着，与白脸刘干事和老唐、老周都有一腿。渐渐地，白脸刘干事为留后路，就从杜的私交圈里淡出。后来他又想占林朵的便宜，林朵当时就提了条件，上她可以，但必须设法灭了杜亚苹。白脸刘干事有点害怕，说他只杀过鸡，没杀过人，而且他对杜多少还是有感情的，下不了手。后来，林朵诱导白脸刘干事间接"杀人"，让他从网上购买了一种强制性软件，对杜亚苹的床笫生活通过电脑进行视频偷拍，并以此要挟，逼着杜亚苹跳楼。就在杜跳楼的那天晚上，她与刘干事经过精心策划和预谋，专门约她和杜、老周、老唐一起庆生。因为他们几个都是同一天生日，5月9日。

这是一个鸿门宴，可怜的杜亚苹却一点儿也不知道。

林朵的眼里流露着幽幽的冷意，轻描淡写地说，那天晚上，我是一直在暗中盯梢，她到了四楼后，我是亲眼看着她跳下去的。

我听得倒吸凉气。我突然明白，她为什么会在门板上刻九道刀痕，为什么总爱咀嚼苹果，而且非得九个，因为可怜的杜亚苹就是她的"苹果"。

霸王硬上弓

"圆梦行动"并没有因为高利一时进军政协而停滞。肥罗在"日记门"事件翻页之后，加快了"圆梦"进度。但他的"圆梦"策略和行动已完全变味儿，远远超出了既定目标，不仅怪异，而且荒唐，成了赤裸裸的"霸王硬上弓"。他在他的立言酒楼附近，搞到一个一百五十平方米的门面房，已安排人力着手装潢，为胡青"圆梦"积极做着各方面的准备。至于胡青怎么看、怎么想，在他看来都不重要。

肥罗耍赖，一副强盗相：我为什么要受制于《西都日报》，为什么要陪高利把游戏玩到底？我傻呀？

可我担心的是，这个游戏规则一旦被打破，"圆梦行动"将会成为泡沫。至于高利花高价投放的广告是不是打了水漂，只有老唐知道。

这些天，老唐像只贪婪的狗一直眼巴巴地盯着高利和肥罗，就希望两大富商"狗咬狗"，他好从中吃块肥肉。但眼下，老唐显然像只挨打的狗，很沮丧。

师姐辛欣却说，老唐是一只狼，不是狗。狗有根骨头就够了，老唐不行，给他根骨头，他还想要块肉，给他块肉，他还想要整只羊——永远不会知足。知道老唐的孩子是怎么上学的吗？我说不知道。师姐说，老唐如果不是一只贪婪的狼，他就供不起儿子上学。

师姐说，老唐养的不是儿子，是爹，是冤家。老唐这几年为儿子上学就花去了上百万。高中时，儿子看上了省重点中学西都中学，但考分不够，老唐花了十万块硬把人塞了进去。人进去了，但成绩跟不上，总挨老师训，刚三个月，儿子死活不念了，又看上了市重点中学铁一中。老唐没办法，又花了十多万让儿子如愿。老唐这儿子玩性大，玩电游可连续几天不回学校，也不参加考试，就是参加了，也不及格，老师三天两头找家长，说要开除他，老唐为此没少花冤枉钱。周末了，儿子不回家，老唐打电话询问，儿子说，那你开车来接我，我可不坐公交和地铁。

师姐说，更让老唐头疼的是儿子进校不久，学校发动学生家长给学校捐款，房地产老板的儿子才捐两千，老唐这儿子当着老师和全班同学的面说我爸是老板，我捐五万。老唐一听，肺都快气炸了。老唐铁了心，死不给钱。儿子说，我都跟老师和同学说了，我捐五万，还在捐款名册上签了名！你要是不给我这个面子，我以后还怎么混？老唐还是不答应。儿子就站在他面前几个小时一动不动，饭也不吃，水也不喝，一声也不吭，逼得老唐最后还是妥协了。还有，儿子看上了一条宠物狗，十七万。老唐吓一跳，好好的学不上，养什么狗？养也行，小区富太太买条小狗才七八千，你要十七万。儿子说，你要不买也行，那我就不上学了。老唐说，那就买五六万的。儿子就绝食，连续三天，老唐没招了，最终还是答应了儿子。狗买回来没几天，儿子又宁死要出国留学，为儿子留学，老唐又花了六十多万。儿子一出国，就得老唐和他老婆早晚遛狗 儿子每天都打越洋电话问，狗吃了没？老唐说吃了。儿子说，那你让狗叫几声。小狗一叫，那边就挂电话。爹妈怎么样，儿子从来不闻不问。

我说，师姐，你怎么了解这么多？师姐说，川子，你记住，要让一个人永远闭嘴，最好的办法就是先从他的背景入手。

希望像春天的嫩芽

日子像连发子弹,一点就过。转眼又到了周末。我想过个像样的周末,约毛小兔去看场电影。毛小兔回话说,哥,等这几天忙完了,我约你。对了,我们芦总说,她想请广告公司为我拍一组大型户外广告,立在我们酒店门前呢,你说我拍还是不拍?我说,拍,干吗不拍。过两天芦总有空了,我找她有事。我有一个大胆的设想,想与她合作。毛小兔说,什么大胆设想啊?我说,你就别问了,到时候就知道了。

第二天,我给芦花私房菜馆的芦总打电话,说有空一起坐坐,有事商量。芦总很爽快,让我晚上去她的馆子,她摆桌宴,边吃边谈。

"西都美丽妹"的宣传能量正热,芦花私房菜馆生意天天火爆,对毛小兔的品牌打造要趁热打铁。

一坐定,芦花就满面春风,连敬我三杯。她白净的小脸被几杯小酒滋润得透红,眼睛像两颗西瓜籽,黑亮有神。她将头微微伸过来说,邓记者,有啥大胆设想,说说看。

我说,芦总,你是个有胆有识的人,我相信,你我都有一个共同观点,在眼下商业味儿十足、竞争激烈的时代,广告的力量是不可小觑的。

芦花说,我深有感触。没有你们对"西都美丽妹"的宣传,我们菜馆的形象就提升不了,我们的生意就火不了。好的广告可以救活一个企业。好的广告,其实就是一个好的策划,或者叫金点子。

我说,芦总所言极是。现在是借时、借力、借势打造企业新形象的最佳时机,千万不能错过这么好的机遇。

她笑得很好看,说,你能不能别叫我芦总,听着别扭。

我说,这哪行啊,你现在可是西都有名的企业家了,我只是一个小记者。

芦花故作生气说，罚酒！咱俩可是朋友，什么企业家，以后就叫我芦花。

我说，好，既然芦总这么看得起我，这酒我认了！以后你就叫我川子吧，扯平了。

我们碰杯，见底，凝视。节奏都在可控之中。我们谈设想，论点子，时而沉思，时而开怀爽笑，希望像春天的嫩芽，思路如山涧的喷泉。

最终，我们达成了一致意见，由芦花提供赞助，请专业的网络营销策划公司对毛小兔进行策划和包装。

我说，炒作网络红人是有传播链条的，一般分三步走：第一步，进军论坛、社交网站、门户网站及微博。这一步在"西都美丽妹"的宣传中已有了相当的铺垫，但力度还不够，火力还不猛，要动用"五毛党"的力量进行维护。所谓维护，就是顶帖或转帖，不要让这个帖子沉下去，要使之保持在首页。"五毛党"的从业人员主要是在校学生、无业青年及一些白领等。按发帖数量和质量发钱，普通帖子的价钱一般都是每条五毛。第二步，传统媒体如报纸、电视的及时跟进也很关键，需要通过它们提高在社会上的知名度。最后，也就是第三步，赢得广告商的关注。

芦花听得发愣：川子，你懂得可真多！想不到这里面还有这么多的学问啊。

我说，其实我也是现学现卖。不过有一点需要特别提醒，炒作必须秘密进行，当作最高机密运作，一旦泄密，可能会造成负面影响，你的钱也就打了水漂。不过，一般的策划公司都会信守这个诺言，有自己的职业操守，不必担心。

芦花说，有你在，我这个小女子还担心什么，来，干杯！

我们确定了策划和包装的基调，在炒红毛小兔的同时，必须提升芦花私房菜馆的品牌含金量，也叫文化软实力。这是一个"两位一体"的战略思路，绝不能避重就轻，也不能完全割裂。

我说，我们还可以注册"西都美丽妹"系列商标，推出"西都美丽妹"牌新菜品。此外，还可以与当地政府合作，利用当地丰富的资源，积极开发苹果酱、土豆片、小米锅巴、荞麦醋等后续产品，让网络红人毛小兔做你的产品代言，带动整个产业和当地经济发展。

芦花黑亮有神的双眼这时多了几分柔情，盯着我看了半天说，川子，你可真是高人啊！听君一席话，如拨云见日，思路洞开啊！

我说，现在的人品位高了，吃的就是文化，文化的力量大了去了。

芦花一激动，说，我有个提议，咱俩一起干！你出点子，我出资金，我不会亏待你的。

芦花的美意和真诚确实很打动我，可我对自己的认识还算清醒，我这人也就是耍耍嘴皮子，真正干事却不成。万一弄出个坏点子，不但会毁了芦花，也会毁了自己。再说，我这次与芦花商谈目的很明确，就是全力帮助毛小兔飞得更高。

我说，你就别高抬我了，以后如果有合适的机会我会考虑的。

芦花听出我这是推托之词，就说，既然你不愿意，我也不能强求。这样吧，要不你当我的高级参谋，我会每月付给你工资。

我说，咱们是朋友，需要帮忙的时候，我会随时找上门的。

能拥抱时请别手牵手

"三步走"的思路确立之后,芦花就雷厉风行地将计划付诸行动了。不过,这期间我和芦花在个别问题上产生了一些分歧。我力主对毛小兔的炒作走"小清新路线",时尚而不张扬,清纯而不庸俗,必须与凤姐、芙蓉姐姐等炒作路线形成极大反差,从情感出发打动网络看客心中非常柔弱的一面,以产生共鸣,否则将会前功尽弃,而她则主张一定要走"性感路线"。

我和芦花的意见还没达成一致,毛小兔又跳出来了。她压根儿不接受所谓的炒作。无论是"性感路线"还是"小清新路线",概不接受。她甚至还耍起了小脾气,班也不上了。原因也很简单,她感觉自己成了我们手中摆布的玩物,做决定前没有征求她的意见。她认为自己只是一个山村出来的普通女孩儿,不想出风头,否则压力太大,吃不消。

策划的实施卡壳了。芦花火急火燎地找到我说,川子,帮我想想办法吧!咱俩有点分歧眼下都不重要了,就按你说的办。关键是我已经与合作方都签了合同,就这么放弃,且不说我们得交一笔违约金,主要是太可惜了!

我听得出她是真心想做事,就说,你别急,会有办法的。

晚上,我约毛小兔去看电影《致青春》。毛小兔看着,看着打起了轻微的鼾声,马尾辫也搭在我肩膀上,痒痒的。

我推醒她,拉她退场。我不好意思地说,小兔子,第一次约你看电影，没想到片子这么烂。

毛小兔说，哥，片子烂不是你的错，你的错在于，在不恰当的时间，领我看了不恰当的电影。

我拉她去了我的出租屋，打开刚买的一大堆零食和啤酒，边吃边上网，看她前几天做客市电视台"都市青春"栏目的节目。

我说，小兔子，你真了不起。

她笑得很甜：真的啊？可我总觉得自己太幼稚，什么也不会，什么也不懂。

我说，可你懂得做人，懂得感情，懂得真诚。

她说，哥，你别骗我，我知道自己几斤几两。

我说，哥就是骗自己，也不会骗你，你这么单纯、善良，我怎么忍心骗你。

毛小兔说，哥，我也想喝酒，给我来点。

我们就这样一起喝着啤酒，欣赏着窗外柔软的月光，畅想未来。一口杯啤酒下肚，她两腮泛红，面若桃花。我一把将她揽进怀里，将脸贴到她发烫的面颊上。我说，小兔子，你爱我吗？

她喃喃说，爱。

我说，那你说，哥会害你吗？

她一把从我怀里挣脱出来，愣愣地看着我说，哥，你是好人，你不会骗我，当然更不会害我。

我说，小兔子，你要记住，你就是哥最亲最亲的人！哥宁可牺牲自己，让天打雷轰，碎尸万段，也要保护你，好好爱你。

毛小兔一下扑进我怀里，滚烫的泪珠子掉进我的脖颈里。她说，哥，我知道你对我好。你不许咒自己，一定要好好活着！老天保佑，好人有好报，你不会有事的。我们还要好好过日子。

我说，人的一生，放在历史长河中也就是一眨眼的工夫。生得伟大，死得凄凉！能牵手的时候，请别肩并肩；能拥抱的时候，请别手牵手；能相爱的时候，请别说分开。

毛小兔没有说话，紧紧地抱住了我。

我说，小兔子，那你说，哥与芦总苦心策划的这件事是帮你呢还是害你呢？

她说，你们都是好心，可我只是个来自农村的打工女，没知识，没文化，你们这样推我，以后我咋面对家乡父老？

我说，知道我为什么分文不取，坚持说服芦总要搞这个策划吗？

她摇摇头。

我说，因为我知道，城里孩子找份工作不易，一个农村女孩子进城打工，要在城里站稳脚跟，更是难上加难。所以，我想帮你。

毛小兔抬起头看着我，泪流满面。我忙拿过纸巾帮她擦干眼泪。她说，哥，我都听你的。

帮我造人

林朵咀嚼着苹果，有点野蛮地一把将我推进她的卡罗拉。十几分钟后，我又成了她家的半个主人。好些天了，我和林朵都不远不近的，因为我把心交给了毛小兔。

我和林朵从熟识到上床，也就几个月，我与她之间狂热的岩浆已经喷发完，渐渐冷却。这样的尺度，最好不过。不冷不热，不紧不松。她不至于融化我，而我也不至于再被她挖坑。可最近她脑子严重进水，那根拴着我的绳越拉越紧。

她拉我来她家的目的，与以前没多大区别，喝酒，揭谜，上床。有点不同的是，这次她没有揭谜。

我说，你这样缠着我，是不是想要我的小命。

她说，小命倒不至于，我想造人。

一个离异的单身少妇要造人？我当她开玩笑，没有理会。完事后，她坐床头点了支香烟，郑重其事地说，邓川，你他妈必须跟我造出个人来。

我说，你是不是疯了，我可不想有人这么早就叫我爸爸。

她说，瞧你这德行，配做爸爸吗？你只管帮我造人，我对外界只说是我收养的。

我说，那也不行，我还想过我的日子呢。

她冷笑，你要是造不出人来，就别想过安稳日子。

我说，你还能造出人来吗？

她愣了一下说，能不能造出来，那要看你的本事了。

我说，你饶了我吧。

她冷笑道：饶了你，可谁又会饶过我呢？

我说，你还年轻，就不能好好找个人过日子吗？

她说，我已经伤不起了。

我说，为什么非得造人？

她说，为了保命。

我的心一下子紧缩了。没想到，林朵这样的魔鬼也怕死。

我说，阎王还怕你三分呢，谁敢要你的命？

她说，这样争来斗去，迟早会把自己搭进去的。我不想害人了，可别人不会放过我。现实就这么残酷。

我说，造个人就能保命？一派胡言。

她说，你可别不信。那天去送别白脸刘，看着一个奇丑无比的火化工将曾经与我们一起共事的人就那么简单地推进火化炉，人瞬间被火舌吞噬，化为乌有，我感觉一阵战栗。我造的孽太多了，我不想再这样下去了。

我说，你早该清醒了。不过，你能这样想，我很欣慰。

她说，事后，我问那个火化工，人怎样才能保全性命，阻止死神。他黑着脸告诉我，只有新生命的诞生，才能阻止死神。

我说，都什么年代了，还迷信这玩意儿。

她说，有些东西，科学是无法解释的。宁可信其有，不可信其无。

我说，那你还是另找别人吧！要不你找肥罗，或者刀疤脸也行，我没这本事。你跟我几个月来这么亲近，也没见造出个人来。

她突然变脸，从床上跳下来说，妈操你！老娘是那种谁想上就给上的人吗？

我知道她当初为高利打过几次胎，已经失去生育能力。我的话，揭开了她的伤疤。

我"嘘"了一声，让她冷静，就算帮你造出个人来，造的也是一个傻瓜，人家现在造人都讲究"封山育林"，滴酒不沾。

她冷眼看向我：我压根儿就没想着把他养大。

思路决定出路

深夜，我待在出租屋里看国产谍战片，手提电脑的键盘上落满了无数烟灰。《潜伏》《旗袍》《暗算》《风声》，我都看八遍了，台词都能倒背了。实在没什么可看，就又开始看横店拍的垃圾抗日剧。这些天街上搞游行，老百姓抵制日货，我也爱国，想收拾小日本，可手头没钱，也不出门，就在家看抗日剧，片子演得荡气回肠，有时我整夜不睡觉。

周末了，我想约苏胖子等几个旧日同学去逛夜店，打发一下无聊的时间，一打电话才知道，这帮昔日的死党抛下我，已经组团驾车跑去司马迁的故乡转悠了。电话那头，苏胖子一阵淫笑后回骂道，你小子妈的整天搞"本报讯"，忙着当你的大记者，还能想起老同学来？该不会是把哪个大姑娘的肚子搞大了，人家找你算账，找我们帮忙吧？

又是一阵淫荡的狂笑之后，苏胖子又说，那就过来吧，明天上午韩城会合。我说，你们他妈的都是人渣，没人性，等着老子改天再收拾你们这帮杂碎。

我整天躲着林朵，看见她我就心惊肉跳。电话、短信、微信、QQ

一概不理。有时候她会深更半夜打电话来，我不接，她却很执著，一遍又一遍，没完没了。实在没招，我就把手机调到静音。心情好的时候，我会接起电话，假装酒醉，一阵胡言乱语，让她摸不着北。甚至为了突出实效，一个人的时候，我就在出租屋里苦练醉话。实践证明，这招很灵，搞得她很郁闷，在电话里直骂娘。

对毛小兔的炒作进展很顺利，数万"五毛党"坚守一线，前仆后继，奋勇顶帖。仅几天，各大网络风起云涌，声势浩大。推手的力量不可小瞧，芦花私房菜馆的生意也随之火爆，顾客排起了长龙。芦花从外面雇了个擦鞋匠，专门给客人免费擦鞋。

我吃坏了肚子，跑进跑出的，夜里起来了好几趟。我上班制作精神产品，下班却吃着毒素食品。身处贫民窟，不闹腾肚子，就得闹腾肠胃，这没什么不正常。觉睡不安稳时，我就上网浏览毛小兔的消息——铺天盖地的。

毛小兔被各大网络炒熟了，芦花火急火燎地找到我，那双如"西瓜籽"般黑亮有神的双眼在我脸上扫来扫去。在她眼里，我就是诸葛亮，神通广大，甚至可以点石成金，化腐朽为神奇。

我说，思路决定出路，会有办法的。

她说，"西都美丽妹"的系列商标我已抢注了，当下最重要的是设法拉到广告商扩大影响，吸引当地政府合作，开发我们的系列产品。你人脉广，路子野，帮我想想办法。

我说，我只是个记者，我试试看。

我把几年积攒的人脉都动用了，有媒体的、工商的、企业的，凡是熟悉的朋友，该跑的跑了，该联系的都联系了，可一无所获。回复基本都出于一个理由，眼下经济不景气，要合作投资新项目，上下都很谨慎，得层层审查。国企、省企更是如此，一旦投资失误，要追究责任的。几个民企老总看在我的分上，答应可在适当时候让毛小兔做他们的产品形象代言人。但我知道，所谓"适当"，都是托词。

策划实施断了链子，这谁也没想到。都怪我当初设计得太过理想化了。芦花对此没抱怨我,相反,热情依旧,信心百倍。她反过来安慰我说,川子,车到山前必有路,柳暗花明又一村。

我苦笑:没错,事情都是螺旋式上升,波浪式前进。

你什么时候才能长大

高利来电话向我大倒苦水。通话几分钟,说的最多的就是肥罗。由于肥罗不按游戏规则出牌,中途撤出,让他白白搭进去三百万。他希望媒体能主持正义,对其加以谴责。

我回想起前些天林朵跟我说过这事,她也是听高利手下的刀疤脸说的。我当时对林朵说,这事以后别告诉我,与我一毛钱关系没有。

她说,你这人就是缺心眼儿,说重了就是脑残!你不是整天盼着让老唐滚蛋吗,这可是个绝好的机会。

我说,什么情况?

她说,罗董来了个中途退场,是有点小人做派,可谁能把他怎么样呢?他照样一根毛也伤不着。可高利就不一样了,他那三百万可是白花花的银子啊!就那么白白打了水漂,一点响声没有,他心里能舒服吗?

我说,那又怎样?当初有那么多实业家都参与了"圆梦行动",可他俩打起了内战,搞得乌烟瘴气,好多实业家只好纷纷撤出。现在肥罗又抽身走人了,怪谁呢,只能自作自受。再说了,高利走到这步,不正是你希望的吗?

她说,你什么时候才能长大?赌气有什么用?现在问题的关键是,得好好利用高利和罗董之间的矛盾,找到掀翻老唐的办法。

我说,难不成让老唐把那三百万再吐出来?可老唐只进不出,活脱脱一只貔貅。三百万毕竟不是个小数目,他能轻易将嘴里的肥肉再吐出来?我看只能是痴人说梦,到头连根毛也拔不了。

她说,你傻啊,钱吐不出来,人总得受点折磨吧?你想想,为这事，高利与罗董搞得你死我活，狼烟四起，为什么？不就是为了男人的一点面子或者尊严吗？可现在，高利不但没占到半点便宜，还搭进去几百万，他能咽下这口气吗？高利这人，虽然满身的毛病，但也不是一点优点没有。

我说，他这号人也有优点？

她说，别忘了，最了解男人的还是女人，何况他是我前夫。他的唯一优点就是，报复心很强。相信我，他不会为此罢休的。

我给她竖了个大拇指：知高利者，前妻也。

眼下高利打电话找我大倒苦水，我只能有意将问题全推到老唐身上，以引起他对老唐的严重不满。

我说，这事你应该找老唐啊！那三百万是他与你签的合同。他是一社之长，有着至高无上的绝对权力。别说区区三百万，就是三千万对他来说也不过是毛毛雨。再说了，三百万对高董您来说，还不是九牛一毛？让我看，凡事和为贵，您就消消气，大事化小，小事化了，风吹事过，权当什么事也没发生得了，何必动气呢。

高利经我这么一挑拨，明显生气了，这是钱的事吗？我高利是不缺钱，可我是个商人，经商是要讲究利润的，讲求效益的。三百万对我来说，填个牙缝都不够，但就是打了水漂总得听个响吧！他老唐这不明显拿我当猴耍吗？我高利不是白痴，更不是脑残。如果"圆梦行动"最终不了了之，他老唐必须给我个明确的交代。

我煽风点火，故意虚构说，高董，我只能抱歉地说，不是最终，而是现在已经不了了之了。听说，罗董那边已经紧锣密鼓，准备为胡青"圆梦"开业了。

高利说，既然罗董不讲道义，老唐又不讲诚信，那就走着瞧。

我想探探口气：高董，看来您已胸有成竹，一定有办法扭转这种被动局面。您不会像罗董一样，搞旁门左道吧？

高利冷笑，那就看我心情了。

你的眼睛出卖了你

师姐辛欣叫我吃饭，说她想吃黄辣丁。这事对我不难，给芦花打一个电话，一个小雅间就搞定了。可我想不通，师姐与林朵是两个完全不搭界的人，怎么会有同样的嗜好。

芦花菜馆今非昔比，网络炒作的魅力无处不在。从上午十点开始到晚上，总是顾客盈门，络绎不绝。而包间数量有限，没有特殊关系，要即时订包间几乎是不可能的，一般都必须提前，否则只能在大厅排队。

师姐坐在我对面，一身淡淡的芬芳，披肩的长发还残留着浴后的潮湿。显然，她是从游泳馆赶过来的。

黄辣丁的香气让人垂涎三尺。师姐先将黄辣丁指头点大的头部一口咬掉，然后细细咀嚼，再将它的身子从头到尾很有秩序地慢慢吃下，不留一丝骨头。这样的吃法和吃相，令我触目惊心。其间，芦花进来打过一次招呼，毛小兔为我们添了几次茶。看到师姐的吃相，毛小兔偷偷冲我吐了下舌头。

等毛小兔退出包间，师姐突然停止咀嚼，眼睛直直地盯住我问，她就是毛小兔吧？我说是。师姐说，你会害了她的，她的眼睛太过纯净，容不得名利的污染。我低头不语。

一阵风卷残云之后，师姐提议喝酒。师姐选择当地人最为推崇的西凤六年酒，酒精度虽高，但绵软醇厚，回味无穷，价也适中。我看着师姐将一口杯白酒干尽，自己只喝下一小口，感到无地自容，顿感嗓子眼冒烟，火辣穿肠。

师姐的脸上流露出一种神秘的兴奋和捉摸不定的严肃，我想她肯定有事要谈。果然，师姐点了支"心"牌香烟说，老唐上午紧急召集相关人马，又开始商议"圆梦行动"的具体进展和下一步对策。

我说，看来，高利那边有行动了，老唐坐不住了。

师姐说，老唐对"圆梦行动"的进展和效果十分不满，并大张旗鼓地进行了公开批评，他归结为"三个不作为"。第一，以老周为首的原领导班子不作为，失去了对"圆梦行动"的组织领导和协调，活动一盘散沙，口径不一，各弹各的琴，各唱各的调，致使进展缓慢，收效甚微，甚至可以说，负面效果大于正面效果，并且负能量还在不断显现，让堂堂报社陷入尴尬的境地，已远远失去了活动的意义。第二，个别投机钻营的赞助商不作为，将"圆梦行动"作为满足自己私欲或肉欲的平台，不按常规出牌，扰乱了正常的宣传秩序，完全失去了企业家的道德底线，猪狗不如，致使活动举步维艰、雪上加霜。第三，参与"圆梦行动"的采编人员不作为，在中间煽风点火，左右逢源，甚至不惜穿针引线，说假话、拿好处，完全失去了一个媒体人应有的职业操守，使活动人为陷入了被动局面。

我听得心惊肉跳。

师姐又将一口杯白酒喝下，聚精会神地看着我说，川子，对此你怎么看？

我说，这第三个不作为，显然是胡说八道，无中生有。再说，"圆梦行动"还没启动，老周就已神秘死亡。老唐显然是在推卸责任，以便出了问题好把自己撇干净。依我看，他是在说他自己。这其中必有蹊跷。

师姐说，这只是老唐采取的第一招，叫转移视线。他是迫于高利的压力，想通过在大会上公开否定前阶段的工作好让自己下台阶，并将视线悄悄转移到已经死去的老周身上，嫁祸于人。

我说，那第二招呢？师姐说，第二招叫赔礼道歉。有了第一招做舆论支撑，他再向高利登门道歉，足以缓和他与高利之间的矛盾。高利也不可能把事做绝，媒体与商家其实就是一个利益共同体，得罪了媒体，他以后的日子也不好过。

我说，感觉老唐这两招也不怎么高明啊。

师姐说，你低估了老唐！他最阴险的是第三招，叫寻找替罪羊。

他让我牵头重新做"圆梦行动"的选题策划,搞好了皆大欢喜,搞不好,他尽可将责任强加在我们头上,替他受过,再借此打压我们。

师姐分析形势切中要害,有理有据,入木三分。师姐说,川子,我们现在很被动,"圆梦行动"要是做砸了,我们师徒俩怕是连饭碗都没了。

我说,你是美女加名人,又是形象大使,凭你的才华,可谓"此处不留爷,自有留爷处"。我就惨了,人生最悲摧的事情莫过于你在长江头,我在长江尾,你在城南,我在城北。

师姐盯住我说,你少贫嘴,我想问你,你在"圆梦"过程中到底做没做过什么不干净的事?

我心里直打鼓,赶紧给师姐又斟满一杯酒。师姐一定是在试探我,我相信肥罗不会出卖我。我说,我没有煽风点火,没有穿针引线,也没说假话,拿好处。

师姐说,你看着我的眼睛,再重复一遍。

师姐的眼睛明亮清澈,像装着一汪圣水,我不敢看。师姐又说,你抬起头来看着我。

我结巴了。师姐说,不是谁出卖了你,是你的眼睛出卖了你。你先后拿过三次好处费:两次是对化工厂爆炸报道"淡化处理"的——一笔是罗董给的,另一笔是化工厂宣传部马部长给的;还有一次也与"圆梦行动"直接相关,是罗董给的一张卡,对吧?

我吃了一惊。师姐说,要想人不知,除非己莫为。你们一起与谁吃的饭,在哪儿商议过什么,如何实施"网络炸弹",这我都知道。我曾经多次告诫过你,千万不要走歪,尽心做好你的报道,可是你让我很失望。

我的第一反应是,我们中间出了内鬼。内鬼是谁,师姐没说,师姐只让我想清后果,把好处费尽快退回去。否则,后果很严重。师姐还说,你如果不思悔改,你那个毛小兔迟早会跑掉。

我说,师姐,我确实对不起你,让你蒙羞!可我现在没钱还他们，上月我父亲手术，钱都扔进医院了。

师姐说，邓川，你醒醒吧！我实话告诉你，上午老唐召集开会就是针对你我的，只是看我的面子没点名罢了，并不是空穴来风。如果你还存有侥幸心理，你就等死吧。下一步"圆梦行动"能不能做好，老唐的潜台词就是看我俩的了。一旦做砸，我大不了卷铺盖走人，可他要是拿你说事，你就等着坐牢吧。虽说老唐手里现在还没有证据，但这只不过是迟早的事。

我眼泪哗哗，哭着说，师姐，我实在无路可走了。

人生岔路口

八月的西都，阳光灼热，空气浮躁，车流滚滚，尘土飞扬。我在街头买了瓶冷饮，来舒缓汗腺旺盛的工作强度。

肥罗没有出卖我，这我当面验证过。

好多天躲着肥罗，再去找他，我心里突然有点怯。但我必须去，把屁股擦干净。师姐说得对，一个人没有勇气为自己负责，将会败得一塌糊涂。

地点依旧是肥罗驻扎的立言巢穴，这是他的王国。中央空调让宽敞的大厅清爽宜人，弧形凉台阳光充足，透明的落地窗释放着夏日的奢华，我居高临下，未央大街来来往往的车流和人海尽收眼底。肥罗独坐在凉台的圈椅里，品尝着功夫茶。

肥罗见我，很是亲热地给我一拳说，妈的你小子总算露面了！说吧，啥事，只要我能办到。他将圈椅让给我，沏上茶，扔过一支中华烟。

我吸了口烟说，这事简单，你绝对能办到。我走到了人生的岔路口上了，很关键，希望你能帮我一把。

他咧着大嘴憨笑说，妈的少卖关子，有屁就放，我可没有心灵鸡汤给你喝。

我说，那两笔好处费，我迟早会还你的。

他假装没听明白：什么意思？

我说，啥意思都没有，就是想活个自在。

跟他闲聊了一会儿，走时，我打了张借条，递给肥罗说，这钱算我借你的，你留着。

他拿过纸条看也没看，两下就撕了：你要跟我玩这个，咱俩就拜拜。

我说，为这事，我忐忑不安，噩梦缠眠，想死的心都有了。一句话，我想弃暗投明，不想让人抓我把柄。你是我哥们儿，我想你最能理解我。你这个时候不帮我，我就完了。

他脖子一拧说，理解个屁呀！你小子他妈就没把我当朋友！还弃暗投明呢，你咋不说重新做人啊？我在你眼里就是一恶霸、人渣、地痞流氓，还不如一团臭狗屎？咋地，想在我跟前装清高，怕我玷污了你的清白？

我说，这可是你说的，我只想清白做人，旁门左道我不想走，否则下场会很难看。知道吗，老唐已经盯上我了，怀疑我拿了你的好处费，正四处取证呢。

他将抽了几口的中华烟在烟灰缸里捻灭。他取证？取他娘个头，老子不买他的账！天知地知，你知我知，你还操他娘个什么心！他又点了支烟说，什么叫朋友，朋友就是形影相随，一个离不开一个，关键时候出卖朋友，那还是人吗，猪狗不如。行了，这事到此为止，你小子再提，小心我翻脸。

肥罗的话，我不能随便苟同。我认为，真正的朋友应该是：共同经历过风雨和磨难，在寂寞的时候能为我分担忧愁，付出之后，不求回报，就算别人遗忘，仍然念旧。

我说，朋友归朋友，一码是一码。我想告诉你的是，由于你中间退出"圆梦行动"，打乱了游戏规则，惹怒了高利，让老唐没法收场，老唐这才胡乱找事呢，你可要多个心眼儿。

他仰头大笑：笑话！我罗某人岂是吓大的！高利算个什么东西，他不配做我的对手。我退出，那是给他面子。至于老唐，他能把老子咋的？他有气，也只能往肚子里咽。

我们来生见

走出肥罗的王国,我马不停蹄地又找到瘦马。聊了半天,临走时给他打了张借条。瘦马死活不收,以为我要跟他翻脸,从抽屉取出一个鼓鼓囊囊的信封说,这两万元你拿着,买点补品用吧,我知道干你们这行辛苦,点灯熬油,不容易。我说,马部长,你误会我了,我是想洗心革面,活个自在,请你理解。过去的事,我什么也不知道。

我向他告辞,正要出门,他一把拉住我说,兄弟,你等下。他掀掀眼镜,给肥罗打了个电话。肥罗在电话里大骂,邓川这小子,就是神经病、一根筋,你别理他。瘦马压了电话,笑着将借条撕碎,扔进了纸篓里:兄弟,这事我也从来不知道。

一个人想要堕落很容易,清白太难。

我在无奈中找到芦花,想请她帮忙借点钱。可见到芦花后,我却张不开口。芦花虽为普通女子,骨子里却有着不同凡人的梦想,像一团火,特别能感染人。见到我,她扑闪着黑亮有神的大眼睛,大谈下一步拓宽服务渠道和打造支柱产业的设想,谈了半天,话题又转了回来,感叹资金不足。

我就像一只趴在玻璃上的苍蝇,前途光明,没有出路。

西都的夏夜,浮躁而喧哗。我孤独无望,出没在街头。午夜时分,我拎着一扎啤酒,颠三倒四地出现在北二环立交桥。在这座城市,我至少还有邓冲。可他救不了我,拯救我的人,只有我自己。这个时候,邓冲也许正在值勤巡逻,他有着执著的信念和美好的向往,而我，一切都没有了。

　　这些天，我没有跟毛小兔联系。不是我不想她，而是我越来越觉得自己没有资格爱她。夜深人静时，我一次次拷问自己，我还是以前的那个我吗？我知道，原来的那个单纯、上进、有理想、有抱负的我早已经死了，我已经变得面目全非，变得势利、自私，甚至还有些冷漠。我感到自己很无耻、很恶心，就像一堆臭狗屎，走到哪儿都遭人嫌。而毛小兔是一株幽兰，跟她在一起，我是牛粪，她是鲜花。

　　我这种人不配有爱情，即使有，最终也摆脱不了悲摧的下场，受伤的只能是我爱的人。至于肥罗、林朵、瘦马、刀疤脸、白脸刘干事是不是就配有爱情，我不懂。我只知道，毛小兔跟我在一起，不会有未来。

　　我期待一场暴雨，能将我从外到里浇透。二环立交桥在夜色中飘摇，脚下的车灯像流动的河流，汹涌澎湃。我的心在下沉。

　　我突然想到了死，想一了百了。一切烦恼、痛苦，一切爱情、亲情、友情，都会随着八月的尘埃，在这个夜晚消失殆尽。我想起了师姐，她是我的业务导师，更是我的心灵鸡汤，我崇拜她，服从她，跟随她。我在她面前，她永远都是正确的，纵然她的话是错的，我也不会提出任何异议，只会拿出百分百的执行力。她像一把火炬，不断引导着我。这并不代表我没有主见，没有独立的思考，而是因为我喜欢她，膜拜她。我不想、也没有理由给她留下任何不好的印象。作为她的小徒，我不能给她抹黑，我想尽快把事情处理干净。

　　可我没有这个自我修复的能力。别人有背景，而我只有背影。在这座城市，这个初秋的夜晚，这个时刻，这座桥上，酒后的我，并没有感觉到死的可怕。死亡，似乎意味着重生，就像凤凰涅槃。

　　也许，这是最好的结局。这样我还可为自己在生命终结时，留下一点可怜的尊严。

　　我想起了一首诗，这首诗在夜深人静时我不止一次朗诵过，叫《北二环立交桥》。作者第广龙，他这样写道：

看到一座身躯庞大的立交桥，被现代化的子宫临盆

　　我竟然闻到了立交桥的气息、体味，我竟然看到了立交桥的骨骼、血肉

　　我竟然觉得这座立交桥是有生命的，是活的，有呼吸，有心跳，有汗腺，甚至还有性腺

　　是的，这座立交桥，就是一头巨兽

　　毕竟，这是一个标志，毕竟，这是一座前所未有的立交桥

　　通向四个方向的道路，敞开的胸怀，来者不拒，去者不留

　　每一个白天和夜晚，这座桥都姿势不改

　　没有入睡，也不会失眠，任何时候都是苏醒的

　　任何时候，都准备接纳，都坦然接受碾轧

　　……

　　我心如刀割，泪流满面，张开双臂，义无反顾，绝望地喊着毛小兔的名字，说声"我们来生见"，纵身"入河"，投入二环车流的怀抱。

　　一觉醒来是白天，我躺在医院里打点滴，拧过头来，看见师姐辛欣守候在我的床前。

　　进报社这几年，师姐没少为我操心。在她眼里，我就是她至亲的小弟。逢年过节，我都是去她家改善生活；工作上遇到烦心事，她总是帮我解决，开导我；出差外地，回来总忘不了送我礼物。我刚参加工作那年春节，全国大部分地区遭遇雪灾，我没回成老家，师姐将我从出租屋接到她家，与外婆一起过年，还给了我一个红包。师姐在我心里，就是一个知心姐姐。

　　师姐看我醒了，像不认识似的开玩笑说，邓川，你行啊，成新闻人物了，《都市快报》《商报》《早报》抢着上你的英雄事迹呢。

　　我说，我知道自己做了傻事，师姐！我已经是死过一次的人了，

他们要上就上吧。

师姐愤愤地说，你是死猪不怕开水烫啊！告诉你，你想出这个名，我还不想呢。

我说，师姐，我对不住你，没脸见你！你消消气，我只是想一了百了，解脱自己！是我想简单了，人生不经历风雨，怎能见彩虹呢！是我太幼稚、太懦弱了！

师姐将一张《西都日报》扔给我：你自己看吧。六版"本埠新闻"中一条简讯，直入我的视觉神经：

一男子纵身跳下北二环立交桥奇迹生还

本报讯　记者沙皮报道：8月17日凌晨1时17分，在本市北二环立交桥，多车发生追尾交通事故。随后驶来一辆失控的大货车。为了避让大货车，一名饮酒过度的年轻男子翻越护栏，从立交桥上纵身跳下，竟然奇迹生还。

接警后，当地消防大队立即出动三辆执勤车以及十一名消防官兵火速赶往现场施救，成功将坠桥男子救出。经过现场简单医护后，男子被紧急送往医院进行救治。据主治医生透露，该男子伤势并不严重。

轻描淡写，没有点名，没上图片。我知道，这都归功于师姐。

我把手伸过去，与师姐的手握在了一起。我眼眶温热，泪水奔涌而出。我说，师姐，谢谢你！

师姐说，是你命大，一个人真要死，神都拦不住！多亏消防大队的一个朋友从你身上搜到记者证，给我打电话，我才急忙赶到了事发现场。

我说，师姐，我真的太蠢了，求你原谅！我一定痛改前非，重新做人。

师姐说，好了，别多想了，也用不着为欠几笔好处费而白白搭上一条命，办法一定会有的。

我说，师姐，我一定珍惜生活，努力工作，以后我全听你的。

师姐说，有两件事本不想对你说，可我还是忍不住。我想，告诉你也不是什么坏事，也许有利于缓解你的心理压力。

师姐说：一是胡青。她是我安插到罗董身边的卧底，罗董那边所有的情况我都是通过她知道的。你不要怪她。二是老唐。我利用婚假秘密调查了老唐贪污受贿的问题，目前已水落石出。高利通过老唐为"圆梦行动"投放的三百万元广告费，高利集团财务部门有支出记录，可咱们报社广告部及财务部却没有进账记录。我觉得这事很蹊跷，经过一番周折找到银行的同学，查清了缘由。原来高利集团将钱全部打入了老唐提供的另一个账号。为查清这个账号，我通过税务局的朋友查出了问题。原来，那个账号是一家民营投资公司的，老唐将这笔广告费窃为己有，去炒黄金，没想受骗上当，黄金没捞着，钱却打水漂了。

我听得目瞪口呆。

师姐说，也用不着这么吃惊吧！目前扳倒老唐的关键，就是将这个秘密烂到肚子里。否则，我们就前功尽弃了。

我说，只要能扳倒老唐，你让我干什么都行。

师姐说，老唐是被他那个不争气的儿子害的。为儿子，老唐背了不少债，他想通过炒黄金大赚一把，没想到全砸了进去。

我说，那我们下一步该怎么办？

师姐眼里露出一股冷光：不该问的别问，老唐的时代该结束了。

"天堂"游戏

西都的初秋，所有的白天都千篇一律，进入午后，闷热、烘烤的高温总是死皮赖脸地纠缠着你，"秋老虎"余威不减，让人烦躁、郁闷、不安，甚至窒息。知了叫得空前绝后，大街小巷行人很少，人们都尽量把自己固定在房子里或树荫下。

我想去看看邓冲，好几次梦见他一脸严肃地提醒我：哥，这世道坑蒙拐骗，人心叵测，你可要当心啊。我不知道这是一种暗示，还是邓冲想我了。

我来到邓冲的出租屋门前，弯曲着两根指头敲门，没人应声，但屋里有动静，而且动静不小。门关着，但并没上锁。我推门而入，一对裸体在床上直晃悠，吓我一跳，是杂碎邓冲和胡青。面对我这个不速之客，他俩显得异常从容，倒是我有点手足无措。我断定，他们绝对是"惯偷"，并非初犯。没有久经"沙场"，是不会练就得如此镇定自若的。

我在尴尬中进退两难，最后还是狠狠地甩门走了。

屋外，知了叫得心烦意乱。

对于他们的不轨行为，我不想发表任何言论。邓冲正处于荷尔蒙分泌旺盛期，整天游荡于大街小巷，他需要女人阴柔的抚爱，一展雄性风采。而这个女人也同样需要邓冲的滋润，来证明她极度空虚的魅力。也许，这仅是动物性成分的临时绽放，抑或极度空虚的结果。我想起了林朵，可我不能再找她交欢。我一路游荡，回到了办公室。

我在"天堂"游戏的自由王国里，生死鏖战，尽情畅游。

可我心情不好，头昏脑涨，闯关败得一塌糊涂。午夜时分，我关了电脑想回出租屋去，刚到楼下的场院，《两只蝴蝶》的铃声又开始响起，是地狱的来电。

我还没有开口，她说，你是个有良知的人，能帮我办一件事吗？你帮我的同时，其实也是在帮你自己。

她的话让我犯晕，我说，杜姐请讲。

她说，在我回天堂之前，有桩心事必须了结。否则，我的灵魂将永远无法进入天堂。

我点了支香烟放松情绪，说，我怎么帮你。

她说，你看着我。

我说，你在哪儿？

她说，其实，我一直都在你身后，就差你一个转身。

我后背顿时冷风飕飕，脑袋旋转了一圈并没找到人。场院里很昏暗，停着几十台车。这时，我身后一辆车的车灯闪烁了两下。她穿一身白色连衣裙，从车上款款地飘了下来。这是一辆尾号为0909的奥迪车，正是社长老周以前的专用车。

我说，杜姐，你看起来一点也不害怕。说吧，让我怎么帮你！

她说，我只求你帮我找回他们偷拍我的视频资料，那里面有我的全部秘密。林朵将资料拷在一个硬盘里了，藏在北郊城运村一个废弃的水泥厂九层水塔上。

我就此断定，杜亚苹说的资料一定就是逼她跳楼的性爱视频。我说，你为什么不自己去取？

她说，林朵请阴阳先生在资料盒上画了张符，我没法接近。

我说，我答应你！具体怎么操作？

她说，二十一天后的午夜，我在废弃的水泥厂门口等你。

还没等我回话，她便消失在夜幕里了。远处飘来一缕暗香，还能听到狗吠声。

我借着郊外的月光，骑上破车，按照杜亚苹提供的线索，跑了趟城运村废弃的水泥厂。我远远看到，那里确实矗立着一个灰色的水塔，在月光下显得古旧而败落。

毛小兔是个好姑娘

胡青约我吃饭，说地方都订好了。我言语冷淡，一边手拿苍蝇拍在出租屋里追打着蚊子，一边问她是不是有事要谈。她说，就是坐坐。这显然是醉翁之意。我说，算了，我很忙，饭我就不吃了。她急了，说，川哥，是想给你说说我和邓冲的事。

她第一次这么着急、主动地约我，况且她与邓冲缠绵到了亲密无间的地步，想想还是答应算了。我说，那就叫上邓冲吧。

她和邓冲的事，已成了我的心病。夜里躺在床上的时候，总觉得心里不踏实，只要闭上眼睛，邓冲和胡青在床上的那一幕总在我眼前挥之不去。我担心，邓冲的腿迟早会被肥罗卸掉。

地点是北二环附近的一家川菜馆，很僻静，店内也很干净。就我们三个人，坐包间里，里面有空调。时间是中午，多云，不见转晴。

邓冲依旧壮实，精神头很足。胡青比以前漂亮了不少，不再浓妆艳抹，而是穿戴简洁清爽，有点小清新的味道。我不知道这是肥罗的杰作，还是邓冲的功劳。

喝着啤酒，就着小菜，胡青和邓冲不说话，一直用眼睛在我脸上扫来扫去。

我说，有事就说，别瞎耽误工夫。

胡青笑了笑说，川哥，其实也没啥事，就是想请你坐坐！你为我们俩这事，也操心不少。

邓冲也顺嘴应和说，是啊，哥，好久没一起坐了。

我说，你俩的事我不想掺和，你们自己掌握吧。

胡青说，川哥，这你放心，我们的事我们自己会处理好的。

我点了支烟说，你们有啥打算？

胡青说，我不想参与什么"圆梦行动"了，我的梦想我自己圆！我就是我，不想让别人左右我。还有，我准备向罗董摊牌，搬出去与邓冲住，这样也可以节省不少费用。

邓冲补充说，我们准备重新找份工作。西都这么大，只要肯吃苦，哪里找不上活儿干啊。

我说，看来你们是经过深思熟虑的。可你们别把事情想简单了，肥罗可不是好惹的主儿，一旦翻脸，六亲不认。

邓冲说，哥，眼下只能这样了。你就放心吧，我们不会给你添麻烦。

胡青说，罗董那儿我一天都不想待了，他就是想控制我，把我变成个活死人。他虽然已经安排人给我装修门面，让我当老板，但我从来没答应过他。

邓冲问我,哥,你还有啥子交代的?

他俩话都说这份儿上了,我还能说什么。再说,向肥罗公开摊牌,合情合理,是个好办法,也省得小婊子林朵整天老拿这事找茬。我说,我没意见。

临分手时,胡青将我拉到一边,吞吞吐吐,欲言又止。我说,有话就说。她说,就是想告诉你,毛小兔是个好姑娘。

小女人的魅力

胡青扔给我这句话,一溜烟转身跑了。她跑得干净,却将我搞成了丈二和尚。回来时,我挤在公交车上,一直在想这句话,差点坐过了站。

傻子都明白,这话是胡青有意扔给我的。但胡青与这句话的主人公毛小兔是什么关系?她到底什么用意?

我发短信给毛小兔,让她有空回电话。毛小兔很快就打过来说,哥,我说过,我有个姐也在西都打工。其实,她早知道你,可就是不肯让你知道我和她的关系。

我突然想起有天晚上一起喝酒,与肥罗等人玩"梦幻金花"游戏时,胡青主动替我代酒的情景。

我说,不对啊,胡青说她妹在乡下舅舅家,还上学呢。

毛小兔笑得爽朗:哥,她骗你的。

我云里雾里,问,那你俩怎么一个姓胡,一个姓毛?

她说,我家姓胡,我舅姓毛,我舅家没孩子,家里把我过继给我舅了,我就跟我舅姓了。

我说,那你从小就生活在你舅家?

她说,对呀。我舅一家对我可好了。

我说,那你不上学,怎么跑省城打工来了?

她说，我舅家穷，供不起我上学，就出来了。

我一拳砸桌，吼道，骗子，看我怎么收拾她。

我的举动，吓到了毛小兔，她急忙安慰我说，哥，我姐她没恶意，就别生她气了，我替她向你道歉行不。

我咬了半天牙说，你提醒她，尽快远离肥罗，否则哭都没泪。

夜里，我给邓冲打电话，问他与胡青的事怎么样了。邓冲说，胡青正准备给罗董摊牌呢。我说，一定要掌握火候，把握分寸，讲究策略，不能硬来。邓冲说，这个我们心里有底，哥你放心好了。

可事实证明，我的担心并不是多余的。我左眼跳得有点收不住。

"圆梦行动"又要发起新一轮的舆论攻势。第二天上午，我从师姐辛欣手里拿到了最新的选题策划。

师姐说，这是唐领导在你那套策划的基础上亲自圈定的选题，具体怎么做就看你了。

我正想顺嘴骂老唐几句，师姐"嘘"了一声，小声说，隔墙有耳，注意言行，隔壁那小子是老唐安插的探子，眼睛整天滴溜溜乱转，正愁搜集不到情报呢。

我低声骂道，这狗日的，够阴险的。

师姐说，他这几天脸都发青了，见谁训谁，有点狗急跳墙，别打草惊蛇。

芦花来电话，话里话外透露着喜悦，说她做成了一笔生意，叫我晚上一起庆祝，还特意提醒，毛小兔也参加，让我别忘了。

这是个光彩照人的女人，黑亮有神的"西瓜籽"双眼永远散发着无法抵挡的智慧和光芒，言谈举止间，总能触动男人心灵深处最柔软的地方，尽显小女人的魅力。

我有些纠结，不知道去还是不去。纠结的关键在毛小兔。从我纵身跳入二环路那天起，已有多天没见她，偶尔发个短信，也只是问候，电话也没打几个，倒是她主动打电话问这问那，不停地关心我。

昨天毛小兔还在电话里问我，哥，是不是工作太忙了，怎么也不约我出去转转？我想跟你上德福巷喝咖啡，我还没尝过咖啡是什么味儿呢。

我开玩笑说，你现在可是网络红人，走哪儿都有狗仔队跟着，一举一动都会成为网络和报纸的八卦新闻，你就不怕弄出个绯闻，让别人当话柄，嚼舌根？

她顿了一下说，那咋办，反正我就是想见你，感觉有好长时间都没见过你了，你长啥模样都快忘了。

我一时无语。我这人浪荡成性，一事无成，前途迷茫，四处碰壁，还欠了一屁股债。爱她，又不能给她幸福和未来！为什么还要死缠住她不放？长痛不如短痛！如果有来生，我下辈子一定做个好人，做她的新郎，给她一个幸福的港湾。

我正纠结，芦花又来电话说，你这人怎么这么磨叽，像不像个男人！三请诸葛亮都请来了，请你这大记者就这么难？

我说，芦总，你别骂我，我去。

芦花在那头笑着说，你这人就是欠抽。

地方是芦花订的，在北郊有名的唐朝大酒店。说好6点见面，我5点40就到了。进了观光电梯，我按了三楼，可电梯一口气将我带到了九楼。我感到脑子里"嗡"的一声响，这家酒店我们常来，最高不过六楼，怎么突然冒出个九楼呢？我想一定是我刚才进电梯时接苏胖子电话按错了层数，于是重新按了三楼。可电梯到了三楼仍在下降，根本没有想停的意思，一直把我送到了地下三层。地下三层是车库，地下二层和地下一层是商场。平时的几台观光电梯人满为患，扎堆排队，可今天却冷清得吓人。我重按三楼，电梯又一次将我送到了九楼。就在我被来回折腾时，芦花打电话来，问我怎么还没到。我说快了，她说你可真能磨蹭，来晚了可是要罚酒的。我敷衍了一句，压了电话一看，我又一次回到了地下三层。我赶紧跑出了电梯。偌大的车库一片黑暗，我顺着指示牌来到了人来人往、车水马龙的大街上。我想，我的脸色一定很难看。

出门不利，肯定有事要发生了，这顿饭还是不吃的好。

我给芦花打电话，谎称有紧急采访任务，不能参加了。芦花很失望：邓川你小子心也太硬了，毛小兔听说你不来了，哭鼻子呢。我说，芦总，我已经在采访路上了。那边催得急，得连夜赶稿，真的没时间。请你转告毛小兔，替我安慰安慰她。芦花说，我可不当二传手，你亲自安慰她吧。

晚上，我在"牙齿"里琢磨师姐给我的选题策划。据说，高利当时看过策划，很不满意，上门给老唐提了不少意见。一个在西都有着相当权威的媒体，让一个民营老板牵着鼻子走，实在让人心寒。我不知道这个策划实施后，到底能给受众带来多大的社会效益。

午夜时分，我点了支烟准备回我的出租屋去，毛小兔打来电话，问我采访结束没有，我说正赶稿子呢。

她说，哥，你是不是不喜欢我了？

她突然发问，让我意外。我说，小兔子，你怎么会提这样的问题，我这不是忙嘛。

她拉开了哭腔：你是不是嫌弃我，在故意躲我？

她一哭，搞得我方寸大乱，心里一时难过得像猫抓一样。

我说，小兔子，你别哭！我是真心喜欢你！这个世上，没有哪个人比我更爱你，懂吗？

毛小兔啜泣着问我，哥，你说的是真的吗？

她在等我确认，可面对她的反问，我本想摊牌，可不知怎么鼻子一酸，顺口说，当然是真的。

毛小兔一时欢欣鼓舞：哥，你在哪儿？我想过去陪你加班。

我故意说，都在加班，不太方便！改天我约你吧。

她乞求似的说，那我过来看你一眼就走，就一眼。

她这么执著，让我无法回避，可一旦开了口子，将来受伤害的一定是她。我的眼里含着泪花，声音低沉着说，小兔子，听话，别闹了，早点休息！有空我约你去德福巷喝咖啡。

我的承诺一定让电话那头的她喜笑颜开,连连说好。她提醒我要说话算数,还补充说:对了,哥,你猜晚上芦花姐请谁吃饭了,这人你认识。我说,谁啊。她说,姓罗,都叫他罗董,说是你一个哥们儿。

我问芦总跟他做什么生意?毛小兔说,罗董投资一百万拍广告片,让我在电视上做代言。

我一紧张,猛吸了一口烟,火红的烟头烧得我指头钻心地疼,一甩手,烟头在地上弹跳了两下,我一脚上去将它踩灭,一缕青烟还在挣扎。潜意识告诉我,肥罗是醉翁之意不在酒。

我问,合同签了没有?

她说,就今天在饭桌上签的。

我一声长叹。

毛小兔说,哥,有问题吗?

我说,你傻啊,这么大的事你为什么不早告诉我?

她说,哥,你一天连个人影都不见,我咋告诉你啊?

我说,肥罗不认识芦总吧,谁搭的桥?

她说,这人你最熟了,是林姐。

我做你女朋友

我给林朵打电话,先是占线,后是关机。这小婊子纯粹不想混了,兔子急了还咬人呢。我的愤怒无处释放,不知道她是有意躲我,还是真的有事。在回出租屋的巷口,我买了一箱啤酒,回屋全部打开,决定一醉方休。喝到一半的时候,我给肥罗打电话问,你他妈到底想怎样,有完没完?肥罗有点惊诧,回道,你小子什么意思?我说毛小兔是我的女朋友,你少掺和。肥罗哈哈一笑,说,你他妈就这点出息,我以为啥事呢!放心,我不会动她一指头!朋友妻不可欺!这个我懂。

我干完一箱啤酒,东摇西歪地倒在床上,酒醉中接到肥罗的电话。他的口气异常严肃,听起来有点公事公办,说邓冲与胡青被他捉奸在床,让我去领人。我一下清醒了大半,从床上蹦起来问,你说什么,我没听明白。肥罗说,你他妈少装傻充愣,告诉你,胡青可是我女朋友,她现在被你弟弟引诱上床。领不领人,你看着办。电话里哭声连天,一阵嘈杂。我稀里糊涂地下楼跑出巷,打了辆出租车就往邓冲的住处赶。

妈的真够邪门的,难怪下午去唐朝大酒店坐电梯会遇到那种怪事。原来厄运一直在等着我呢。

路上,我给小片警向东打了个电话,说邓冲遇到麻烦,请他务必帮忙,赶紧叫几个人过去。他追问什么情况,我说一时说不清楚,反正有危险。他急了,说他在外地出差,不过可以叫朋友帮忙。我说要快。他说,放心,慢不了。

肥罗让我去领人,是想跟我讲条件;至于是什么条件,我一时揣测不透。另外,他是想当面给我一个交代,毕竟哥们儿一场,再大的事还是说在当面好。

看来,邓冲和胡青这两个蠢货并没有向肥罗摊牌。事情既然暴露了,该是了结的时候了。可我担心的是,邓冲会不会缺胳膊少腿。

现场一片混乱,邓冲的出租屋挤满了人,三四个大汉手持藏刀,两手叉腰,胳膊上刺着青龙,死死把守着外围,带头的是刀疤脸,肥罗则坐在椅子上,他狠狠地瞪我一眼,连和我说话的意思都没有。我冲到屋角,拉起歪在地上的邓冲,他鼻青脸肿,嘴角流血,腿脚受伤,却还是一副宁死不屈的英雄气概,而胡青则披头散发地蹲在地上一个劲儿地哭泣。

我对肥罗说,事已至此,你想怎么办吧?

肥罗还没吭声,刀疤脸横了过来,两眼直冒凶光,像要剜我的肉:这可真是冤家路窄啊!怎么着?罗哥对你弟怎么样你应该最清楚吧!保安队队长当着,高薪拿着。这倒好,喂出了一条白眼狼,横插一腿,还想在主人头上拉屎拉尿!这让罗哥的面子往哪儿搁?我说过,谁要是与罗哥过不去,那就是与我过不去。真应了一句话,天堂有路你不走,地狱无门你来投。既然你弟管不了他这条腿,那咱就帮他管管!今天当大家的面给个了断,干脆卸了这条腿,也算是给罗哥一个面子。

那几个"青龙"也附和说,对,卸了这条腿,也好给弟兄们长长志气,不然我们以后还怎么混。

我回头去看肥罗,肥罗吹胡子瞪眼,冷冰冰,气呼呼,干脆不理我。我说,罗董,你意思呢?肥罗跷着二郎腿,点了支中华烟,不紧不慢地吐了口烟后说,这事不能就这么完了。

我心想,你个死胖子,如果胆敢揪住这事大做文章,那我只好跟你撕破脸皮,叫警察收拾你,大不了弄个两败俱伤。

不过,我还是做出求他的姿态,给他个面子。我说,罗哥,大人不计小人过!事情已闹到这份儿上了,你就饶了他吧!我可就这一个亲弟弟,真要是弄成个残疾人,我怎么向我老爸交代啊!

杂碎邓冲不乐意了:哥,你犯不着低三下四!罗董对我的好,我记在心里!这与我和胡青真心相爱是两码事,不存在插足,大不了咱上法院。

刀疤脸怒气冲天,上去就踹了邓冲两脚。

肥罗吹掉烟头上的死灰,拿腔拿调地说,咱俩是好兄弟,我不想伤了和气,可你看看你这弟弟,也太不懂事了!如果我纵容了他的不义,那以后我的员工会怎么看我,还不一个个由着他们的性子,蹬鼻子上脸,骑我脖子上拉屎拉尿?

我乞求地看了胡青一眼,希望她能站出来说句话,只要她说自己与肥罗没任何关系,她爱的是邓冲,肥罗也就没脾气了。可胡青蜷缩在地上只顾抹眼泪,像只受了惊吓的小鸟,身子一个劲儿发抖。

刀疤脸脖子一缩,两眼向前探测,直冒冷光,说,咱别跟这小子废话,弟兄们上,卸了腿再说。几个"青龙"一哄而上。就在这时,一件出乎意料的事发生了,蹲在地上的胡青"嗖"地站起来,拿过床头柜上的一把剪刀，伸开双臂，像老鹰护小鸡似的横在了邓冲的前面，吼道，谁敢动，我就捅了谁。

这招厉害，英勇神武，我和肥罗都看傻了。刀疤脸回头看看肥罗，肥罗像泄了气的皮球，窝在椅子里半天才说，胡青，你当初骗我说你舅病重急需一笔钱，其实你把钱给了邓冲，给他父亲做手术对不对？这事我就不提了，可你竟然做出背叛我的事，你真是让我失望到家了！我今天要是不修理他，如何咽得下这口气？

胡青将剪刀放在了自己的喉咙处，吼道，谁敢动他，我就死给你们看。谁说女子不如男，关键处，英雄总是女的！就在这时，屋门"哐"的一声被踹开，毛小兔走了进来，全场的人都惊讶地张大了嘴巴。

情势危急，小片警向东关键时刻掉链子，他的朋友连个影子都没见到。

肥罗立马从椅子上站起来，完全换了副模样，问，小兔子，你怎么来了？毛小兔没理他，看我一眼，径直走到胡青跟前，一把夺下剪刀说，罗董，一帮大男人欺负一个小姑娘，算什么本事？不就一条命吗，冲我来！肥罗不好意思地说，小兔子，你回吧！这儿没你什么事，你就别添乱了。毛小兔说，她是我亲姐姐，你们想要她的命，我这叫添乱吗？罗董，你知道什么是真爱吗？如果你认为我姐对你有意，然后耍绝情，那是我姐的不是，任凭你处置。可我姐她爱的是邓冲，并不是你，他俩才是最幸福的一对。还请罗董高抬贵手，成全了他俩。

毛小兔说得有理有据，我顿时对这个乡下小妹心生佩服，她不仅柔情，关键时刻还很侠义。肥罗被毛小兔说了个大红脸，解释道，小兔子，这事没你说得那么简单。咱们以后还要合作，你赶紧回去吧。

我的电话响了，是小片警向东。我刚要接听，刀疤脸脖子一缩，机警地扑过来，喝令我不许接听，顺手就要夺手机。我一转身，掏出记者证给肥罗一亮。肥罗向刀疤脸示意：让他接吧。现场一片宁静，都竖起了耳朵。

小片警向东火急火燎地问,什么情况啊,邓冲手机怎么关机了。我说,你还知道来个电话啊!你的朋友死哪儿去了,鬼影子都不见。他说,我们正在追逃犯,警力有限。我帮你打110吧。我说,你们人民警察不是爱人民吗,可人民身处危难的时候,你们在哪儿?!

肥罗听到我说警察,夹着香烟的手指轻轻抖动了几下。刀疤脸突然来气,一把就夺过我的手机,将电池抠出扔在了地上,嘴里还骂,你他妈敢报警?老子剁了你,你信不信?早料到你会有这一手,我来前已经给辖区派出所老大打过招呼了,你就等死吧。刀疤脸手里摇晃着锋利无比的藏刀吼道,弟兄们,上手!卸了那小子的腿!几个"青龙"又围拢上去,对邓冲一顿拳打脚踢,胡青在尖叫声中再次横在了邓冲的身前,然后毛小兔又横在了胡青身前,眼泪汪汪地看我一眼说,罗董,既然这样,那咱们就讲个条件!你如果能保证不动我姐和邓冲,不再找他们的事,我做你女朋友。

我心如刀割,毛小兔这是在拿我和她的爱情做牺牲。

我急了,毛小兔,你疯了吗?你这是自取其辱,知道吗?你这是自毁前程,知道吗?

毛小兔低头抹了把泪说,我没疯,是这个社会疯了。

我说,真没想到,你会是一个贪图虚荣的人,真让我恶心。

毛小兔蓬松的马尾辫跳跃着,憋红了脸回敬我:是,我爱钱,我爱虚荣,我想过上好日子!我有错吗?

我说,算我瞎了眼。

我回身又对肥罗说,罗董,兄弟一场,别把事做绝了!你可是有妇之夫,戏该收场了吧!肥罗很自得地吐了口中华烟,说,兄弟,好戏才刚刚开始!你没听小兔子说吗,她愿意做我女朋友!既然小兔子有意,我也不能无情,是吧?做人得厚道,既然你弟抢走了我的女人,那就别怪我抢走你的女人,咱俩两清了。

"姐妹花"移情别恋

天低云灰,阳光暗淡,三五成群的麻雀、小燕子、灰尾巴鸟在树枝间、楼檐下、电线上来回穿梭,叫得婉转且忧伤。它们的眼睛,清亮却惊悸。

胡青和毛小兔这对被媒体关注和追逐的姐妹,在经过一场"情变"之后,搅乱了媒体,让媒体始料未及,更有点措手不及。

有网友发微博透露,"圆梦行动"的女主角胡青已"名花易主",先前与西都饮食娱乐界的富商、"圆梦行动"的原赞助商罗姓董事长关系暧昧,现男友是一名在西都打工的四川籍未婚男子。此男子曾在罗姓董事长麾下做过保安队队长。消息一出,西都舆论界一片哗然!

第一,肥罗从中捡了便宜,撇清了他与胡青不明不白的关系。但另有网友微博留言说,胡青胞妹是"西都美丽妹"毛小兔,已替换其姐出任罗姓董事长的现女友。至此,"姐妹花"移情别恋,已顺利完成男友交接。

第二,"圆梦行动"的主办方——西都日报社,再次被迫陷入了舆论的风口浪尖。

第三,"圆梦行动"的女主角已"名花易主",欲从"圆梦行动"中抽身走人,极有可能导致"圆梦行动"偃旗息鼓,草草收场。

第四,最具实力的赞助商高利及其他小赞助商为"圆梦行动"所做的一切,也将付之东流。

网络上的相关炒作风起云涌,平面媒体也不甘示弱,文字、图片、评论频频推出,各报娱乐版的重头和亮点都与其相关。

如此风向突变,牵一发而动全局,女主角跑了,这梦还能"圆"吗?对高利来说,损失三百万是个毛毛雨,但失去行动目的和竞争对手让他多少有点鱼刺在喉的感觉。这口气他是绝对咽不下去的。至于

《西都日报》的玩笑可就开大了，堂堂党报，煞有介事地搞了半天"圆梦"，竟然不了了之，自身的形象和公信力丧失殆尽。

高利约我吃饭，说有投入就应该有回报，企业家不是慈善家！他三百万不仅不能白扔，而且得扔出响声。

我说，"圆梦"主角已经退场，还能扔出响声来？

他说，我从来不做亏本的买卖，要让肥罗品味一下什么叫难受。

我说，你对肥罗的感受就这么在乎？

他说，我败在谁手里都行，但绝对不能败在肥罗手里——夺妻之恨，奇耻大辱，没齿难忘。

我说，你又有新想法了？

他说，"圆梦"的败局都是肥罗一手搅乱的，这次与他较量，差点又栽他手里，我不能就这么放过他。

我说，要让肥罗难受，可不容易啊。

他说，我想通过老唐用那三百万来收拾肥罗。

我说，老唐能接受吗？

他说，这正是我要找你来谈的问题，想听听你的看法。

我说，老唐与肥罗没任何个人恩怨，而且肥罗在报社干过记者，以前是同事。当然，在"圆梦"过程中，肥罗显然得罪了老唐，现在"圆梦"又被搅局，搞得《西都日报》很没面子，宣传部门再追查下来，老唐恐怕难辞其咎。这对刚刚上任一社之长的老唐来说，无疑是当头一棒。老唐心里肯定有气。他这口气与你这口气本质上是十分吻合的，而且比你这口气要大得多，迟早都要出在肥罗身上。当然，老唐肯定也有顾虑，他得罪了肥罗，肥罗肯定不会忍气吞声。据我所知，他手下有帮打手，领头的好像姓马，脸上有块刀疤。这对老唐来说，是个不小的威胁。

高利说，刀疤脸以前是我手下，因多次出卖公司利益被炒鱿鱼了。可我没想到这小子又与肥罗打成一片了，他迟早是个祸害。

我说，最近网上的好多帖子和报纸文章对肥罗的负面宣传已经够他喝一壶了。如果能来个乘胜追击，肥罗就只能等死了。

他说，这正是我想通过老唐来打击肥罗的想法。找老唐的目的，就是要利用老唐在新闻界的资源。

我说，难就难在老唐肯不肯接受。

他说，老唐这种人不可能把吃进嘴里的肉再吐出来。既然不想吐，那就只有乖乖听我的。

我说，三百万对你是小数，对老唐可是个不小的数目。有这笔费用当撬杆，老唐应该会答应你的。

他愣了，听你这话的意思，好像那笔钱装进了老唐的私人口袋？

我有点惊异于他的敏感，知道自己说漏了嘴，可掩饰只能将事态越描越黑，于是说，钱进了报社的钱袋也好，进了老唐的私人口袋也好，有区别吗？

他有些吃惊地看着我说，这能一样吗？性质完全不同，他要是私吞了这笔钱，那就是贪污，得坐牢。

我说，我可没说人家私吞。

高利说，他私吞不私吞，对我都不重要，我要的只是他收拾肥罗的结果。至于老唐怎么操作，就不是我考虑的事了。

回家的路上，我给师姐打了个电话，汇报了高利的想法。我说，肥罗在太平洋放了个屁，高利家的梧桐树掉了片叶子，高利和肥罗铆上了。

师姐说，狗咬狗，一嘴毛！放手让他们咬去。

我说，那老唐安排我们的"圆梦"策划还做不做了？

师姐说，肥罗兴风作浪，一切都乱套了！宣传部门昨天已对老唐进行了严厉的批评，老唐被逼上了火山口，整天焦躁不安，还怎么做？另外，老唐估计是听到了什么风声，说我在暗中调查那三百万元的下落，还想请那个"大背头"一起吃饭，暗示要任命我为摄影部主任，缓和我与他的关系，被我拒绝了。

我说，师姐，你真牛！当初老唐不可一世，还想让你给那个"大背头"赔罪,没想到现在却求到咱们了。

师姐说,此一时,彼一时嘛!老唐出事是迟早的事。

我火上浇油,说,我期待着老唐反击肥罗的战斗尽快打响,这样就有好戏看了。

上岛咖啡屋

　　我的初恋，就此画上了句号，女主角毛小兔就此从我的生活中消失了。她曾好几次打电话、发短信想和我解释，我都没给她机会。邓冲和胡青劝我通过法律手段与肥罗决一雌雄，都被我拒绝了。羔羊自愿进入狼窝，我已无力挽回。

　　毛小兔有点不甘心，又通过芦花带话，说想见我一面，好好谈谈。我说，肥罗是一个优秀的城市猎手，他的任务就是寻找猎物！猎物一旦到手，达成交配，就会扬长而去。就像雌雄蜘蛛紧紧地搂抱在一起，只不过是交配的需要，当交配完成后，雄蜘蛛就会悄悄逃走。

　　芦花听得云里雾里，问我什么意思。我说，希望毛小兔好自为之。芦花说，你过来吧，一起坐坐。我说，我谁都不想见。师姐也打电话劝我想开些，说毛小兔是万般无奈才出此下策，你如果是男人就对自己狠一点，自暴自弃无异于自杀。她还说，肥罗这样的人迟早会得到报应的。我说，我的事我自己能解决好，就不劳烦师姐操心了。

　　我整天醉生梦死，想通过酒精麻醉痛苦，忘记那些不堪回首的记忆，只要有酒喝，概不回绝。可抽刀断水水更流，酒醒过后，就会陷入更加痛苦的泥沼中不能自拔，我还是舍不下毛小兔。我也考虑过与肥罗对簿公堂，大不了两败俱伤，我从报社卷铺盖走人。这样，毛小兔有可能就此脱离狼窝，追求她自己想要的人生。从经济学的角度讲，这个主意很划算，我占的是大头，而肥罗占的是小头。

　　我立刻打电话给芦花，问她忙不忙，她说她正在外面办事，晚上准备约几个市政府部门领导吃饭,还是项目上的事,说我如果晚上有空,正好一块坐坐。我说你有正事,就不打扰了,还是改天吧。她问我打电话到底啥事,我说就是想跟她坐坐。她说,这没问题,晚上这摊子我推掉就是了。

她这样爽快地答应我,让我感到有点意外。芦花在我印象中是个聪明能干、干脆利落的商界丽人,后来从毛小兔那儿听说过一些有关她的事。她是外地人,曾与一个富二代有过一段短暂婚姻,后来她离开了那个伤心地,独自来到西都闯天下,办起了私房菜馆,生意做得风生水起,游刃有余,追她的男人也有不少,但她从没正眼瞧过,快三十的人了,现在还是单身。

北城三路的上岛咖啡屋离芦花私房菜馆不远,就隔了条街。我猜这儿是她的据点,一进门服务生就芦总、芦总地叫个不停。屋内的四壁被装潢成粉末状的银白色,在略显淡绿和粉红的灯光照耀下,给人一种水草般的柔和之感,再配上高山流水式的丝竹之乐,浪漫而温馨。在这里看不到着装怪异的"新新人类",面对彬彬有礼的服务员,人们也似乎都变得举止优雅起来了。

芦花对大堂经理说,老地方!今天有重要客人,上完菜点,让服务生别打扰我们。大堂经理谦逊地点头:请芦总放心。

芦花所说的老地方其实是一个豪华包厢,环境优雅,格调温馨,灯光宜人,不仅可以上网,还有KTV、棋牌桌。芦花一坐定,就拿过菜谱点菜,还不时征求我的意见。我说你是常客,都听你的。她点了两份柑橘味伏特加冰咖啡,一份玫瑰奶茶,还有咖啡鸡翅、牛肉干、南瓜馒头、三色番茄炒蛋,两瓶高档红酒,可谓中西合璧,特色尽显。

我说,你好像对西餐有着独特的嗜好。

她很干净地一笑说:是吗?我倒是感觉你这人挺清高的,与荷花有一比。而我做生意,整天跟三教九流打交道,身上难免会染上些坏毛病,与你比,我好像一朵罂粟花。

我说，怎么讲？

她说，罂粟花外表美艳无比，却有毒。

我说，你谦虚了！我可是你的粉丝，你在我心目中形象高大、气质非凡。

说着，菜和饮料就上齐了。芦花说，能与你这种高智商的人共进晚餐，是我的荣幸！来，干杯！

我说，干吗这么客气？是我请你，你倒反客为主了！咋说都应该是男人给美女买单啊。

她反问，当真？

我说，我啥时候对你说过假话。

她笑了，小脸上泛起淡淡的红晕。你别忘了，情人在一起的时候男人才买单。

我说，咱俩不是情人，胜似情人。

她对这句话似乎很满意，连忙追问道，那就是超情人了？

我说，可以这么说。

她说，好，那也算是情人了，干一杯！

她率真大气，从骨子里透出热情，将桌上的气氛调节得融洽，还带点小小的暧昧。

说到吃，芦花有着自己独到的见解。她说，我们已经进入一个物质消费日趋精致的年代，衣求蔽体、食求果腹不再是我们的基本需求。西都人对饮食的要求早已不仅仅是吃饱那么简单，他们越来越重视饮食的质量、环境和品位，饮食的"雅文化"成了人们新的追求和时尚。

我说，如今在西都，各种环境优雅的美食城、茶艺馆、咖啡吧等休闲场所层出不穷。这些场所不仅仅提供一种饮食消费，更注重打造一种文化品位和氛围，而咖啡屋更是如此。

她说，咖啡屋的本义就是为人们提供一个温馨、浪漫的休闲场所，临街的窗边，素白的丝质纱窗帘在灯光的映衬下，人们任语言如淙淙的溪流，在要好的朋友和亲密的爱人之间缓缓流淌，心事微波荡漾，浪漫柔情万种。

我说，芦总，没想到你这人很诗意啊。

芦花说，前些年，也曾做过几年文学梦，想做个诗人，没曾想被卷入了毫无艺术气息的商界。

我说，难怪你身上总有种不同凡人的魅力，原来是诗人浓烈的气质。

我对芦花的表扬很受用，她与我频频碰杯。杯中酒在这个暗夜里慢慢浸润着我们的心，拉近着我们的距离。芦花一双黑亮有神的"西瓜籽"眼睛在面若桃花的脸上分外动人，她将长辫子从肩膀上拉过来，放在手里轻轻捏着，一动不动地盯住我，好像要从我脸上打探出什么秘密。面对一个美女的如此专注，我感到脸有点发烫。

我不能骗她

就在这个晚上，芦花敞开心扉，非常真诚地邀请我加盟她的私房菜馆。

芦花说，一起干吧，我不会亏待你。有你这样的高人指点，我心里踏实，事业也才有希望。

我想她是认真的。对我，这也许是一个非常不错的选择，我与她并肩，然后结婚生子，由此可摆脱贫困，甩掉房奴的帽子，过上多少人羡慕的生活。但我不能骗她，我肚子里有多少货，我自己知道！我的能力和智慧不足以担此重任，也不可能有大的作为。我的所谓点子，只是出自一个记者的职业敏感，都是纸上谈兵，没有半点经商经验。

但我不想破坏这种气氛，让她的梦想即刻破碎，我得给她预留点时间，给她足够的心理准备，因此我得委婉。当然，我这样做也是在给自己一个机会。如果我今夜拒绝了她，万一我后悔了，想要入伙，我如何再向她张口。男人,在重大事情上不能儿戏,说话得算数,得有板有眼,一旦反悔,反而会让芦花小看了自己。

芦花还在含情脉脉地期待着,她在等待我的回答。

我说,这可是人生的一件大事,也是我人生的一大转折,容我考虑几日行吗?

她笑了,将长辫子往肩后很干脆地一甩说,好,看来我们还有合作的可能和空间,干杯!

酒喝到后半场,我俩都有点飘了,芦花坐过来将头斜搭在我的肩上,发丛中散发着迷人的花草芳香。这是一个热情奔放的女子,想爱就会有行动。我明白她的想法,但我不能,我的心里藏着毛小兔。我将她轻轻推开,将话题转到了毛小兔身上。我说,毛小兔这几天还好吧?

她不冷不热地说,怎么,你还惦记着她?她早已成罗董的盘中餐了。

我说,这话怎么说?

她说,这几天连我都没见到人影子,也不打声招呼,后来我打电话问她,才知道她被罗董叫去上陕南拍广告片了。

我叹气,一个好端端的女孩儿,就这么被肥罗毁了。

她说,这也不能完全怪罗董,都怪我当初听了林朵的话,非要与罗董签订什么合同。有件事我本来想告诉你,可一直没有机会。

我说,好事还是坏事?

她说,这就要看从谁的角度看了,对你来说可能是坏事,对我而言也许是好事。

我问,这话怎么讲?

她说,对你是失去了一段恋情,对我却是多了一个机会。

我说,你想告诉我什么?

她说,就在你弟弟遭肥罗一帮人殴打的那天晚上,我接到过一个电话。这个电话直接导致毛小兔当晚被扯进肥罗设计的阴谋。

我一惊,什么电话?

她说,就在你弟出事的那晚,我从私房菜馆开车回家,已经很晚了,正要洗浴,林朵来电话,说罗董带人将你弟弟和毛小兔的姐姐胡青抓在了床上,他们可能要对你弟弟和胡青下手,让我一定要想办法告诉毛小兔。我问她到底怎么回事,为什么不直接告诉毛小兔,可她已经匆匆挂了电话。后来,我就把这消息告诉了毛小兔。

我咬牙切齿地将酒杯砸在了桌上说,这个婊子!

芦花说,我没想到这是个陷阱,肥罗会将毛小兔从你手中逼走。

我说,我要通过法律手段与肥罗开战,我要把毛小兔解救出来,还她一生的自由。

芦花想了想说,这种事,往往是出力不讨好,冲动是魔鬼。

我说,可我不能就这样看着羊入狼口。

芦花说,在做一件事之前,得仔细想想,值还是不值。毛小兔既然承诺做肥罗的女朋友,这说明你在她心目中的分量并不重,你们的爱情根本经不起风吹雨打。退一步说,只要肥罗扔出大把的金钱,天秤就会倒向他那一方,到时候他毫发无损,而你既丢了饭碗,又得不到毛小兔的理解,伤痕累累,将难以修复。还有,即使毛小兔按你的说法是"自毁前程",可这与你又有什么关系呢,这是人家自愿作出的选择,你根本犯不着为她自责。再说,现在从乡下到城里打工的女孩子靠自身条件傍大款,图谋过个好日子的例子还少吗?前几天就有一个乡下女孩在网上公开找大款,"宁肯被人包二奶,也不愿在乡下吃野菜"。这事,你应该也听说了吧。现在是多元社会,你总不能按你的活法来强求别人吧?人各有志,各有各的活法。这就是社会现实。所以,我的建议是,不要与肥罗硬拼,犯不着也不划算,成本太高。否则,极有可能你赢是小头,而肥罗赢却是大头。

她推理得如此缜密,分析得这么透彻,让我无话可说。这与刚进咖啡屋时的诗情画意格格不入,但我却有一种拨云见日的感觉,一颗自责和不安的心就此动摇和瓦解了。

我给她的酒杯弹了烟灰

"圆梦"女主角胡青撤阵之后,我突然闲散起来,变得无所事事,游手好闲,师姐基本不再找我,也很少给我安排其他采访任务。我白天睡觉,晚上打游戏,似乎唯有这样,才没有白活。晚上我紧锁办公室的铁门,沉浸在"牙齿"里玩天堂游戏,玩儿得天昏地暗。如能再战几个回合,获得爱情的神力,破解魔咒,我就可成功闯过第九十九道关卡,顺利抵达令我憧憬的天堂。

敌我双方杀得鲜血飞溅、酣畅淋漓、难解难分的时候,白脸刘干事慢条斯理地打来电话,说他的发小过来看他,顺便要送我两条烟。我云里雾里,说什么发小。他说你小子真是贵人多忘事,不就是那个在《西都晚报》当记者的发小嘛。我说,无功不受禄。他说,人家刚刚竞聘上记者部副主任,来对你提供的第一手资料表示感谢的。我恍若隔世:这就免了吧。他说,你嫌少啊,嫌少我改天亲自拜访你。正说着,办公室的铁门被轻松推开了,一颗瘦脑袋探了进来,正是刘干事的发小。他伸过一只干瘦的手与我相握,我感觉这只手像从冰柜里刚取出来,冰冷得吓人。他将档案袋里装着的两条中华烟递给我,还说:一点谢意!以后咱们还得多多合作,共享第一手资料。

他这一说,我吓得一下瘫坐在地上。白脸刘干事早已自杀身亡,怎么会与我通话,莫非又是地狱来电?我赶紧又问刘干事的发小,你刚刚见过刘干事?他说:没错,就在你们工会办公室门口。他正踩在椅子上订牌子,说是牌子有点斜了。我将信将疑地将他送走,借着幽暗的灯光,绕过曲里拐弯的楼道远远看到,工会办公室的铁门紧闭着,连个人影子都没有,几张纸片在地上打着旋儿,发出"沙沙"的声响。真他妈遇见鬼了。返回办公室的时候,我又想起刚刚在里面玩游戏的时候,铁门明明是紧锁着的,刘干事的发小又是怎么打开的呢?我立马通过熟人一打听,原来《西都晚报》是有这么个人,当过记者,不过在几年前因车祸早就去世了。

这个世界太疯狂了,人鬼不分,黑白不清。

好些天了,我一直没见到林朵,她好像人间蒸发了。她欠我一笔账,而这笔账分量之重前所未有,她摧毁了我的爱情,也等于摧毁了我的全部希望,我就是走进坟墓,也要与她清算。

想谁谁就找上门,西都这地方就这么邪乎。林朵打电话问我是不是还活着,要见我。我二话没说就过去了。我没提白酒,也没提鸡手,轻装上阵。不过,我得沉住气,看她如何表演。

她这次把咀嚼苹果的工作放在了酒后,来了个欧式"倒装句"。几个下酒小菜,都是她最拿手的。

下酒的节奏有点快,纵使她酒量惊人,我也必须放翻她。趁她上卫生间,我在她的酒杯里弹了弹烟灰。这招是苏胖子教我的,他曾经为了与一个酒量惊人的女人上床,关键时就给她下烟灰,屡试不爽。果然,林朵这小婊子没喝几口,就开始颠三倒四,云里雾里,不知南北。跑卫生间吐了两次回来,她斜靠在沙发上,将一只胳膊搭过来,努着嘴向我压来,要我帮她造人。

我一把将她掀开,点了支香烟,将脚搭在茶几上,不再理她。我以为她躺在沙发上睡着了,不想过了一会儿,她突然坐起来,提起一杯酒说是要祝贺我。我说,我不想喝,要喝你喝。她说,你那个弟弟与胡青终成眷属了,你说该不该祝贺?

这话是把"双刃剑",让我既爱又恨。看我不理她,她独自干了,又阴阳怪气地挑逗我说,你的小兔子已入罗董的巢穴,成了罗董的盘中餐,你就不心疼?

这是彻头彻尾的公然挑衅,她在挑战我的忍耐度。

她没完没了地说,这罗董真他妈有艳福啊,好事全让他遇上了!当初他想上我,我没给他机会!没想我逃离了,又一个蠢货跟进去了!说到底,这就是命。不过一个乡下妹子能跟着罗董这样的富商混吃混喝，也算是福气了！她要是跟了你，你能给她什么？

我瞬间坐起，凶狠地盯住她，一句话不说。

她没当回事，回瞪我一眼说，怎么，我说错了吗？你是不是想收拾我啊？哎呀，我好怕怕呀！我再也不敢了，你饶了我吧！

我还在凶狠地盯着她，她很不服气地冷笑两声说，就凭你，邓川，也想收拾我？笑话！告诉你，收拾我的人还没生出来呢。

我咬牙切齿：那你就试试看！

她很不乐意：真想挑战我？你也不撒泡尿照照！我今天还就告诉你，知道你的小情人那晚是怎么出现在你弟的出租屋的吗？

我一巴掌扇过去，她的嘴角流血了。

我说，知道我为什么今天爽快地来见你吗？有两件事：一是你为了从中得到一点好处，不惜为肥罗与芦花牵线做生意，搭进了无辜的毛小兔；二是那天晚上你故意将有关信息通报给芦花，让她转告毛小兔，将可怜的毛小兔逼入绝境，让肥罗从我的手里将她夺走。这两笔账如不清算，我枉为男人。

她身子有点发抖，四肢缩成一团，冷眼盯了我半天，然后坐起，将啃得面目全非的苹果扔过来说：妈操你！敢跟姑奶奶叫板，借你一百个胆儿，你敢吗！?

我忽地站起，气急败坏地将酒瓶砸碎在桌上，提起锋利的残瓶就砸在了她的头上。伴随着一声惨叫，酒瓶在五彩缤纷的灯光下碎了一地。

我用暴力征服了她，前所未有。

老唐出手不凡

反击肥罗的战役，几乎在一夜之间就打响了。

老唐出手不凡，动静很大，搞得西都地动山摇的。力度之大，速度之快，信息量之丰富，令人眼花缭乱，更有点迅雷不及掩耳。

老唐独辟蹊径，打的是网络战。他撇下传统媒体，以最小的成本和多年积攒的人气，在极短的时间里，几乎集结了西都及西都以外所有的电子媒体、各大论坛，包括私人微博、微信、博客、网络水军、"五毛党"昼伏夜出，轮番上阵，主帖则由老唐亲自过目，分头投放在各大论坛，内容敏感、抓人眼球，涉及肥罗各个阶段的包养情人、坑蒙拐骗、行贿官员、黑社会性质等事件。当然也不点名地牵扯到了胡青、毛小兔这对"姐妹花"，还有邓冲。

网络战的特点就是神速，且便于扩散，老唐看准的正是这点。不到一天时间，肥罗就成了各大论坛和微博"有头有脸"的人物，网民转帖、灌水、顶帖数万，战果惊人。

高利打电话与我共享战况。他春风得意地说，听老唐讲，肥罗后院已经起火，老婆和几个小情人醋劲儿大发，从肥罗的公司一直追到拍摄广告的外景地，相互干架，上演了一场你死我活的"夺夫"大战，他老婆还将一瓶硫酸泼到一个小情人的脸上，小情人被重度烧伤，已送医院救治。现在的肥罗，真是焦头烂额，生不如死啊！这三百万没有白扔，值。

我突然想起了毛小兔，心里"咯噔"一响。我问他硫酸泼到了谁的脸上，真的假的？他说我如果骗你，岂不成自欺欺人了，那我还高兴个屁啊？至于那小情人叫什么，我还真不清楚。据说是肥罗最新发展的一个女朋友，很漂亮。

我一下蔫了，脑子里一片空白。高利问我怎么了，我说，你可是幕后黑手，小心肥罗哪天睡醒了找你算账。他很痛快地笑了起来：好啊，那就要看他有没有翻身的资本了！与人斗其乐无穷，我等着。

我赶紧拨打毛小兔的手机，关机，再打，还是关机。我在痛苦中煎熬，迫不得已又让芦花帮忙问问肥罗。芦花很快就回过电话，说肥罗手机无法接通。我对芦花的这个说法表示怀疑，因为芦花已不自觉地将毛小兔当作了情敌。她对我谎报军情，并不是不可能。一是委婉提醒我断了对毛小兔的念想；二是让我不要再为此事大伤脑筋。也许她是出于善意，但我摆脱不了这事的打击。

毛小兔依然音信全无，无奈、悲苦像绳索一样绞住了我的脖子，令我窒息。我在无望中很下贱地拨通了肥罗的电话，我说我要找毛小兔接电话。电话那头噪声起伏不断，他气急败坏地好像在砸什么东西，问我，她与你有关系吗？我说算我求你了，就让她接个电话吧。这孙子很不友好地说，你还嫌把我祸害得不够咋地！还是那句话，她好不好关你屁事。我说，罗董，你听好了，毛小兔要是少根头发，我跟你拼命。他冷言冷语道，是威胁吗？我警告你，这事没完！等我腾出手来，再慢慢收拾你。我正要追问，这孙子已压了电话。

肥罗的气焰如此嚣张，让我倍感意外。

我打电话咨询了西都各大医院的外科，有没有一个叫毛小兔的年轻女子被硫酸重度烧伤住院，可一无所获。我不停地刷微博、上百度，还是没搜索到任何有价值的信息。

师姐打电话安慰我，说你这么大人了，怎么还不成熟，遇事这么冲动！如果毛小兔真被泼了硫酸，你又能怎么样，已是无力回天，于事无补。既然这样，你又何必要死要活地把自己搭进去？你真要搭进去，只能把水搅得更混，把事情搞得越来越复杂。既然是肥罗造的孽，他就脱不了干系。动静搞这么大，不用你动手，法律也不会放过他，你又何必跟自己过不去呢？再说了，不管是毛小兔还是其他女孩，真被泼了硫酸，老唐还能袖手旁观，不借机把事情弄大，置肥罗于死地？

师姐就是师姐，她总能在关键处看透实质，她的冷静让人折服。

做起了宅女

我与林朵的关系，算是彻底搞砸了。她休息在家，做起了宅女。按说我可以清静了，但她死皮赖脸地打电话，又让我上她家去。我感觉这是个圈套。她对我苦大仇深，我岂能在揍了她之后，还一脸贱相地亲自登门上当?

听我拒绝,林朵说,我早知道你不会来,我不怪你。这几天,我宅在家里,想了好多问题,可一直没搞清楚。我不明白自己为什么总是稀里糊涂地就把事情搞砸了,把朋友关系搞得乱七八糟,把自己搞得狼狈不堪。现在我明白了,一切根源都是因为我太自私。可这不是以前的我!想想刚上大学时的我意气风发,豪情万丈,对生活充满了无限憧憬,那时的我大度、热情、阳光;而现在的我,自私、冷漠、阴暗,活得人不像人、鬼不像鬼。这一切,都是高利一手造成的。他在走向发达的同时,也将我推入了地狱。我是那样地爱他,爱得没有了自我,险些付出了生命,可他竟然对我那么绝情和残忍,我不能就此放过他。

我说,你想怎么样?

她长出了一口气说,我要让他长点记性。我不快活,他也别想开心。我要做他的冤家。

我说,你可别胡来!万一弄出人命,你也跑不掉,还是为你的将来想想吧。

她冷笑:我这样的人,还有将来吗?有的只是仇恨。但扪心自问,对你,我始终没有坏心。

我说,我不想再与你纠缠,做不了朋友我们还是同事,希望你好自为之,过一个正常人的生活,不要再想着祸害别人。

林朵说,这话很温暖,我很感动,谢谢你!其实,我心里也很苦,曾经的朋友或亲人,利用的利用,背叛的背叛,走的走,死的死,我终究把自己搞成了孤家寡人!

林朵说到动情处抽泣起来,动静很大,酣畅淋漓,毫不遮掩。我不相信她这样心硬的女人也会流泪,但我的耳朵不会骗我,抽泣声是如此真切,绝不是演戏,她触动了我心中柔软的地方。

我说,别哭了,你头上的伤好点没有?

这一问,惹得她越发号啕大哭起来。我这人最怕女人哭鼻子。

我说，你能不能不哭，你要哭我就压电话了。

这话管用，林朵立马止住了哭声。

她说，我现在要做的事不是祸害别人，而是整治坏人。

我说，你是想搞垮他的企业，还是想要他的命？

她说，我最想做的是以牙还牙，让他在感情上遭受打击，精神上受到重创，可我没有这个勇气。我只想让他受点皮肉之苦，长点记性。

我说，说到底，你对他还是下不了手，旧情难了。

她说，算了，还是不说他了。

我说，对了，你今天找我是有什么事吧？

林朵调整了情绪后说，是好事，老唐被抓了。

我一下怔住了，回过神后问，你敢确定？

林朵说，上午的时候，检察院来了几个人，直接进老唐办公室把人带走了。

我敷衍林朵几句，压了电话，立马又打电话跟师姐证实老唐的事。师姐说，没错，高利那三百万，确实没打水漂。

真是月有阴晴圆缺。昨天老唐还兴致勃勃地享受着反击肥罗的重大战果，今天就被活捉了。这个结果，估计连高利都感到非常意外。

我说，师姐你真牛，咱们得好好庆贺一下。

师姐说，急什么，现在还不是庆贺的时候。

我情绪高涨，给林朵回电话说，你家里有酒吗？

充气娃娃"林志玲"

毛小兔玩儿失踪，搞得我万念俱灰，整天没个人样儿。芦花几次打电话约我坐坐，说她与肥罗的合作也被迫停止了，菜馆的生意也受到牵连，陷入了困境，但我都借故推掉了。她陷入的是商业困境，并非完全意义上的情感之惑。我猜她还是想拉我入伙菜馆的生意，如果我答应了她,也许可以解开她的情感,但我并不能帮她的事业走出困境。我借故推掉她的约会,正是因为我还没有想好。我害怕看到她那双失落和伤感的眼睛。她那么真诚和热情,让我不忍伤害她。

毛小兔、芦花、林朵,三个女人将我的感情捆绑起来,扭曲后一次次扔上天空,又将我重重地摔回原地。她们中有天使,也有魔鬼,有真诚,也有欺骗,留给我的,只有伤不起还有惹不起的回忆。

我又一次遭遇了人生的困境,我的脚踩在十字路口,不知左右。也许往左一步就是天堂,往右一步就是地狱。这种选择题,让我无所适从,惊恐不安。仿佛人生到了山穷水尽的地步,思绪在夜里成了一团乱麻,折磨得我脑仁子发疼,常常困得直打哈欠,可就是睡不着觉。我怀疑我得了神经衰弱的疾病,可检查后医生明确地告诉我,我四肢冰凉,体温严重偏低,但神经绝对没毛病。

酒是个好东西,我喝到东倒西歪,脑子犯傻,一觉睡到天大亮。

我从来没有认识到自己对酒的依赖会如此严重,我不崇尚纸醉金迷,但我很喜欢灯红酒绿。

大学同学苏胖子喊大家过生日。那天人不多,但档次够高,居然搞到了四川会馆,光五粮液就喝了四瓶,一顿吃了六千多。同宿舍的除了员外有事没到之外,我和山羊、猴子等几大要员都到了。苏胖子还带了两个女人,一个小巧玲珑,另一个高挑性感。高的是苏胖子新发展的女友,小巧的是苏胖子女友的闺密,但从酒场上挤眉弄眼的细节看,苏胖子对两个女孩儿绝对都下过手。

苏胖子的肚子越发壮大,说话底气也足了,手势也比以前优雅和丰富多了。听说他现在已进军商界,专做成人用品,是西北总代理,我们都叫他苏总。他胖手一挥,调侃道:什么狗屁苏总!老同学不兴这一套,还是叫我老大习惯。

苏胖子那天意气风发,口若悬河,大有成功男人的派头儿,令我和山羊、猴子等刮目相看。

席间苏胖子问我,你娃怎么愁眉苦脸地老喝闷酒,瘦成一把骨头了！哪个姑娘欺负你了，给哥哥说，我替你报仇雪恨。

我说，你美女成双成对，我都快渴死了。

苏胖子说，你娃早说嘛。他指着那个小巧玲珑的女友说，你看这娃咋样，拿去用好了，不收费。

我说，老大，你这是比骂我畜生还难听啊！人家如花似玉，我算哪块地里的葱，岂能夺人所爱！

那小巧玲珑的女孩马上提起一杯酒，走到我跟前说，你可是文化人，我就喜欢你这样的。

苏胖子乐了：看看！做男人可不能小气，喝酒！

我对苏胖子说，你吃剩下的，我可不要，以免后患无穷。

山羊和猴子也附和着说：川子说得对，老大吃剩下的坚决不能要，吃下去可不好消化。

苏胖子一拍桌子说，有了，我给你娃找一女友，身高一米六七，长得跟林志玲一样，身材魔鬼，肌肤丝滑，双峰尖挺，腰肢纤细，臀部丰满，可谓时尚与经典合璧，与你真乃绝配，包你娃受用。说着，就打电话给公司的人，说派人马上送个娃娃过来，要好的。他的两个女友听了只抿嘴看着我笑。

回来的时候，我喝得满地转圈，不知南北，苏胖子用他的奥迪车将我和一个长条纸箱送回了出租屋。

我睡了个好觉，梦见杜亚苹又找上门来，叮嘱我她将在废弃的水泥厂门口等我。我答应过她的事，绝不食言，赶忙骑车又一次去了那座失修多年的水塔。

第二天醒来，我打开包装，发现纸箱里是一个充气娃娃，很像林志玲。

我打电话给苏胖子，说你这不是欺负我无能，找不到女朋友吗？

苏胖子说，你娃懂个屁，这是现代都市最流行的元素，专门给追求高质量生活的现代派独身男士生产的。知道充气娃娃是怎么来的吗？是在战争中发明的，而且，希特勒是最大的贡献者。

我说，老大你吃错药了吧，希特勒是个战争狂，他怎么会与充气娃娃有关系？

苏胖子说，你娃不做这行，当然不懂。二战期间，为了防止德国士兵与占领区"非雅利安血统"的妇女行欢，杜绝性病在纳粹军中大面积蔓延，纳粹元首希特勒授命党卫军司令希姆莱秘密研制了一种与女性生理结构相仿的充气娃娃，以解德军燃眉之急。沧海桑田，弹指一挥，翻天覆地，如今的充气娃娃已从当初单一的性爱玩具演变成了具有真人模仿秀、完美互动等多功能的性伴侣，成为都市白领的时尚追求。你耐不住寂寞，又不想随便与异性包括妓女发生关系，用她岂不是最理想的选择？她既不会对你发脾气，也不用担心传染性病，还能调节内分泌，解决你一脸的青春痘，让你娃脸蛋子光鲜，白送你个瓜娃你还不要，你娃就偷着乐吧。还说，你要是不喜欢林志玲，给你换个麦当娜、范冰冰，都是国际范儿，绝色美人。

苏胖子的话让我想了许久，结论是，苏胖子没有坏心，是为我好。更重要的是，这娃娃不会像林朵那样纠缠我，折磨我，给我下套儿。

苏胖子说得对，选择了充气娃娃，就等于选择了自由。

你若安好,我便是晴天

秋雨飘摇,云雾缠绵,水汽再次充满了这座城市。

下午,我待在出租屋里喝闷酒,然后与充气娃娃"林志玲"上床。大汗淋漓时,芦花来电话说,她与毛小兔取得了联系,一切安好。我一把推开"林志玲",坐了起来。

芦花打电话来的目的很单纯,是想让我安心,多余的话没说。按说我应该过问一下她的生意,可我还是没提。我说,谢谢你。她说,如果没别的事我就挂了,我就傻傻地等她挂了电话。

你若安好,我便是晴天。毛小兔既然一切安好,那我就没必要再细究她这几天到底发生了什么,还会不会在芦花私房菜馆干下去。随着她与肥罗的事浮出水面,负面舆论风起云涌,已快将她淹没,"西都美丽妹"和"都市关爱大使"的形象也已受到诋毁,大打折扣。但投靠肥罗这条路是她自选的,对我来说,只要她好就足够了。

我在恍惚中又喝了很多酒,然后带着手电筒和一把雨伞,在雨水异常饱和的黄昏上了一辆出租车,向北郊以北的偏远之地驶去。

我在废弃的水泥厂门口下了出租车。抬头透过朦胧的雨雾,我看到了高大的水塔,水塔正上方是一个圆形的塔顶,远看身细头大,蘑菇似的在雨天里巍然屹立。

水塔底层的铁门紧闭着,周围一片废墟,杂草丛生,十分寂寥。由于风吹雨打,年久失修,塔壁已出现裂痕,钢筋裸露,塔身已轻微倾斜。

一阵秋风扫过,附近的枯树上飞出几只乌鸦,"哑哑"叫着,扇动着湿漉漉的翅膀,笨重地向塔尖盘旋而上,绕了几圈之后远走高飞了。我打了个哆嗦。

我找到一根生锈的钢管撬开大门,一头钻了进去,一股夹杂着霉酸味儿的尘土呛得我喘不过气来。水塔年久失修,多少年来,几乎没有人进入过。

水塔共有九层,每层靠铁梯子相连,有五六十米高。最底层为砖混结构支撑,塔内没有环行盘绕上升的梯子,每层只有一个巨大的木质梯子相连。每上一层,就看不到下面。里面漆黑潮湿,蛛网四布,霉气刺鼻,寂静无声。我打着手电筒,小心翼翼地踩着梯子攀爬,不知爬了多长时间,感觉两腿发软,气喘吁吁,眼冒金星,仍没有到达塔顶,也不知道身处什么位置。我摸出一支烟,坐在梯子上歇息,刚吸两口,突然感到头晕目眩,原本干枯静寂的塔底响起了哗啦哗啦的流水声,并在塔内形成了强大的回音。我想顺着梯子下去看看,没想到水流声突然变大,好像正在从塔底一层一层地往上翻滚。我扔掉手里的香烟,头也不回地往上爬,也记不得杜亚苹交代给我的什么资料,只想着逃命,只要不被淹死,什么都好说。我爬到了最高层的平台上,一回头看到一副白骨,冰冷地躺在一旁,吓得我连连后退。我不知道这是谁家的先人,是男是女,怎么会选择在水塔来结束自己,究竟有着怎样的悲摧故事或传奇经历。不容多想,水已经涨了上来,一个女人哀怨的哭声被喧闹的水声冲散在塔内回荡。我在恐惧中找不到出口,一具女尸漂浮在黑暗的水里……

我被电话铃声惊醒了,发现自己两脚泥泞,满头大汗,仍躺在出租屋的床上。

杜亚苹的声音冰冷而遥远,令我心有余悸。她说,谢谢你没有忘记自己的承诺,但请你一定要按我告诉你的时间去做,否则会前功尽弃。

我怀疑我脑子出了毛病。

她想要抠开我这扇门

老唐咸鱼翻身,两天后就被检察院放了回来。还是师姐辛欣高瞻远瞩,的确还不到庆贺的时候。老唐上面有人,通过"大背头"和他那个给省委大领导当秘书的亲戚摆平这件事,不费吹灰之力。

如今形势非常险恶,任何一种形式的斗争,都可能把人变成魔鬼。

我告诉师姐让她小心,老唐可能要对她下手。因为她手里有老唐的把柄,会让老唐很不舒服,随时都有可能将老唐的前程葬送。师姐说,就让他先蹦跶几天吧,他肯定不是笑到最后的那个人。我说你可以与肥罗联手收拾老唐。师姐说,与这种人渣联手,会脏了我的手。

关键时刻,每个人都有可能成为别人宰割的对象。气氛紧张之际,我想到了芦花。

芦花依然很忙,瘦成了排骨。在她那张永远阳光的脸上,我没有看到失意,她想极力挽救她赖以生存的菜馆。但我知道,她的生意越来越不景气,与市政府相关部门合作开发的几个系列产品由于一时争取不到优惠政策和贷款,几乎是刚刚启动就相继夭折了。我没有想到由于当初一时激动为芦花出谋划策,竟然会给芦花私房菜馆带来灭顶之灾,美好的梦想最终演变成了永远无法兑现的妄想。

我想约芦花一起坐坐,想答应她的入伙之邀。虽然我没有足够的能耐帮她度过困境,但关键处如果能给她一点精神援助,也许她和我都能好受些,尽管我们产生相同感受的原因有天壤之别。

芦花没有见我,说她很忙,只说了几句,就压了电话,我连声道歉都没来得及说出口。

喝酒是秋夜最好的活动。酒是前奏,更深的主题隐藏在后面,往往与色相伴随行。没有胡言乱语,没有醉酒以前的胆怯,我将充气娃娃抱上床,与"林志玲"做爱。她肌肤光滑粉嫩,身体温热健美,就像个温顺可爱的大活人,任凭我在欲死欲仙的春梦里实现对林朵的遗忘。

不是任何电话都可以将我叫醒,不是所有电话都能让我心动。手机一直叫着,像叫春的猫,在夜色里发疯。

有人砸门,不依不饶,慌乱而有节奏,热情而不失风度。这是一只女人的手,她想要抠开我这扇门。

我没有答话,拿起手机一看,四个未接来电都是芦花的。我赶紧翻身下床,还没收拾充气娃娃,芦花已经在外面喊上了。

我不知道她是怎么找到我的出租屋的。是凭借敏锐的嗅觉抑或第六感,总之她站在了我的门口。

我三下五除二,将林志玲匆匆装起,将门打开。门外的芦花在星夜里捧着一束鲜花,提着一只蛋糕,分外美丽。

生日快乐!她将东西递给我。我这才想起,今天是我的生日。

她让我感动!长这么大,没人关注过我的生日。一个在商界打拼的丽人,言行如此温暖,着实出乎我的意料。

我说,谢谢芦总。她白我一眼,我更正说,谢谢芦花!她笑了。我接住东西,赶紧将她让进去。她很快又退了出来,夸张地用手扇着:天啊,你这是人住的地方吗?我这才发现一屋子香烟味儿,啤酒味儿,还混杂着男性荷尔蒙的气息。

她坐在一张破旧的靠椅上,环顾四周之后问我:黑灯瞎火的,半天不接电话,也不开门,在干吗?

我说,我能干吗?除了喝酒,就是看抗日剧。

接下来,我做了以下事情:出门在巷口小饭馆买回几个小菜,顺带几瓶啤酒,与芦花一起喝酒,庆祝生日。酒喝多了的时候,我答应与她并肩入伙。她伏在我肩膀上哭了,最后上了我的床,晚上没有回去。

"天堂"第九十九道关卡

西都的秋天总有些许寂寥,让人莫名地伤感起来,想些不切实际的东西,如生命的意义,这个时候的人也最消沉。也许生命的意义就在于折腾,哪天不想折腾了,就只有等死了。

西都的秋天同样是一个湿润的季节,这个季节最适合拥抱。拥抱你,温暖我。

我与芦花激情做爱,火花四溅。这时候,我思考的主题仍然是生命,似乎做爱的全部意义就在于此。但有时候玩点闯关游戏也是必需的,金戈铁马,鏖战沙场,烽火四起,遮天蔽日,英雄主义情结之花格外芬芳。我想凭借爱情之神,成功闯过"天堂"的第九十九道关卡。曙光在前,距离抵达天堂仅一步之遥。

可惜,我在飞向天堂的路上,被老蛇蝎美女斩断了翅膀,天昏地暗,血花冷艳绽放。

秋雨不期而至,从傍晚的小雨突转中雨。楼前屋后,雨雾蒙蒙,庞大的电信大楼若隐若现。面对这场秋雨,我有些陌生。它如此疯狂和持久,实在罕见!我待在潮湿、发霉的出租屋里想这些天发生的很多事,倍感揪心,悲从中来,泣不可抑。

后来,我打开啤酒,恍惚中将"林志玲"抱上了床。

屋外风鸣雨斜,我随着一辆马车趁黑夜出发,路途险阻。我又看到了那个赶着马车的无头男人,还有那双锋利的三角眼。这双眼睛与老唐的眼睛如出一辙,令人哆嗦。这个景象曾多次出现在我狭窄而阴郁的梦里,弗洛伊德对它诠释得精准而透彻:它是引导人走向死亡的象征。

我来到楼顶,坐在石桌旁,百无聊赖地抽烟、喝酒。仰望苍天,浩瀚无边,月光如薄纱般透明清澈,像山涧的溪水,万物清亮,四处光洁,而我的心里,却下着漫漫秋雨。

我玩起了藏刀。突然，刀柄处嵌着的珊瑚珠华丽生辉。正在迟疑之时，刀柄变幻万端，一朵飘动的白云压住了皎月，缓缓呈现出几组数据，像商厦的 LED 广告屏。我突然想起了白脸刘干事离奇自杀前的那个午夜。

我彻底从噩梦中惊醒，窗外依然风雨交加。翻身坐起的时候，我气喘吁吁，像盛夏吐着舌头的小狗，我急忙打开台灯。林志玲还乖乖地躺在身边。手机显示，又是一个午夜 12 点。我的第一反应是，要出事了，要出大事了。我极力搜寻梦境中呈现的那几组神秘数字，结果一团乱麻。

我心里异常烦乱，点了支烟，伸手去拿旁边的手提电脑，发现电脑上放着一张纸条，皱巴巴的，像被谁揉捏过又打开来，上面还残留着带有泥巴的指印。我拿起纸条，上面只写着一个阿拉伯数字：9。

我想起了杜亚苹。她跳楼摔死后，手里也攥着这样一张纸条。这是多么的蹊跷，蹊跷得让人毛骨悚然。

我打着打火机，纸条被橙黄色的火舌舔为灰烬。就在我回头准备打开手提电脑时，发现纸灰上模模糊糊地出现了一个图案，慢慢化成了一个骷髅。

过了午夜 12 点，就是 9 月 9 日。我整天被性爱和酒精操控着，迟钝替代了敏感。这个令人惊悚的日子，我险些遗忘。

杜亚苹的又一封地狱短信让我心惊肉跳：今晚进塔之前，请务必做到足不出户，否则会有血光之灾。

9 月 9 日，我会活着走过去吗？

她的身后潜伏着危险

这个 9 月，有点诡异。我小心翼翼地把自己紧锁在出租屋里，寸步不离，期待着这一天早点过去。

下午两三点吧，林朵来电话，让我上她家小坐，说她已备好了酒菜。

我说，今天特别忙，改天吧。

她诡异地笑了，你还有明天吗？

我吓了一跳，你什么意思？

她说，随便说说，但愿没吓着你。

我说，你那张乌鸦嘴能不能说点好听的？

她说，我不是吓你，你爱来不来！不过，你可别后悔！

我说，你有话就说，别绕弯子。

她说，看来你真不知道出事了。

我一惊，问，出什么事了？

她说，你可得沉住气！这事不告诉你，确实有点不地道。

我说，你能不能干脆点儿？

她说，你师姐辛欣死了，就中午的事。

我心里咯噔一下，大吼：你放屁！小心我撕了你这张嘴！

她说，这事我敢瞎编告诉你吗？尸体是从游泳馆的池子里捞上来的，一块儿从池子里捞上来的还有老唐。

我半天不说话，头晕目眩，脑子一片空白。

她说，你没事吧？老唐这人就该死，千刀万剐。

我赶紧给师姐打电话——关机，又给小片警向东打电话，向东语气低沉，说：你要来就来吧！人还在游泳馆。

我的心一阵绞痛，像被谁用力揪了一把。

北郊上下风雨飘摇。我坐在出租车里，窗外的秋雨下得撕心裂肺，雨刷器不停地划着弧线。

我已顾不上考虑杜亚苹提醒我的地狱来信，泪流满面，无声地望着这个熟悉而陌生的世界。司机回头看了我几眼，劝我想开点，人生在世，总有些不开心的事。我没有接他的话茬，一个劲儿催他开快点。

我无法接受师姐死去的事实。或者说，我根本不相信。她从小喜欢游泳,水性那么好,又怎么会死在水里呢?很明显,老唐是为了彻底铲除后患,稳坐他的宝座,对师姐起了杀心。可两人怎么会双双死在游泳池里呢?一定是师姐主动约老唐游泳,做好了同归于尽的准备。正常渠道走不通的时候,只能剑走偏锋。师姐说过,先让老唐蹦跶几天,他肯定不是笑到最后的那个人。但事实证明,师姐遇到的是一个异常凶悍的劲敌,最终只能是两相惨死,而非你死我活。

可我没能出现在师姐出事的现场。在去游泳馆的路上,神情恍惚中,我发现一辆拉土车拉响威风凛凛的喇叭,风驰电掣般地冲破浓重的雨雾,呼啸着逆行而来,直逼我坐的出租车。我看清了前面的车牌,尾数是 999。

我命大,只让玻璃划破了脸,被紧急送往三路附近的一家医院清理包扎;而出租车司机却毫发无损。他肯定地说,根本就没什么拉土车,是你心情不好,产生了幻觉。刚才只不过雨雾太大,被右边一辆车蹭了一下。如果真与拉土车相撞,还不车毁人亡?

一个貌不惊人的出租车司机,都成心理医生了。

我以为,今天就此逃过一劫,可惊魂未定,厄运又一次降临了……

包扎完伤口,护士让我躺在床上休息一会儿,可我静不下心来,焦心、惊慌、诡异、神秘像织成的蛛网将我缚住,让我感到揪心、窒息。我在绝望中拿出手机胡乱翻着通讯录,想到了毛小兔,想到了芦花还有邓冲,不知道他们可好。一不小心,我将电话拨了出去,毛小兔的名字在屏幕上跳动,我赶紧压掉。奇怪的是,压掉的电话却仍保持通话状态。我手忙脚乱,又是关机,又是抠电池,可一切都晚了。面对这个巴掌大的电子产品,我根本束手无策,它变成了一头中了病毒的疯牛。

毛小兔"喂"了一声,我慌张得两手发抖,差点扔了手机。我呼吸急促,语无伦次。电话里传来"哥,你没事吧?"的问候,无比温暖,直入我心,像融化了的冰雪,汇作涓涓细流,从我的眼眶里奔涌而出。我哭着问,小兔子,你还好吧?毛小兔有些哽咽。我想象着她小嘴一扁,鼻头一红,掉眼泪渣子的样子。她回复:我没事,哥!就是想你。哥,你在哪里?我想见你。我说:哥很忙。你别乱跑,好好待着,哪儿都别去!多保重!等过了今天我约你!她说:我不管,我现在就想见你。我不能失去你!哥,我求你了!我还有很多话要对你说!

她过来了。可她不知道身后潜伏着危险。她听说我在医院,走得匆忙,竟然忘记了拿把雨伞,打了出租车就赶过来了。她穿得单薄,全身被雨水浇透,胳膊上起了层细密的鸡皮疙瘩。我们相拥在一起,痛快淋漓地哭了一场,然后手挽着手穿过嘈杂的走廊,来到医院门口。

外面秋风萧瑟,烟雨连天,落叶满地,天色混沌。

毛小兔两手交叉在肚子处,耸着肩,不停地哆嗦,嘴唇发白,样子令人疼爱。我说我们不如到后院的亭子坐会儿,等雨小了再走。其实,我心里还一直惦记着师姐,我在犹豫要不要告诉她。我得看一眼师姐,打算让她先回我的出租屋。可我没有告诉她师姐的事。她听了我的话,我们去了后院的亭子。

风雨天的后院行人稀少,一派萧条。我神志迷乱,搂住毛小兔的细腰,走在通往亭子的石径上。石径被雨水冲刷得光滑,泛着幽幽的光亮,我们的倒影斑驳陆离。就在这时,几个"青龙"突然横刀夺路,杀气腾腾,领头的就是刀疤脸。

下辈子,我一定嫁你

面对一帮穷凶极恶之徒,我将毛小兔藏到身后:你们想干什么?

刀疤脸一脸狰狞,亮出一把寒光闪烁的藏刀在手里玩弄着,说:别紧张,我们就是替罗哥教训教训你。

我说,我与他恩义已绝,一刀两断,没任何瓜葛,教训我什么?

刀疤脸说，邓川，别老是这么神气，在我们跟前装大葱！老子实话告诉你，罗哥忍气吞声好些日子了！你在网上散布的那些谣言，知道给罗哥带来了多少麻烦吗？今天我就是奉罗哥之命，跟随毛小兔到这里清算这笔账的。

毛小兔紧张地抓住了我的胳膊，她的身子在发抖。

我对毛小兔说，别怕，他们不能把我怎么样。

刀疤脸眼光咄咄逼人说，罗哥当初怎么能认你这种人做兄弟，真是倒了八辈子霉！弟兄们，给我上！

一顿拳脚袭来，打得我天旋地转，两眼直冒金星，我的鼻孔流出了黏稠的液体，我闻到了血腥味儿。恍惚中一把寒光闪烁的藏刀向我刺来，毛小兔瘦弱的身影挡在了前面，她蓬松的马尾辫在空中跳跃着，然后缓缓地停摆了。

四周一片寂静，大雨又下了起来。毛小兔胸部中刀，温热的血液正一股一股地往外涌。我一边打120急救，一边将她揽进怀里。我的眼泪汹涌澎湃。

一切都晚了，毛小兔呼吸急促，气若游丝，两行眼泪从清澈的眼里涌出。我不停地喊着她的名字，让她坚持住。

她微笑着说，哥，我没事！你还要带我上德福巷喝咖啡呢。

我说，只要你愿意，我每天带你去。

她说，哥，你人真好！我没看错你！能替你挡这一刀，值了！

我说，小兔子，你干吗这么傻？

她说，哥，我与罗董没做对不起你的事！芦花姐对你不错，你好好珍惜。

我抬手抹了把眼泪，说，小兔子，你听好了！哥只要你，你不能走！你答应我！

她说，哥，能在西都认识你，是我的福分，我知足了！下辈子，我一定嫁你。

毛小兔就这么走了，静静地躺在了我的怀里。回想我与毛小兔相恋的这些日子,我几乎没给她买过一个冰淇淋,没带她吃过一顿肯德基,更没送过一件礼物,约好了要请她看场爱情大片,我却因肚子不争气住进了医院,她眼泪哗哗地陪我打了一晚上的吊瓶,可她从没埋怨过我。我和邓冲从广元老家返回西都,肥罗为我们接风的那个晚上,她着急要见我,从餐馆一下班,饭都没吃就跑去出租屋找我,看我还没回来,就坐在我的门前,将头埋进双膝,像只温顺的小兔子死死地等……这些情景,历历在目,让人揪心。特别是在她被肥罗强占的那些日子里,我对她有过深深的误会,还故意伤害她、折磨她。而她这样一走,我的心也被彻底掏空了。

我给芦花打电话,想告诉她毛小兔走了。毛小兔是她的员工,我理应告诉她。可芦花最终没能接上这个电话,是她的同事替她接的。我报上姓名,自我介绍后,她说,芦总刚刚遭遇车祸,头部严重受伤,正在医院抢救。我说有没有生命危险?她说,颅骨变形,大脑大量出血,情况很不妙。我说到底什么情况?她说,芦总在二十分钟前接到西都日报社一个叫辛欣的女记者来电,说毛小兔在三路医院有难,请她帮忙。芦总叫上我急忙驾车前去,一路上雨雾太大,一辆拉土车逆行而来,与我们相撞。我打断她,拉土车车牌尾数是不是999?她说是。我说,你敢确定是辛欣打来的电话?她说,没错,她自称就是报社记者辛欣。

芦花也走了,想着她跑我出租屋为我庆祝生日的情景,分明还像是昨天刚发生的。她还期待着与我联手,力挽狂澜,重整旗鼓,挽救她的私房菜馆。我一时泪水盈盈,半天无语。

随后我打电话给小片警向东,说我这边发生了一点意外,暂时不能前去看望师姐。向东说,后天举行葬礼,你到时候抽空过来帮我吧。

我生活中最亲近的几个女人相继走了,而我却不能前去看她们一眼。我死守着毛小兔,等待着警察前来处理。

胡青和邓冲赶来的时候,医院的后院已经挤满了人,警灯闪烁,人群骚动,警察和法医开始勘查现场。胡青的哭声在其中此起彼伏。

晚上的时候,我在太平间守候在毛小兔的身边。林朵打来电话,说她要走了,临走前只想给我打个招呼,让我保重,好好活着。

我说,你要上哪儿?

她说,去另一个世界。

这话听得人阴森森的。我说,你是不是疯了?

她说,我作孽太多,我这种人就不应该活在世上。

我说,你冷静点好不好?老实告诉我,你下午是不是冒充师姐给芦花打过电话?

她说,是我打的,我是想救毛小兔!毛小兔是个好姑娘,她没有错,她应该有她的梦想!如果她这样的好人都要遭到毒手,这个世界还有什么希望可言!可我没想到,我的所作所为不但于事无补,反而把芦花也搭进去了。

我说,你现在在哪里?

她说,在水塔上。

我说,你为什么要跑到水塔上去?

她说,为了赎罪。

我想到了杜亚苹。我说,你不要做傻事!你等着,我就来。

她说,你就是救了我,我也没脸活下去了。我不是人,把高利给害了。

我一愣,赶紧问,高利怎么了?

她拉起了哭腔说,他下午出车祸死了。我原本只是想让刀疤脸教训他一下,没想刀疤脸下了毒手,对高利的刹车动了手脚,车毁人亡了。他是我在这个世界上唯一真心爱过的男人,虽然他伤害过我,可我毕竟爱过他。他在时,我心里只有仇恨,可他一走,我才知道我的心也被掏空了。我这个人见人怕的女人,活着只能给别人制造痛苦,还是离开这个尘世的好。

我没想到,刀疤脸竟然如此疯狂,一下午夺走了两条人命。我柔肠寸断，一声叹息，一股撕心裂肺的悲伤之流从心底迸发开来。

我说，你赶紧从塔上下来，千万别犯傻！我就过来。

我心乱如麻，恍惚中拦了辆出租车直奔废弃的水泥厂。我看到水塔下站着一个男人，他披着一件长长的风衣，衣角不时被风雨掀起，忽明忽暗，看上去有点飘忽不定。他的脚下，静静地躺着一个女人，那女人是林朵。秋雨漫漫，夜气逼人，但林朵依旧穿得很单薄。那件在我看来最性感迷人的浅黄色连衣裙裹在她颀长的身上，上面长满了花草。离她不远处，是她的卡罗拉轿车。卡罗拉的旁边停着一辆奔驰，车灯还亮着，两束强烈的光柱穿透夜空，将林朵惨白的脸照得有点变形，急骤的秋雨在光束里来回飘舞。

男人没有回头，长叹了一声说，我还是晚来了一步。

我说，高总，你别难过！她执意要走，你又如何拦得住呢？

高利泪流满面，一只手捂住眼睛，唏嘘着说，都是我害了她，我不是人啊！她当年为我奉献了一切，可我太自私了，为了所谓的前程，抛弃了她，娶了一个我并不喜欢的银行千金。

我说，事已至此，说这些还有什么用呢，就让她的灵魂安静地去天堂吧。

高利没有说话，在林朵的尸体旁蹲了下来，从风衣的内兜里掏出一个非常精致的小首饰盒，打开盒子，取出一枚钻戒，轻轻抬起林朵有点僵硬的左手，将钻戒戴在了林朵的无名指上，然后又抹起了眼泪。钻戒在车灯下璀璨夺目，折射出美轮美奂的光芒。

我被高利的这个举动震住了，我不明白他这样做是在忏悔，还是在赎罪，抑或为了某种永久的怀念。

高利握住林朵的手蹲了半天，然后站了起来。他似乎看出了我的疑问：邓记者，你说人到底有没有灵魂？

我想起了祥林嫂逢人便问的那句话：或许有吧。

高利的脸上突然间有了生气。他说，这是一枚南非指纹钻戒，是林朵当年最喜欢的。

我说，你们结婚的时候你没送她钻戒？

高利叹了口气，当时我生意刚刚起步，还住着出租房，根本买不起这些奢侈品。我们只买了一身衣服，叫了一帮亲朋好友，简单地摆了两桌，就算是结婚了，什么礼物都没送她。我答应过她，这一生，我一定要为她亲自戴上一枚南非指纹钻戒。

我感到好奇，为什么非得是一枚南非指纹钻戒呢？

高利说，因为南非的指纹钻戒承载着一个美丽的爱情传说。大学毕业那两年，我还是个打工仔，有一天跟着老板去参加一个珠宝展会，也顺便带上了林朵。那天，林朵被这个故事深深打动了，我记得她把头转到一边，两眼泪光闪闪。事后她告诉我，她特别喜欢指纹钻戒。

我说，故事一定很感人吧？

高利说，的确很感人。说的是18世纪战乱频仍的法国，一个伯爵唯一的女儿茱莉小姐与英俊潇洒的珠宝工匠的爱情故事。茱莉当时十八岁，亭亭玉立、美丽大方，俘获了当时很多贵族子弟的心，却没有一个人能拨动她内心深处的琴弦。她希望自己拥有一段刻骨铭心、惊世骇俗的爱情。一次，茱莉在一家名贵珠宝店取珠宝时，遇到了珠宝工匠圣普勒。茱莉一下子就被这位家境贫寒却有着特别魅力的小伙子吸引，两人很快坠入爱河。就在两人十指相扣决定结婚时，茱莉为了挽救战乱中衰落的家族，迫不得已嫁给了一位年轻将军。圣普勒知道后痛苦不堪。更要命的是，圣普勒从老板那里接到了为将军和茱莉制作结婚钻戒的任务。圣普勒决心为恋人打造一枚世界上独一无二的结婚钻戒。他花掉所有积蓄、动用所有关系，请人从南非购得一个三克拉的彩色钻石，开始打造戒指，别出心裁地用烧红的指环烫伤手指，在钻戒内侧留下了他的指纹痕迹。当钻戒在六个月后完成时，圣普勒形销骨立。后来这枚钻戒被送到茱莉手上，纯洁无瑕、美轮美奂的钻戒深深打动了她。她仔细端详钻戒，发现有一个指纹被精心烙印在其中，茱莉紧握着这枚钻戒，亲吻着它。她明白，只有一个人会冒着被烫伤的危险将指纹印在戒指上,他就是圣普勒!从此,这枚指纹钻戒一直与茉莉形影不离。多年后,将军在一次战争中阵亡。茉莉不顾家人的反对,决心去寻找这枚戒指的真正主人。她历经磨难,终于在一家刻有"指纹戒——爱因你独一无二"标志的珠宝店,找到了曾经的爱人圣普勒。据说,这枚指纹钻戒在两位恋人分别三十年后重逢的那一刻熠熠生辉,绽放光芒。后来,这对恋人再也没有分开过。

我说,世间竟然有这么美丽的爱情传奇,难怪林朵会被它深深打动。

高利说,一切都是阴差阳错,也是我没有这个福分,我没能在她活着的时候把这枚钻戒亲自给她戴上。

我说,既然你心里有她,为什么迟迟不向她表白呢?

高利说,这正是我一直纠结的地方。我伤她那么深,一直没有勇气面对她,只好将这枚几经周折量身定做的指纹钻戒珍藏在心底。这也说明了我懦弱的一面。在外人看来,我是个富商,是个成功人士,呼风唤雨,要什么有什么,生活得很滋润,其实我活得很累很痛苦,一点都不幸福。我是个精神乞丐,一直在做着自欺欺人的游戏,错失了人生最珍贵的东西。

我为高利深深感到惋惜。我说,我明白了,林朵在你心里就如这枚南非指纹钻戒,她是你心中的女神。可惜啊!

高利说,我现在是有钱,可再多的钱也买不回从前,买不回她一条人命啊!我真是蠢到家了!如果苍天有情,我宁愿以我的命换回她的命。

秋雨蒙蒙,夜色凄冷。我返回太平间,只想陪毛小兔度过这个暗夜,却被值班的老头好心劝了回来。我在伤心欲绝中回到了出租屋,给小片警向东打了个电话,通报了今天发生的一切。向东说,他都知道了,让我保重。躺在床上,我失魂落魄,欲哭无泪,回想起刚刚在水塔下碰见高利的一幕,不由觉得胆寒,连头发根都竖起来了。高利死了,可他讲给我的南非指纹钻戒的凄美爱情故事,分明还装在我的心里。

午夜时分,我收到杜亚苹的地狱短信:谢谢你,我可以去天堂了!

我的生命不会成为休止符

我最心爱的女人和爱我的女人,几乎在一天之内全都离开了我。她们的离去,将我推到了精神的荒原和人生的低谷。我神情恍惚,万念俱灰,面无表情,如行尸走肉,连走路都打起了摆子。我的郁闷和不快无处宣泄和排解,进一步加重了精神的压抑和紧张。

师姐辛欣、毛小兔、芦花、林朵、高利的葬礼,是在同天上午同一地点举行的。这天西都没有下雨,阳光很充足。在葬礼现场,我早已无泪可弹,昏倒在了毛小兔的灵柩前。

老唐的葬礼,我没有参加,据说很隆重,连"大背头"都来了。

一切似乎都恢复了平静。西都还是西都,北郊依旧经常云遮雾罩,混沌一片。

有一天我给邓冲打电话,说想回广元看看父亲,父亲几次给我托梦说他身体不好,嫌我不管他。邓冲愣了半天说,哥,你是不是有病啊,咱爸去世都三年了啊。

我倒吸了一口凉气。

头七那天,我约上邓冲和胡青,打出租车上城外的公墓给师姐、毛小兔、芦花、林朵、高利上香扫墓,我将一束玫瑰花放在毛小兔墓前,特意告诉毛小兔,杀害她的凶手刀疤脸和幕后黑手肥罗已被抓捕归案。

我相信,毛小兔在天有灵,一定会听到的。

回来的路上,我对邓冲说,小片警是不是昏过头了,竟然连师姐去世的时间都能搞错。邓冲说,没错啊,是5月9日。我说放屁,师姐与老唐死在泳池,今天才头七,怎么会与杜亚苹同天死去?邓冲说，哥，我看你真该好好看看医生了，师姐"五一"婚假上新疆探秘时不慎被食人鱼咬伤，然后高烧不退，没几天就死在医院了啊。游泳池里死的只有老唐，哪来的师姐？我把质疑的眼睛转向胡青。胡青说，哥，我看你最近过于伤感，脑子里装的事太多，记错了。你想想，邓冲能骗你吗，是真的。

我不知道应该相信我的耳朵还是眼睛。我莫名地感到孤单，有种无法抗拒的恐惧感。

我躲在出租屋里，开始了人生最无望的自残。酒和香烟，成了这个秋天最亲近的伙伴。遍地烟蒂，酒瓶一堆，它们整天陪伴我左右，帮我去除痛苦和忧伤。我感觉身子僵硬却轻薄，成了一具空壳。

我借着窗外的秋月，用藏刀划破手腕，清亮的小血珠像一串红宝石散落开来，璀璨夺目。我想试试，我到底有没有痛感，会不会流血，是不是还活在人间。可我没有痛感，有的只是兴奋。一切让我怀疑，让我彷徨。

苏胖子打电话让我过去K歌。苏胖子说，你娃还活着啊！你们报社出了那么多的事，也不向老大汇报一下。

电话那头男女猜拳行令，一派嘈杂。

我说，该走的一个没走，不该走的全走了。我不汇报，你不也全知道了吗！

苏胖子大笑，你娃玩什么深沉！好好想想玛雅人的预言，再过几月，世界灾难日就降临了！人生苦短，快乐一天是一天！过来K歌吧，帝王音乐汇！员外、山羊、猴子都在。

我说，谢谢老大，你们玩吧。

苏胖子说，你娃别矫情，乖乖地听哥的话，赶紧过来。

我说，去了会扫你们的兴，改天我请你们。

苏胖子说，你娃是不是迷上林志玲，把哥们儿全忘脑后了？

我说，老大，我只想清静清静，不想出来。你们就饶了我吧！

电话那头传来一阵哄笑，估计是苏胖子开了免提。

苏胖子说得对，我还有"林志玲"。我将自己和充气娃娃从头到脚，里里外外清洗干净，郑重地与她上床。

我不能就这样走了。叔本华说，生殖力的衰退，代表一个人趋于死亡。而我，至少还有荷尔蒙的冲动。我的生命不会就此终结。

我开始研究神秘的死亡之谜。藏刀给了我力量，也同样给了我勇气和智慧。每月逢9必出事的规律，让我心有余悸。

当初西都日报社建楼时，曾挖出过几具木乃伊。这些木乃伊到底来自何方，是什么人将这种价值连城、贵如黄金的东西留在了这里？难不成真像有人预言的那样，凡与报社有关的人要死够九个，这里才会安宁吗？

屈指数来，自5月9日起，短短四个月，已经闹出九条人命。如果这个"9"真的灵验，像高人预言的那样，那么，噩梦就应该结束，生活可以归于平静了。

可我想错了。

世事未可料

　　二七的时候，我打出租车又去了趟城外。天色阴沉，墓园里静静的，只有瑟瑟的秋风悄然穿过树林，不时将泛黄的树叶打落，树叶哀鸣着发出"沙沙"的声响，打着旋儿落在我的脚下。几只小鸟喇啾着从头顶飞过，它们似乎在告诉四个女人，有客人来了。我给四个女人每人的墓前献了一束鲜花。我送给毛小兔的还是玫瑰，是九朵。

　　回到出租屋的时候已是晚上，烟酒迷离之际，我不经意间从背包里发现了一张纸条，拿到灯下看了半天，没有发现任何符号和文字。我叭嗒一声，用打火机将它点燃了，继续喝酒、上网。网络上有关这次离奇死亡的帖子和微博铺天盖地，各种猜测和评论应有尽有。人走了，但对她们的评论仍在继续，而且大有愈演愈烈之势。我一时心烦，关了手提电脑，专心喝酒。啤酒沫四溢，不小心湿了化为灰烬的纸条。就在这时，奇迹出现了，一堆纸灰像被一只神秘的手轻轻一熨，很快变成了一张完整的黑底纸条。我仔细查看，是一份白字写的死亡名单。

　　这份名单按死亡者的姓名、死亡时间依次做了排列：杜亚苹、社长老周、白脸刘干事、老唐、毛小兔、芦花、高利、林朵，共八个人。没有落款，没有出处。我绞尽脑汁地分析了半天，发现名单里少了一个人，师姐辛欣。

　　师姐已确凿无误地死在游泳池，可名单中为什么没有她的名字？

是我的记忆发生了混乱，还是师姐压根儿就没有死？如果她还活着，那下一个又会是谁呢？还有，这份名单究竟是何人所为？谁是这一切的幕后操纵者呢？

西都日报社一片狼藉，领导班子也面临着大洗牌。好多采编骨干纷纷辞职，另谋高就，试图从阴郁中另寻生活的光明。我也趁着这股辞职风暴，离开了报社，在无奈和绝望中躲进了阴暗潮湿的出租屋，和林志玲待在一起。

我在惊恐中度过了几天，开始慢慢坦然对待一切。也许只有等待，才是这个秋天最有存在意义的选择。

其实好多事，并非一定要有一个最终的结局才行，过程才是最重要的。就像《等待戈多》里的那对流浪汉，唯一的希望就是等待戈多。可戈多是谁？他在哪儿？大约连作者自己都不知道。

想想，生活中有很多事都是我们无法预知的，包括人生的运动轨迹。就像有位哲人说的，我们就好比是田野上的羊，嬉戏在屠夫们的监视之下，或先或后，依次被宰割选择，而我们自己却并没有选择的权利。

人们都同情和可怜《变形记》中的格里高尔，而我却非常羡慕他。他有一点比我幸运，他一觉醒来至少知道自己变成了一只屎壳郎，而我到现在都不知道自己是人变成了鬼，还是鬼变成了人。

雾，挟带着灰褐色的霾，瞬间降临。它来得迅猛，甚至有点草率，更有点古怪。它无孔不入，先是层层包裹、齐头推进，后是手舞足蹈、浪头翻滚、势如破竹，像携带着一种神秘的能量，掀起了冲天般的雾浪，报时钟、移动大厦、"奥斯卡"影城、水塔、塔吊、楼阁、大街小巷、游人全被吞噬了。凶猛狰狞的雾，将北郊瞬间吞没。

西都北郊一片天地混沌，若隐若现，虚无缥缈，弥漫着久违的腐烂气息，乌鸦在枯树的上空盘旋不定。

乌鸦是想找一道门，可它找不到入口。

几年后，从北郊的废墟中走出一个女孩儿。她扎着羊角小辫，清纯可人，不停呼唤着爸爸，向我一路跑来。我问她，你妈妈呢？她扬起小手向远处指去。我看到，远处被废弃的水泥厂的水塔下，毛小兔一袭白裙正以慢镜头的姿态向我跑来，马尾辫在她的身后跳跃着。

一觉醒来是早晨，阳光在晨风中扯出一缕一缕的金线，西都北郊气象万千，一派辉煌，令人眼花缭乱。

芦花打电话叮嘱我：咱们可是三天前约好的，晚上来私房菜馆小聚！毛小兔也来，你可别让我失望啊！

我赶忙翻身坐起，发现自己竟然睡在出租屋里。我脑子发怵，一下子蒙了。我不知道梦幻与现实之间，到底有没有清晰的界限，阴阳两界，是不是有一个严格的分水岭。我是应该相信自己的眼睛，还是耳朵？

我说，你和毛小兔都好吧？

芦花说，你什么意思？别废话，晚上早点过来！

师姐辛欣也打电话训我说，食人鱼后续报道你到底搞不搞了？

我说师姐真对不起，昨晚喝多了，睡过头了。

师姐说，你小子真像《聊斋》里的人，鬼话连篇，一点不靠谱！你得了感冒，已经睡三天了。

看到床头杂乱放着的一堆药瓶，我突然有了一种恍如隔世的感觉。

我说，那"圆梦行动"的策划还搞不搞了？

师姐说，脑子进水了吧？什么"圆梦行动"，你的精神和记忆错乱了吧？你现在要做的策划只有一个，就是"食人鱼"。

一场梦结束了，但人生又何尝不是一场梦呢！